Pompier et papa

*

La passion en mémoire

SUE MACKAY

Pompier et papa

Traduction française de
C. DUTEIL

BLANCHE

HARLEQUIN

Collection : Blanche

Titre original :
A SINGLE DAD TO RESCUE HER

HARPERCOLLINS FRANCE
83-85, boulevard Vincent-Auriol, 75646 PARIS CEDEX 13
Service Lectrices — Tél. : 01 45 82 47 47 - www.harlequin.fr
ISBN 978-2-2804-6621-9 — ISSN 0223-5056

Composé et édité par HarperCollins France.
Imprimé en décembre 2021 par CPI Black Print (Barcelone)
en utilisant 100% d'électricité renouvelable.
Dépôt légal : janvier 2022.

MIXTE
Papier issu de sources responsables
FSC® C159065
FSC www.fsc.org

Pour limiter l'empreinte environnementale de ses livres, HarperCollins France s'engage à n'utiliser que du papier fabriqué à partir de bois provenant de forêts gérées durablement et de manière responsable.

Prologue

Les bras plaqués le long du corps, Kayla Johnson ne pouvait pas bouger. Elle cracha une poignée de neige et ouvrit les yeux avec effort sur un mur blanc immaculé.

Elle avait si froid. Elle claquait des dents.

Bon sang… Que s'était-il passé ? C'était bizarre. Effrayant. Elle était immobilisée et ne savait pas où elle était.

Réveille-toi, Kayla. C'est un cauchemar.

Mais non, elle avait les bras bloqués. C'était réel.

— À l'aide, je suis coincée, croassa-t-elle.

Elle prit une profonde inspiration, et ses poumons la brûlèrent.

— Au sec… Au secours…

Combien de temps avait-elle perdu conscience ? Était-elle vraiment réveillée ? Ses efforts pour se mouvoir prouvaient-ils qu'elle était consciente ?

Maudite neige ! Si elle s'en sortait, elle irait vivre dans une île au soleil.

Peu à peu, des images lui revenaient : elle était en train de skier. Puis elle avait entendu un grondement sourd, et le sol s'était dérobé sous ses skis. Elle avait dévalé la pente la tête la première, roulant à flanc de montagne comme un vulgaire caillou. Une avalanche ?

— Ohé ? Il y a quelqu'un ? demanda une voix forte, couvrant les craquements feutrés de la neige.

— I… Ici.

Elle aurait voulu attirer l'attention en agitant la main, à condition de dégager ses bras. Pourquoi ne pouvait-elle pas bouger ? La panique la saisit. Elle était impuissante, incapable de se mouvoir. Le poids qui pesait sur elle semblait énorme. La douleur commençait à irradier dans ses jambes.

— Je suis là, hurla-t-elle de toutes ses forces, émettant cette fois un peu mieux qu'un croassement. À l'aide !

Une ombre s'interposa entre elle et le peu de lumière qui filtrait jusqu'à elle, et malgré son soulagement, elle eut encore plus froid.

— Hé, je vous vois. Attendez…

Deux mains actives se mirent à déblayer la gangue de neige qui l'emprisonnait, et soudain, la lumière l'aveugla.

Clignant des yeux, elle fixa le géant agenouillé près d'elle, essayant de s'accrocher à sa présence, à la réalité qu'il incarnait.

Elle n'était plus seule.

— Oh ! gémit-elle d'une voix rauque. Sortez-moi de là.

— Je m'appelle Jamie. Je fais partie de l'équipe de secours qui recherche les victimes de l'avalanche.

C'était donc bien une avalanche, se dit-elle, horrifiée d'avoir frôlé la mort. Ou était-elle encore dans un cauchemar dont elle devait à tout prix s'éveiller ? Ou pire encore ?

— Je suis vivante ? Je veux dire…

Sa voix mourut, ses tremblements s'accrurent.

Qu'est-ce qui n'allait pas ? Pourquoi était-elle incapable de bouger ? Elle ne s'était pas brisé le dos, si ?

Affolée, elle sentit sa bouche s'assécher, son rythme cardiaque se précipiter.

L'homme posa sur elle son regard intense.

— Oui, vous êtes sauvée. Quel est votre nom ? demanda-t-il.

Son nom… ?

Réprimant un sanglot, elle fit un effort pour se concentrer.

— Kayla Johnson. Je suis auxiliaire médicale.

Ce qui ne servait pas à grand-chose en l'occurrence. Elle avait besoin de l'aide du corps médical, pas d'en faire partie, car la douleur de ses jambes s'intensifiait au point de lui faire oublier le froid.

— Il y a un problème avec mes jambes…

— Du calme, Kayla, dit le sauveteur, lui tapotant l'épaule

de sa grande main gantée. On va d'abord vous sortir de là et vous envelopper dans une couverture de survie.

— Ne me déplacez pas avant de m'avoir examinée.

Sa colonne vertébrale n'était sans doute pas touchée, ou ses jambes ne la feraient pas autant souffrir. Mais il valait mieux être prudent.

— Qui êtes-vous ? demanda-t-elle, incapable de se rappeler son prénom mais lui trouvant un air familier.

— Je suis Jamie Gordon. Capitaine des pompiers. J'appartiens à l'équipe de sauvetage pendant mon temps libre, expliqua-t-il pendant que des collègues l'aidaient à déblayer la neige.

Il retira ses gants et saisit sa main libre, qu'il enferma dans ses doigts chauds.

— Vous séjournez à Queenstown ?

— Non. Je suis revenue m'y installer définitivement.

C'était ça. Elle était rentrée chez elle trois semaines plus tôt pour changer de vie, tourner le dos à sa tristesse et retrouver l'envie de vivre, morte avec son mari. Et jusqu'à maintenant, ce n'était pas une réussite…

— Kayla ? Vous êtes avec moi ? dit une voix grave, douce à ses oreilles, chaude contre le froid qui l'enveloppait.

Elle ouvrit les yeux sur un visage inquiet.

— Ma tête me lance, et je crois que j'ai des absences…

Elle savait qu'elle devait s'efforcer de rester consciente.

— Vous vous débrouillez très bien, dit Jamie. Je vais prendre vos constantes, mais avant, il faut vous sortir de là et vous réchauffer. On a presque fini.

Il lui pressa les doigts puis retira sa main, et elle se sentit soudain terriblement seule malgré les sauveteurs qui creusaient la neige pour la libérer.

Jamie était-il un produit de son imagination ?

Revenez, Jamie. Tenez ma main.

— Un médecin attend au hangar du télésiège pour examiner les rescapés, et un hélicoptère est en attente, déclara la voix de Jamie, apparemment toujours là.

Le soulagement l'inonda.

C'était bon d'avoir un homme à ses côtés alors qu'elle se sentait si désarmée. Elle ne l'avait pas permis depuis la mort de Dylan. Pourquoi penser à Dylan maintenant ? Il était parti trois ans plus tôt, et elle s'efforçait toujours d'avancer.

— Je ne vais pas rejoindre Dylan, si ?

Elle se raidit, banda ses muscles pour voir si elle était vivante, et une douleur fulgurante remonta de ses jambes à son abdomen, répondant à sa question.

Oui, elle vivait, mais la tête lui tournait. Ses yeux roulaient dans leurs orbites. Était-elle en train de mourir ?

— Kayla… Restez avec moi.

La voix grave. Celle de Jamie Machin Chose. Pas celle de Dylan. Elle était bien en vie.

Elle n'arrivait pas à soulever ses paupières, trop lourdes.

— Kayla ! dit-il d'un ton plus brusque en lui serrant la main. C'est Jamie. Votre sauveteur.

Ses yeux refusaient de s'ouvrir, mais elle entendit sa voix, se cramponna à sa présence, puisant l'énergie au plus profond d'elle-même pour ne pas perdre conscience.

— Allez, Kayla. Accrochez-vous. Vous êtes sur une civière, enveloppée dans une couverture de survie, et on vous emmène voir le médecin. On s'occupe de vous. Tout ira bien.

Sa voix était une ligne de vie qui lui dispensait de la force.

Enfin, elle put le regarder.

Merci.

Des martèlements lui vrillaient le crâne, mais elle ne quittait pas des yeux l'homme extraordinaire qui marchait près d'elle en tenant sa main et lui dispensait sa chaleur, l'encourageait tandis que d'autres portaient la civière. Quand l'avaient-ils déplacée ? Avaient-ils fait attention ? Comment avait-elle pu manquer ça ? « Commotion cérébrale », susurra une petite voix intérieure.

Les yeux fixés sur Jamie Machin Truc qui parlait doucement, elle chassa la voix. Elle préférait ne pas savoir.

— Tout ira bien pour vous, Kayla.

Sauf que c'était faux. La douleur de ses jambes la tuait. Souffrait-elle de mauvaises fractures ? Graves au point de…

Stop, elle se faisait du mal.

Et si elle ne guérissait pas ? Si c'était un message tordu du destin pour lui dire qu'elle n'avait pas le droit de repartir de zéro et de retrouver le goût de vivre ?

— Nous sommes arrivés. Vous allez vous réchauffer, annonça Jamie, coupant court à ses angoisses. Docteur, voici Kayla Johnson. Elle était ensevelie sous la neige.

Elle n'entendait pas ce qu'il disait. Sa voix basse était étouffée par le bourdonnement de ses oreilles depuis qu'elle était entrée dans la bâtisse surchauffée. Frustrée, elle sortit le bras de la couverture et lui donna une tape.

— Dites-moi ce qui ne va pas, grommela-t-elle, humiliée de s'entendre émettre un piteux gémissement.

Le géant s'accroupit devant elle.

— Je ne suis pas médecin, mais vous souffrez des jambes, qui forment un angle bizarre.

Il ôta son gant, et ses longs doigts lui enveloppèrent la main.

— Vous avez dû vous casser quelques os, Kayla. D'après un témoin, l'avalanche vous a fauchée de plein fouet avant vos deux amies. Vous avez de la chance d'avoir survécu.

Il lui pressa doucement la main.

— Continuez à me parler, bredouilla-t-elle, consciente qu'il l'aidait à se sentir vivante, agrippant sa main pour garder le contact avec la réalité. Il y a d'autres victimes ?

— Pas à notre connaissance, répondit Jamie en se redressant, sans toutefois lâcher sa main. Je dois retourner faire une reconnaissance pour m'en assurer. En attendant, faites attention à vous, d'accord ?

Le devoir l'appelait, bien sûr. Elle devait se débrouiller sans lui, cesser de se cramponner à sa voix chaude.

— Je ferai de mon mieux. Merci de m'avoir trouvée. Et merci aux autres sauveteurs.

— Je peux récupérer ma main ?

Son grand sourire réchauffa son corps transi, éveillant en elle une forme d'espoir. Un espoir qui lui était interdit depuis des années.

Du bien sortirait-il de cette dernière mésaventure ?

Peut-être, si l'espérance était là. Elle s'accrocherait à ça les prochains jours qui ne seraient pas faciles, elle le sentait. La douleur dans ses jambes était insoutenable, ça n'avait rien à voir avec le froid.

— S'il le faut, dit-elle, les dents serrées, en ouvrant lentement les doigts. Au revoir, Jamie.

À bientôt, peut-être ?

1.

En se garant devant l'hôpital de Queenstown cinq jours plus tard, Jamie regarda le bâtiment comme s'il ne l'avait jamais vu.

Pourtant il était souvent venu y voir des gens qu'il avait arrachés au feu ou tirés d'un mauvais pas. Ses deux garçons y étaient passés aussi – appendicite pour Ryder et poignet foulé pour Callum, entre autres mésaventures. Mais, pour la première fois, il rendait visite à une femme qui l'avait ému comme il ne l'avait été qu'à une occasion, le jour de sa rencontre avec la mère de ses fils.

Le sauvetage de Kayla avait été intense. Son visage décomposé par la souffrance. Sa peur de mourir. Son refus d'être déplacée tant qu'on ignorait si sa colonne vertébrale était intacte. Le besoin qu'il avait eu de la rassurer.

Rien d'inhabituel pour lui.

Mais Kayla Johnson avait agrippé sa main comme si elle exigeait qu'il soit fort pour elle, comme si, en le lâchant, elle risquait de se perdre elle-même, et elle l'avait touché au plus profond de son cœur brisé. Sa peur combinée à sa farouche détermination de s'en sortir lui avait rappelé une chose qu'il avait oubliée : son obligation d'être fort et fidèle à lui-même, quoi qu'il arrive.

C'était cela qui l'avait conduit ici aujourd'hui, même si c'était idiot. Qu'allait-il y gagner ? Il n'était pas prêt à rencontrer une femme après son divorce douloureux. Leanne avait été l'amour de sa vie, et maintenant qu'il avait repris le dessus, il ne s'exposerait plus jamais à souffrir de la sorte.

Non, il n'était pas attiré par Kayla. Impossible. Il s'était passé quelque chose entre eux sur la montagne, bien sûr, mais rien de profond ni de sérieux. Il irait la voir comme il l'avait fait avec d'autres, puis il reprendrait le cours de sa vie.

Selon Mallory, la pilote amie de Kayla qui l'avait transportée à l'hôpital, on l'avait rapatriée à Queenstown pour la rapprocher des siens. Elle s'était cassé les deux jambes, dont l'une en deux endroits, et elle souffrait d'une grave commotion cérébrale. Son choc à la tête expliquait ses pertes de conscience et les bizarreries qu'elle avait proférées, comme quand elle avait demandé si elle était en vie, ou si elle allait rejoindre un certain Dylan.

Il n'aurait pas dû éprouver le besoin de lui rendre visite. Mais la souffrance dans ses yeux, sa peur, son soulagement et sa gratitude quand il avait pris sa main glacée dans la sienne, tout cela avait touché un point sensible chez lui. Et la connexion immédiate qu'il avait ressentie le poussait à se demander qui elle était.

Voler au secours des autres l'empêchait de s'appesantir sur des pensées inquiétantes, comme savoir si les garçons étaient vraiment heureux aujourd'hui. Mais il allait voir Kayla parce qu'il avait envie de la connaître mieux. Cette idée agaçante le tourmentait la nuit quand il ne dormait pas. Mais le fait est qu'il ne voulait pas repartir sans l'avoir vue, maintenant qu'il la savait tout près.

Cessant de tergiverser, il descendit de sa voiture et se dirigea vers l'entrée de l'hôpital.

Dans le hall, une boutique de cadeaux exposait des brassées de fleurs colorées.

Quel pigeon il faisait, se dit-il en marchant à grands pas vers le service de médecine générale, un bouquet d'iris bleus et jaunes à la main. Depuis quand apportait-il des fleurs à quelqu'un qu'il avait sauvé ? C'était une première.

Mais personne ne l'avait jamais captivé comme Kayla. Il avait vu en elle une âme sœur, à la fois solide et douce, farouche dans ses convictions.

Elle avait dit être revenue s'installer à Queenstown. D'où

venait-elle ? Que fuyait-elle ? Dylan ? Essayait-elle comme lui de se reconstruire après un drame ?

S'arrêtant devant la porte de la chambre de Kayla Johnson, il secoua la tête.

Insensé. Il ne s'intéressait pas aux femmes. Il en avait épousé une pour la vie et l'avait passionnément aimée, jusqu'à ce qu'elle le quitte en emmenant leurs fils. Au début, Leanne avait voulu obtenir la garde exclusive sous prétexte que le travail dangereux de Jamie l'accaparait trop pour qu'il s'occupe bien d'eux. Il avait fini par obtenir la garde partagée de Ryder et de Callum, mais sa victoire avait un prix : plus jamais il ne referait confiance à une femme pour partager sa vie. Surtout pas tant que ses fils étaient jeunes et vulnérables, et probablement même pas après.

Alors, que faisait-il devant cette chambre ? Il pouvait encore faire demi-tour…

— On dirait que vous avez de la visite, remarqua une voix féminine dans la pièce, décidant pour lui.

Il entra et s'immobilisa.

Le visage blême mangé par des cernes noirs, Kayla paraissait fragile, contrairement à la battante qu'il avait arrachée à la montagne. Assise dans une position inconfortable, ses longs cheveux blond terne répandus sur ses épaules, elle semblait si mal à l'aise qu'il eut envie de la soulever dans ses bras pour l'emporter au soleil quelque part, loin des nuages noirs de la veille.

— Bonjour, Kayla. Je suis Jamie…

Elle le regarda fixement.

— Je me souviens de votre regard. Il m'a donné la force de m'accrocher, murmura-t-elle avec un sourire tendu.

Une émotion inattendue le submergea à la pensée qu'il avait su la réconforter.

Puis il se réprimanda : il ne pouvait pas se permettre de s'attendrir. Kayla ressassait peut-être cette histoire depuis quelques jours, mais ça s'arrêtait là. Avec cette visite. Et bien sûr avec ce bouquet d'iris qu'il ne pouvait guère rapporter à la boutique.

— C'est pour vous, dit-il bêtement, comme si les fleurs pouvaient être pour quelqu'un d'autre.

Cherchant un vase des yeux, il vit trois bouquets alignés sur le rebord de la fenêtre dans des pots en verre.

— Elles sont très jolies. Vous me gâtez.

— Avec plaisir.

Quel commentaire débile. Kayla le troublait plus qu'il ne pensait. Il devait être épuisé par ses missions de la semaine.

— Je vais chercher un vase, déclara l'infirmière en prenant le bouquet.

— C'est Jamie qui m'a trouvée, expliqua Kayla, tendue. Il a entendu mes appels, et il s'est mis à creuser la neige avec ses mains.

— Vous avez eu de la chance, observa l'infirmière.

— Beaucoup, oui.

— Vous êtes sauve, c'est le résultat qui compte, dit-il.

Les échecs le hantaient longtemps, l'empêchant de trouver le sommeil et le faisant ressasser les événements, même quand il n'y avait eu aucune chance de sauver une victime. Il n'en était que plus protecteur vis-à-vis de ses enfants, tout en leur apprenant à être forts et à affronter les obstacles pour s'affirmer. Lui-même avait acquis de haute lutte cette force qui lui avait permis de survivre aux épreuves de la vie.

— Qu'est-ce qui vous amène ? demanda Kayla en s'adossant contre ses oreillers.

— Je viens voir comment vous allez, répondit-il avec naturel en dépit de son trouble.

Elle écarquilla les yeux, consciente de son malaise.

— Vous avez été très gentil avec moi. J'ai apprécié que vous me parliez pour que je reste consciente. Même si j'ai dû perdre connaissance vers la fin.

Il avança une chaise et s'assit près d'elle.

— En effet. Cela valait mieux, car vous auriez beaucoup souffert quand on vous a transférée sur la civière après nous être assurés que votre dos n'était pas touché. Vos orteils réagissaient au toucher, expliqua-t-il devant son air inquiet.

— C'est surprenant qu'ils aient remué, avec les fractures que j'avais, répliqua-t-elle avec un frisson.

— Mallory m'a parlé de vos blessures le lendemain, alors que nous recherchions deux jeunes garçons.

— Elle me l'a dit, répondit-elle du bout des lèvres.

— Elle n'aurait pas dû ?

Kayla haussa les épaules.

— Elle m'a conseillé de rejoindre l'équipe de sauvetage quand je serais sur pied. J'aimerais rendre un peu de l'aide que j'ai reçue, dit-elle, ignorant la question.

— On a toujours besoin de recrues, surtout avec des connaissances médicales. Il paraît que vous avez commencé à travailler en ambulance.

Il n'arriverait pas à prendre ses distances avec elle. Mais contrairement aux autres personnes qu'il avait sauvées, elle avait éveillé son intérêt. Sa ténacité mêlée de vulnérabilité le touchait. Elle ne semblait pas être du genre à changer d'avis quand elle se dévouait à quelque chose, ou quelqu'un.

Il crispa les mains sur ses cuisses.

Leanne non plus, au début…

Quand il l'avait connue, cela avait tout de suite matché entre eux. Tous deux avaient été des mal-aimés dans leur enfance. Le père de Leanne était dur et exigeant, rien de ce qu'elle faisait ne trouvait grâce à ses yeux, et sa mère, faible devant lui, ne la défendait pas. Quant à Jamie, ses parents n'avaient jamais de temps ni pour lui ni pour ses cinq frères et sœurs. Quand il avait demandé à sa mère pourquoi elle avait eu des enfants si elle ne les aimait pas, elle avait répondu qu'elle ne l'avait pas fait exprès. Dès lors, il s'était juré de ne pas être comme ses parents, de trouver l'amour et le rendre au centuple.

Et ses belles résolutions s'étaient retournées contre lui.

— J'ai commencé au poste de secours il y a trois semaines comme auxiliaire médicale, mais d'après les médecins, je serai hors service quatre mois, dit Kayla avec un regard désolé à ses plâtres. Mais je vais leur prouver qu'ils se trompent et récupérer en trois mois. Après cela, je ne pourrai pas gravir de montagnes ni participer à des recherches, mais je conduirai une ambulance et me rendrai utile.

Il l'avait bien jugée. Forte. Résiliente. Mais elle semblait lui en vouloir pour une raison qui lui échappait.

— Qu'est-ce qui vous a ramenée dans le Queensland ?

Elle pinça les lèvres.

— Il était temps que je revienne.

— Vous avez grandi ici ? demanda-t-il, insistant.

— Oui, dit-elle, fixant ses mains avant de lever les yeux. Mallory, Maisie et moi, nous sommes amies depuis l'école primaire. Maisie vit à Tauranga, mais elle envisage de revenir l'année prochaine s'il y a un poste d'infirmière quand le nouveau service de pédiatrie ouvrira. Nous sommes parties d'ici toutes les trois, et nous revenons l'une après l'autre.

Sa voix résignée empêcha Jamie de la questionner davantage. Elle souffrait. S'il était venu lui remonter le moral, c'était raté.

Il se leva.

— Je ferais mieux de retourner à la caserne, dit-il, jugeant préférable de partir avant de se noyer dans ses yeux dorés tourmentés. C'est bien que vous soyez de retour en ville, à défaut d'être chez vous. Je repasserai.

Il ferait bien de la fermer, ou il allait dire des sottises, comme lui avouer qu'il s'intéressait à elle…

— Je reste en contact avec le service de recherche, et quand vous serez plus mobile, on vous emmènera à une réunion.

— Vous avez une remorque ?

— Ne me dites pas que vous vous apitoyez sur votre sort ?

— Si, grommela-t-elle. Je n'ai pas l'habitude d'être physiquement inapte. Je devrais me mettre au tricot…

— Et tricoter des moufles pour remplacer les gants que vous avez perdus dans l'avalanche ? dit-il pour la taquiner.

— Sortez ! dit-elle en levant les yeux au ciel, avant de tendre la main pour serrer doucement ses doigts, lui arrachant un frisson involontaire.

Il n'aurait pas dû venir. Mais il aimait le peu qu'il savait d'elle, et il voulait en apprendre plus, même si c'était contraire aux engagements qu'il avait pris par le passé.

Il avait été injoignable quand Ryder avait été admis à l'hôpital pour une appendicite, ce qui avait beaucoup contrarié Leanne. Il avait déploré de ne pas être là, mais il avait vécu deux jours d'enfer : avec la centaine de pompiers mobilisés pour combattre le monstrueux incendie qui ravageait le bush et les demeures environnantes, il avait lutté jusqu'à l'épuisement. De plus, il avait perdu un collègue dans cet enfer, et il avait mis du temps à s'en remettre.

Pire, Leanne avait jugé qu'il ne pouvait pas garantir d'être toujours là pour les garçons, qui avaient besoin de stabilité. Quinze jours après, elle avait fait ses valises et s'était installée dans une maison de location, le laissant seul avec son chagrin et sa colère.

Il n'avait rien vu venir. Il avait cru leur couple solide en dépit de leurs fréquentes querelles. Il avait confiance en elle. N'était-ce pas normal quand on était amoureux ? Malgré son enfance difficile, il avait toujours gardé espoir. Et voilà où il en était. À douter de tout.

— Merci d'être passé, dit Kayla. Je me demandais si j'avais rêvé mon sauvetage, ou si c'était réel…

Elle fixa leurs mains jointes et rougit.

— Vous existez bel et bien, ajouta-t-elle en se dégageant.

Ainsi elle avait pensé à lui, elle aussi. Cela confortait leur lien. Mais il préférait l'ignorer. Il jouait en solo. Et cela ne changerait pas sous prétexte que Kayla lui plaisait.

— Vous étiez un peu dans les vapes.

Vous agrippiez ma main comme si votre vie en dépendait.

Et lui, parce qu'il avait tenu sa main et senti ses doigts menus dans sa paume, il n'avait plus cessé de penser à elle.

— En bonne pro, vous vouliez qu'on s'assure que vous n'aviez pas de lésion à la colonne vertébrale.

— Je m'interrogeais, en effet.

— Et vous avez beaucoup insisté, dit-il avec un rire forcé.

Il avait envie de l'embrasser sur la joue. Il était plus que temps qu'il parte.

— À bientôt, dit-il en se dirigeant vers la porte.

— Peut-être quand j'irai mieux et que je ne me sentirai plus aussi impotente et inutile, murmura-t-elle dans son dos.

Et voilà où sa visite l'avait mené ! Il était dans le pétrin.

Il fit volte-face et revint sur ses pas.

— Vous êtes tout sauf inutile, Kayla ! Votre esprit et la majeure partie de votre corps sont intacts, et vous retrouverez vite l'usage de vos jambes.

Il se garda d'ajouter que, malgré ses traits tirés par la fatigue, son visage était ravissant, et son corps ou le peu qu'il en voyait semblait des plus charmant.

Contrariée, Kayla regarda Jamie revenir à son chevet.

— Vous ne me connaissez pas assez pour parler comme ça, marmonna-t-elle.

Elle avait été soulagée de le voir partir. Elle se sentait maladroite, impuissante. Elle était au supplice, ce qui ne lui ressemblait pas.

Elle était censée ne plus s'apitoyer sur son sort. Redouter de retomber amoureuse par peur d'un nouvel échec était une chose, mais elle pouvait vivre la tête haute et profiter pleinement du reste de sa vie.

Elle se sentait vulnérable sous le regard de Jamie, une faiblesse qu'elle avait dissimulée jalousement à Maisie et à Mallory. Cela signifiait-il que Jamie arrivait à l'atteindre comme nul ne l'avait fait depuis Dylan ? Jusqu'ici, avec ses visiteurs, elle avait pu rire et sourire. Puis Jamie était arrivé, et l'assurance qu'elle affichait avait commencé à se fissurer. En s'accrochant à lui pendant le sauvetage, elle lui avait donné d'elle une image faussée qui la mettait mal à l'aise.

Elle aurait voulu qu'il parte. Il la troublait. Elle n'était pas prête à prendre un risque avec un homme.

Prendre un risque ? Elle ne s'intéressait même pas à lui ! Elle était trop émotive en ce moment, c'était le problème.

Jamie s'assit et étendit ses longues jambes gainées de jean.

— Pendant que nous vous arrachions à la neige, pas une

fois vous ne vous êtes plainte du froid, de la douleur, ou n'avez montré votre peur. Vous êtes une femme solide.

— Vous croyez ?

À une époque, elle aurait répondu à son grand sourire, mais plus maintenant. Pas depuis que son mari était mort après s'être endormi au volant alors qu'il revenait la soutenir après sa seconde fausse couche en cinq mois. Elle était incapable de se détendre avec un homme qui voulait la faire rire. Handicapée, sans rien à faire que regarder des films sur son portable ou se plonger dans la lecture, elle aspirait à se rendre utile. Elle avait prévu de rentrer à Queenstown comme auxiliaire médicale pour y retrouver ce qui avait été jadis une existence insouciante et heureuse, et tourner le dos à son passé récent. Au lieu de cela, elle se sentait inutile, sentiment qui ne l'avait pas quittée depuis la disparition de Dylan.

Elle respira un grand coup.

S'endurcir ! Être la femme que voyait Jamie.

— Vous pouvez faire quelque chose pour moi, déclara-t-elle.

Il écarquilla les yeux, et elle faillit sourire.

— Trouvez-moi une nouvelle paire de jambes pour que je puisse quitter ce foutu lit et me rendre utile en conduisant une ambulance ou en cherchant les idiots qui ignorent les recommandations météo.

— Vous n'êtes pas une patiente facile, hein ? remarqua-t-il.

Son sourire s'agrandit. Cela lui allait bien, et elle sentit une douce chaleur se répandre en elle, là où tout était froid depuis des années.

Ce fut un choc.

Craquer pour un homme, cela ne figurait pas dans ses projets de retour. Elle avait perdu son mari et son bébé le même jour. Plus jamais elle ne voulait affronter une perte aussi cruelle.

— Pas du tout, prétendit-elle. Qui aimerait rester allongé par obligation ?

Mais quand elle se levait péniblement pour faire le tour de la chambre sur des béquilles dans le cadre de sa rééducation, sa jambe la moins touchée lui faisait un mal de chien, et avec ses broches et ses plaques, l'autre refusait de lui obéir. La souffrance la crucifiait, l'inondant de sueur.

— Je vous imagine mal paresser. Vous êtes pleine d'énergie, et vous aimez bouger. Je parie que vous courrez sur vos béquilles avant la fin de la semaine, dit-il en riant.

Qu'il aille au diable avec son sourire.

— Bien sûr, rétorqua-t-elle sèchement.

Cela devenait ridicule.

Malheureusement, elle aimait bien Jamie. Il lui montrait que, toute impotente qu'elle soit, elle était toujours la même. Et à en juger par le trouble qu'il éveillait en elle, elle ne se réduisait pas à la Kayla de ces trois dernières années.

Ce fichu sourire qui ne voulait pas s'effacer.

L'asticotait-il sciemment ? Était-ce juste un sourire, pas une invitation à une brûlante partie de sexe ? La déstabilisait-il parce qu'il n'attendait rien d'elle ? Elle était toujours sensible à un challenge.

Bon sang, comment lui dire de partir sans paraître impolie ?

— Où viviez-vous avant de revenir à Queenstown ? demanda-t-il avec le même sourire.

— Auckland.

Les lèvres pincées, elle se remémora son départ, quand elle avait enfin quitté la ville et laissé tous les souvenirs de Dylan dans leur appartement du front de mer et les lieux qu'ils avaient fréquentés ensemble.

— Mon mari est mort il y a trois ans, et j'ai décidé qu'il était temps de partir, ajouta-t-elle, se disant que Jamie la laisserait peut-être tranquille après ça.

— Je suis navré de l'entendre. C'était Dylan ? Vous avez prononcé son nom dans la montagne, expliqua-t-il.

Elle ferma les yeux, envahie par un grand froid.

— J'ai cru que j'étais en train de mourir. C'est ça ?

— Oui, sans doute, pendant un moment.

Il lui avait tenu la main, et tout avait repris sa place. Il était juste son sauveteur. Rien d'autre.

Elle se mit à parler pour masquer sa déception.

— Avant, je pratiquais le ski de compétition. J'avais hâte de dévaler les pentes ici. Mais je ne m'étais pas entraînée depuis des années. Je n'aurais pas dû quitter la piste principale.

Elle le fixa, puisant de l'espoir dans son sourire tout en refusant de l'admettre.

— Quand mes amies ont suggéré d'essayer la pente la plus raide, je n'ai pas résisté. Je n'imaginais pas qu'il pouvait y avoir une avalanche. Mais la nature ne prévient pas…

Elle parlait trop.

— Vous êtes plutôt athlétique quand vos jambes ne vous lâchent pas, non ?

— Je cours beaucoup. Je faisais de la randonnée dans les collines quand je vivais dans le Queensland, et j'espère reprendre ici. J'aime le grand air.

Il y avait de nombreux sentiers de randonnée dans le secteur, et elle avait hâte d'aller les explorer.

— Vous aimez marcher ? demanda-t-elle à contrecœur, consciente malgré tout de lui lancer une perche.

— Quand j'ai le temps. J'adore passer la nuit dans un refuge au milieu de nulle part, avec une bière fraîche et un steak sur le feu, en compagnie des oiseaux. Et des copains qui m'accompagnent, bien sûr.

Ils avaient une chose en commun.

Elle se dérida un peu.

— Alors, vous n'êtes pas le genre de randonneur à emporter des nouilles instantanées ? dit-elle, pensant à ceux qui prenaient des plats lyophilisés pour alléger leur paquetage et ne pas perdre de temps à cuisiner sur un feu. Rien de tel que la saveur fumée de la viande après une escalade difficile.

— Je suis d'accord. Je vais parfois passer la nuit dans un refuge facile d'accès avec mes fils. Ils adorent la nature, jusqu'à ce qu'ils imaginent des monstres planqués derrière les arbres… Mais il faut que j'y aille, dit-il, jetant un coup d'œil à sa montre en se levant d'un bond. Ils vont m'attendre devant l'école si je ne me dépêche pas, et ça va être ma fête.

Il ne souriait plus. Peut-être avait-il voulu lui cacher qu'il avait des enfants. Quelle était son histoire ?

— Quel âge ont-ils ?

— Six et sept ans, répondit-il, les yeux fixés sur elle. Ils m'occupent bien.

Aucune allusion à une épouse ou à la mère des garçons.

— Vous êtes un papa célibataire ?

Elle ne le saurait pas si elle ne posait pas la question. Or elle voulait le savoir parce qu'il l'intéressait, qu'il la touchait de bien des façons. Mais elle n'aurait pas dû demander, car il n'y aurait rien entre eux. Surtout s'il avait déjà une famille.

— Mon ex et moi partageons leur garde par quinzaine, en fonction de mes horaires fluctuants et des déplacements professionnels de Leanne, répondit-il en se détournant.

Il ne lui disait pas tout, elle le sentait. Elle comprenait son besoin de garder des choses pour lui. Ils avaient aussi cela en commun.

— Jamie..., dit-elle très vite, merci d'être venu. Ça m'a fait plaisir. Je vous préviendrai quand je serai de nouveau sur pied.

Même s'il n'avait fait que son devoir en venant prendre de ses nouvelles, il l'avait distraite de ses longues heures d'ennui, et elle lui en était reconnaissante. Mais elle lui en voulait de réveiller en elle ce trouble dont elle n'avait que faire.

— Prenez soin de vous et remettez-vous vite, d'accord ?

Le sourire chaleureux était de retour.

Elle avait l'impression de retrouver quelque chose qui lui manquait depuis longtemps. Cela l'effrayait. Elle ne savait que trop que rien n'était jamais acquis, que les choses pouvaient mal tourner en un instant. Mais elle parvint à esquisser un petit sourire.

— Au revoir, dit-il.

Il s'en alla, la laissant déprimée. Perdue. Seule avec le sentiment qu'il ne reviendrait pas.

2.

— Emmène-moi avec toi, Mallory, supplia Kayla, rendue folle par ces deux mois d'inactivité. Je deviens dingue à ne rien faire.

— C'est un exercice dans les collines. Avec tes béquilles, ça n'ira pas.

— Je pourrai observer, argua-t-elle.

S'asseoir par terre dans les collines, cela la changerait agréablement de son salon qu'elle ne pouvait plus voir en peinture. Elle serait seule la plupart du temps, mais elle pourrait respirer l'air frais et écouter le chant des oiseaux.

— Quelle entêtée, remarqua Mallory avec un sourire. Je vais voir si Zac est d'accord.

Zac était policier et dirigeait les équipes locales de recherche et de secours. Il lui avait rendu visite deux fois depuis qu'elle était rentrée chez elle. Toujours d'humeur enjouée, il lui avait raconté des histoires de sauvetage pour l'inciter à rejoindre ses équipes, ce qu'elle avait l'intention de faire dès qu'elle serait sur pied.

Une heure plus tard, toutes deux se garaient sur l'aire de stationnement où un groupe de sauveteurs entouraient quelque chose sur le sol.

Quelque chose ou quelqu'un ?

— Déjà des problèmes ? dit Kayla, attrapant ses béquilles pendant que Mallory arrêtait la voiture.

— Je vais aller voir.

— Pas sans moi.

Elle avait déjà ouvert sa portière et se redressait en prenant appui sur ses béquilles.

— Mallory, amène Kayla, cria Zac. Robyn a un problème.

Kayla les rejoignit cahin-caha sur ses béquilles, ignorant les élancements dans ses jambes sur le sol inégal.

— Que s'est-il passé ? demanda-t-elle à la jeune femme étendue sur le dos.

Jamie, qui était accroupi devant Robyn, leva la tête, et elle resta sans voix devant les yeux bruns qui l'avaient tant fascinée dans la montagne et à l'hôpital.

Jamais elle n'oublierait la sollicitude inquiète qu'elle avait lue dans ce regard, à présent souriant.

— Bonjour, Kayla… Robyn courait quand elle s'est pris le pied dans un trou et a trébuché. Son genou gauche est douloureux, et sa jambe forme un angle bizarre.

— Bonjour, Jamie, dit Kayla en lui rendant son sourire. Robyn, je suis Kayla, auxiliaire médicale.

La blessée grimaça.

— Quelle idiote, je ne regardais pas où j'allais…

— Ça arrive à tout le monde, répondit Kayla.

Elle risqua un coup d'œil vers Jamie et inspira. Comment avait-elle pu oublier l'effet qu'il avait sur elle ? Elle se sentait réelle, vivante, prête à tout…

Sauf à tomber amoureuse. Trop risqué.

Il la fixait avec son sourire énervant.

— Dites-moi ce que je dois faire, Kayla.

La prendre dans ses bras, tenir sa main…

Qu'avait donc ce type ? Quoi qu'il en soit, ce n'était pas le moment de se laisser distraire.

— D'abord, Robyn, dites-nous où vous avez mal.

— Tout autour de mon genou.

— Pas à la cheville ?

— Un peu, mais nettement moins qu'au genou.

— Jamie, pouvez-vous lui dézipper le bas de sa jambe de pantalon puis retrousser la partie supérieure au-dessus du genou ?

— Pardon si je vous fais mal, Robyn, dit Jamie en s'exécutant avec douceur. J'enlève sa botte ?

— Regardez d'abord si c'est enflé. Elle a pu se fouler la cheville, répondit Kayla, debout près de lui.

Regardant ses grandes mains habiles défaire le lacet et commencer à retirer délicatement la botte, elle réprima un frisson, et sa bouche devint sèche.

— Allez-y doucement pour ne pas tirer sur la jambe.

— Bien sûr… Qu'en pensez-vous ? demanda-t-il, les yeux fixés sur le genou exposé.

— Il a un angle bizarre, dit-elle devant la rotule de travers. Robyn, Jamie va palper votre genou pour voir s'il y a un problème, d'accord ?

La blessée avait manifestement besoin d'un antalgique.

Kayla chercha Mallory des yeux.

— Tu peux prendre des cachets dans mon sac ?

— Bien sûr, dit Mallory en se dirigeant vers sa voiture.

— Robyn, vous vous êtes relevée après votre chute ?

— J'ai essayé, mais mon genou s'est dérobé. C'était atroce.

— Jamie, pouvez-vous placer vos doigts sur la rotule, comme ça ? Essayez de la bouger doucement vers la gauche puis vers la droite… Ça marche.

— Il y a peu de résistance, admit-il. C'est une luxation ?

— Je crois. Robyn, vous vous êtes déjà déboîté le genou ?

— Non. C'est grave ?

— Vous aurez besoin de béquilles quelque temps, et il ne faudra pas abuser de l'exercice, mais les luxations guérissent assez vite. Toutefois vous ne devrez pas forcer sur le genou pendant quelques années, au risque de le luxer de nouveau.

— Qu'est-ce qu'on fait maintenant ? demanda Jamie. Il y a une trousse médicale dans l'utilitaire de Zac.

Kayla s'adressa à ce dernier.

— Peut-on l'apporter ? Il nous faut des bandes de crêpe pour bander le genou afin qu'il ne bouge pas pendant qu'on transfère Robyn en ville.

Jamie alla chercher le matériel dans le véhicule.

La bande à la main, il leva les yeux vers Kayla.

— Je suppose que le bandage doit être serré sans trop comprimer ?

— Exactement. Vous devez pouvoir glisser un doigt dessous et le sentir bien en place.

Il considéra sa grande main et sourit.

— Je crois que j'ai une certaine marge.

Kayla sentit une bouffée de désir la parcourir.

Cette main, ce sourire…

Comme chaque fois, elle était déstabilisée, son fragile équilibre vacillait. Heureusement qu'elle avait les béquilles pour la soutenir. Elle avait la tête légère, comme si elle flottait. Elle avait ressenti la même chose sur la montagne, après sa commotion.

Retenant son souffle, elle regarda Jamie bander le genou déboîté de Robyn, fascinée par son assurance et sa douceur.

Il était une force avec laquelle il fallait compter. Elle n'avait pas envie de s'y confronter. Trop risqué. D'ailleurs, il voulait peut-être d'autres enfants, et elle avait peu de chances de lui en donner après ses deux fausses couches… Même si elle rêvait d'en avoir.

Devait-elle s'attarder à apprendre à connaître cet homme qui réussissait à lui échauffer les sangs d'un sourire ?

Non. La vie lui avait déjà trop pris, elle ne voulait plus s'exposer.

Jamie se redressa et soutint son regard.

— C'est fait. Nous formons une bonne équipe, même si j'ai fait tout le travail. Que faisons-nous maintenant ?

Elle fit mine de lui assener un coup de béquille.

— Je vais demander à l'ambulance de me ramener avec Robyn en ville. Je n'ai plus rien à faire ici.

Elle se traita silencieusement de lâche, mais elle voulait s'épargner un nouveau malheur. Jamie Gordon ne lui faisait pas d'avances, mais il éveillait en elle de douloureuses aspirations à des choses auxquelles elle avait renoncé, et elle devait s'éloigner.

— Vous pourriez coordonner l'exercice de sauvetage avec Zac, observa Jamie. Pas besoin de marcher pour ça. Il y a toujours un gars dans la nature qui attend d'être retrouvé.

Sauf que Zac était bien organisé, il n'avait pas besoin de l'avoir dans les pattes. Et puis, une fois l'entraînement terminé, toute l'équipe irait sûrement au pub boire une bière, y compris Jamie.

Le regardant à la dérobée, elle éprouva de nouveau une envie de famille et d'amour. Il avait des enfants. Voulait-il aussi une partenaire ? Était-elle prête à ça ?

— Je vais accompagner Robyn, dit-elle. Je vous verrai plus tard au pub, et vous me raconterez comment ça s'est passé.

— À plus tard, alors, dit-il en allant rejoindre ses collègues.

— Il te plaît ? demanda Mallory derrière elle.

Kayla pivota et gémit en sentant ses jambes protester.

— Depuis quand tu es là, toi ?

— Assez longtemps, répliqua son amie avec malice. Ne m'agresse pas, je ne veux que ton bonheur.

— Tout ça parce que tu es folle de Josua…

Mallory méritait d'être heureuse.

Elle aussi, après tout. Mais elle commencerait par être amie avec Jamie.

— Tu seras bien, là ? demanda Kayla à Robyn alors qu'elles s'installaient à la grande table du pub où l'équipe de secours se retrouvait pour se détendre après une randonnée éreintante dans les collines à la recherche de leur collègue « perdu ».

— C'est parfait.

Aux urgences, une fois le genou de Robyn remis en place, Zac, qui était venu la chercher, avait proposé de ramener celle-ci chez elle avant de déposer Kayla au pub, mais Robyn avait insisté pour venir au pub.

— Je suis bourrée d'antalgiques et je ne sens rien, dit-elle. Je crois que je vais boire de l'eau gazeuse.

— Je te l'apporte, dit Jamie. Qu'est-ce que tu prendras, Kayla ?

— Un demi, s'il te plaît.

Et un moment pour bavarder avec lui, si possible.

Tous prirent une chaise pour se rassembler autour de leur table en parlant en même temps, et Kayla se laissa bercer par leurs voix surexcitées. C'était bon de faire partie de l'équipe, d'avoir le sentiment d'appartenir au groupe.

— Tenez, dit Jamie, posant sa bière sur la table et tendant son eau gazeuse à Robyn avant de s'asseoir entre elles. Kayla, tu es restée avec Robyn à l'hôpital ?

— Oui, acquiesça-t-elle. Ça m'a fait passer le temps en attendant que vous ayez fini votre exercice. Son petit ami passera la chercher tout à l'heure après son travail.

Pourquoi sa peau la picotait-elle ainsi ? Parce que Jamie était près d'elle ? Parce qu'elle n'avait pas cessé de penser à lui et qu'il était là en chair et en os ?

— Comment vas-tu rentrer chez toi ? demanda-t-il en désignant ses béquilles. Tu ne peux pas encore conduire.

Mallory, assise en face d'elle, intervint en souriant.

— Jamie peut te raccompagner.

— Mais j'ai laissé mon pull dans ta voiture, protesta Kayla malgré son envie d'un tête-à-tête avec lui.

— Je ne reste pas, de toute façon, dit Jamie, douchant ses ardeurs. Je dois aller chercher mes fils chez leur mère.

Bien sûr. Sa famille.

— Bon, dit-il, vidant sa chope et se levant. Je dois y aller.

Elle comprenait le message. Il n'avait pas envie de s'attarder. Pourtant il s'était assis près d'elle et lui avait offert un verre.

Elle lui adressa un sourire crispé.

— Tu as tes enfants les quinze prochains jours ?

— Oui.

La mise en garde était claire.

— À bientôt, alors, dit-elle.

— À la prochaine réunion, peut-être ?

— Je l'espère, répondit-elle avec sincérité.

Il l'intriguait avec son attitude raisonnable et son côté papa poule. Elle n'était pas séduite uniquement par sa carrure, sa musculature et son sourire effronté. Ils pouvaient être bons amis. Ils n'avaient pas besoin d'être proches, et c'était plus prudent. Si seulement elle n'avait pas ces papillons dans le ventre dès qu'il était près d'elle…

Jamie regagna sa voiture en pestant, contrarié de ne pas pouvoir rester.

Il ne pouvait s'empêcher de s'interroger sur Kayla. Avait-elle repris le cours de sa vie depuis la mort de son mari ? Comment était-elle au lit ? Il la désirait, mais il ne pouvait pas l'avoir. Ce serait trop risqué. Il pourrait tomber amoureux, ce qui ne devait en aucun cas se produire.

Leanne avait été son âme sœur, et elle l'avait quand même quitté. Il ne pouvait pas confier son cœur et celui de ses fils à une autre. Ils avaient essayé d'être heureux ensemble, mais cela n'avait pas suffi. Leanne ignorait pourquoi elle avait cessé de l'aimer, elle savait juste que, quand il avait été injoignable alors que Ryder avait été hospitalisé, cela avait été la goutte d'eau qui fait déborder le vase.

Elle semblait heureuse avec David, et Jamie lui souhaitait le meilleur, mais lui-même n'était pas prêt à franchir le pas. De plus, les garçons n'étaient pas aussi à l'aise avec David depuis qu'il avait épousé leur mère, et il ne voulait pas les perturber davantage en leur imposant quelqu'un d'autre dans leur vie.

David semblait ne plus s'intéresser à eux, comme s'il s'était servi d'eux pour séduire Leanne et n'avait plus besoin de faire d'efforts. Callum et Ryder souffraient de ce changement d'attitude, et cela rendait Jamie furieux. Il devait tenir compte de ça s'il invitait une femme chez lui. Leur insécurité n'avait pas totalement disparu, et il ne ferait rien pour en rajouter. Voilà pourquoi il avait quitté le pub si tôt, alors qu'il aspirait à passer un moment agréable avec Kayla.

Une bonne décision, si frustrante soit-elle.

Kayla se tortilla pour sortir de la voiture accidentée où elle avait réussi à glisser la tête et les épaules.

Six autres semaines avaient passé, et elle avait repris le travail avec soulagement.

— Il nous faut l'équipement de désincarcération, vite. Elle est inconsciente, et elle saigne.

— Il arrive, répondit une voix familière depuis le camion de pompiers stationné de l'autre côté de la route – une voix qui la titillait et qui accélérait son pouls la nuit, quand ses jambes la faisaient souffrir. Je l'ai sorti, au cas où.

— Chaque seconde compte, informa-t-elle.

Ils étaient rassemblés autour du véhicule qui s'était encastré dans un gros tronc d'arbre, à une vitesse excessive à en juger par l'absence de traces de freinage.

— Il faut agir vite et avec précaution, dit Jamie à ses équipiers, leur indiquant où ils devaient couper la tôle.

Aussi près que possible de sa patiente, Kayla s'adressa à sa partenaire ambulancière.

— Becca, il faut que le défibrillateur, la minerve et la civière soient prêts au moment où on la dégagera.

— Très bientôt, précisa Jamie, concentré sur le travail de ses hommes occupés à retirer la portière passager.

Kayla appréciait cette économie de mots. Elle aimait bien Jamie, même si elle l'avait peu vu depuis qu'il était parti précipitamment du pub. Ils s'étaient croisés à une réunion de l'équipe de secours, mais il y avait beaucoup de monde, et ils avaient à peine échangé quelques mots. Elle savait qu'il la fuyait et qu'il ne viendrait pas frapper à sa porte, et malgré le trouble qu'il éveillait en elle, elle respectait sa décision.

Becca posa le défibrillateur au bord de la route.

— La minerve est sur la civière.

— Bien, répondit Kayla, reconnaissante de toutes les aides. L'airbag ne s'est pas déployé, et je m'inquiète pour les côtes de la femme, car le volant semble l'avoir durement frappée. On ne peut pas écarter la possibilité d'un pneumothorax.

Le bruit du métal grinçant sous les énormes mâchoires coupantes lui donnait la chair de poule.

Elle s'avança, se pencha sur l'ouverture béante laissée par la porte arrachée et ravala un juron.

— Elle ne portait pas sa ceinture de sécurité, nota-t-elle.

— On doit découper la paroi latérale et la porte arrière pour pouvoir la sortir sans trop de stress, dit Jamie, levant la pince pour s'attaquer au métal. Écarte-toi, Kayla.

Elle grinça des dents.

Il avait raison. Si l'encadrement de la porte cédait d'un coup, mieux valait ne pas être sur sa trajectoire, mais la blessée avait besoin d'elle. Vite. Surtout si elle avait les poumons perforés. Sa respiration était rapide et superficielle, ce qui était mauvais signe.

Grincements. Crissements. Le cadre et la portière arrière furent arrachés, et un pompier les tira à l'écart.

Kayla bondit. Ignorant le métal coupant qui déchirait son pull, elle saisit la main de la blessée. Son pouls était léger mais rapide. Trop rapide, comme sa respiration.

— Bonjour, vous m'entendez ?

Silence.

— Je m'appelle Kayla et je suis auxiliaire médicale. Nous allons vous sortir de là.

Aucune réaction.

Sur la tempe gauche de la femme, une plaie profonde saignait abondamment.

Kayla inspira et palpa ses côtes.

— On attend ton feu vert pour retirer le volant, Kayla.

Elle savait que soulager la pression qui pesait sur la cage thoracique causerait une hémorragie, et elle devrait agir vite.

— Becca, des compresses à appliquer immédiatement.

— Voilà.

— On va lui poser la minerve avant de la déplacer.

— C'est prêt.

Il ne fallut pas longtemps aux pompiers pour découper la colonne de direction avant de retirer délicatement le volant. Dès qu'elle eut la place de travailler, Kayla appliqua les compresses en appuyant, attentive au souffle de la blessée.

— Continuez de respirer. N'arrêtez pas…

Accroupie de l'autre côté de la patiente, Becca installa à celle-ci le collier cervical.

— À présent, quelqu'un doit soutenir ses épaules. Prends ce côté, Becca. Je sortirai ses jambes. La civière est là ?

— Ici, répondit Jamie. Je soutiendrai la tête et les épaules.

— Il faut aller vite mais faire attention. Elle perd beaucoup de sang, remarqua Kayla, tout en vérifiant que les jambes de la femme n'étaient pas coincées. À trois… Un, deux, trois !

Serrant les dents, elle souleva le poids mort de la blessée avec l'aide des autres, et quelques instants plus tard, ils l'allongeaient délicatement sur le brancard.

— Bon travail, tout le monde !

La main de Jamie pressa son épaule avant de se retirer.

Elle battit des paupières.

Il comprenait combien sauver cette femme était important pour elle.

C'était son moteur à elle depuis que, enfant, elle avait vu Zac sauver Maisie après une attaque d'abeilles qui lui avait causé une grave réaction allergique. Elle voulait être là pour aider les autres.

Déchirant le T-shirt de la blessée, elle glissa les doigts sur sa cage thoracique et tapota doucement.

— Son creux, côtes apparemment fracturées et respiration superficielle. Tout indique des poumons perforés. Il faut la conduire immédiatement aux urgences.

— Très bien, commenta Becca qui avait placé les électrodes du moniteur cardiaque. Glasgow à 2. Aucune réactivité au toucher, au son, ni aux pupilles.

— Le traumatisme est sévère. Elle ne réagit pas au mouvement ni à la douleur, renchérit Kayla, notant l'angle bizarre d'un bras et les plaies profondes aux jambes. Chargeons-la dans l'ambulance et filons.

Le moniteur émit un son continu. En bas de l'écran, le tracé était plat.

— Arrêt cardiaque, annonça Kayla, commençant immédiatement le massage cardiaque.

Becca attrapa les palettes électriques et les lui tendit.

Kayla les plaça sur le torse de la blessée.

— Écartez-vous, tout le monde.

Elle pressa le bouton d'alimentation.

S'il vous plaît, s'il vous plaît, s'il vous plaît...

Ce mantra n'était pas toujours couronné de succès, mais elle se le répétait toujours dans les situations graves.

Le corps de la femme se souleva. Le moniteur bipa, le tracé s'anima.

Le soulagement inonda Kayla.

— Surveille sa tête, Becca. Renverse-la légèrement en arrière pour faciliter la respiration.

— Un coup de main ? proposa Jamie.

— Il faut la transférer dans l'ambulance. Je procéderai à un examen complet sur le chemin de l'hôpital.

Elle ne perdrait pas cette patiente.

Jamie prit une extrémité du brancard, elle prit l'autre, et ils se dirigèrent vers l'arrière de l'ambulance, Becca soutenant la tête de la femme.

— Avez-vous besoin de quelqu'un avec vous ? demanda-t-il. Je pourrai lire le moniteur et noter ce que tu trouveras. Mes gars n'ont plus besoin de moi ici.

Elle réfléchit à toute vitesse.

La présence de Jamie pendant le court trajet serait un bonus. Il était calme et fiable en cas de besoin. Elle ignorait comment les choses allaient se passer avec la blessée, et une paire de mains supplémentaire serait la bienvenue.

— D'accord, répondit-elle, en montant dans l'ambulance et en bloquant les roues de la civière.

Becca s'écarta pour laisser passer Jamie et se dirigea vers l'avant du véhicule.

— Vitesse maximum, Becca, ordonna Kayla. Appelle les urgences et dis-leur qu'on soupçonne un pneumothorax en plus d'autres blessures graves.

Gyrophare clignotant et sirène hurlante, l'ambulance prit la route.

Kayla vérifia la respiration de la femme.

— Toujours rapide, inspirations courtes. Lèvres bleues. Tension, je te prie, Jamie.

Sans lever les yeux, elle commença l'intubation pendant qu'il scrutait l'écran du moniteur.

— Rythme cardiaque sporadique.

Elle leva la tête. Poussa un juron.

— Hémorragie.

En dehors de la plaie à la tête, elle n'avait pas constaté de saignement excessif, mais il y avait de possibles dommages dans la cavité pulmonaire.

— Il peut y avoir d'autres traumatismes internes. Au moment de l'impact, le volant a pu toucher l'abdomen. Le foie ou la rate ont pu éclater.

Pas le temps de le vérifier. Elle inséra le tube et ouvrit l'arrivée d'oxygène.

— Fluide en intraveineuse, maintenant.

— Que te faut-il ? demanda Jamie, le pack à la main.

— Chlorure de sodium, aiguille, tubulure.

Le bip s'arrêta, remplacé par un sifflement continu.

— Becca, gare-toi ! cria Kayla. On l'a perdue.

Posant les palettes du défibrillateur sur la poitrine de la blessée, elle fut déséquilibrée quand l'ambulance se rangea sur le bas-côté et freina brusquement.

Jamie lui saisit le bras pour l'empêcher de tomber.

— Ça va ?

Hochant la tête, elle regarda le moniteur, la main sur le bouton d'alimentation électrique du défibrillateur.

— On s'écarte.

Vous n'avez pas intérêt à mourir...

Choc électrique. Secousse.

Le sifflement monotone continuait.

Non, non, non.

— On recommence, dit-elle, le cœur au bord des lèvres.

Choc électrique. Secousse.

Bip, bip, bip.

Elle respira.

— Tu peux repartir, Becca, dit-elle, retirant les palettes.

Une minute après, l'ambulance filait vers l'hôpital.

Kayla souleva les paupières de la femme. Pas de réaction.

— Accrochez-vous, mademoiselle… Comment vous appelez-vous ?

— La police recherche son identité, dit Jamie. La voiture est immatriculée au nom d'un homme qu'ils n'ont pas réussi à joindre. Elle n'avait ni papiers ni téléphone.

— Une touriste, peut-être ? Elle semble âgée d'une vingtaine d'années.

— Tiens, dit-il en lui tendant la poche de chlorure de sodium et l'aiguille.

Elle désinfecta le dos de la main de la jeune femme et tapota la veine, y inséra l'aiguille, fixa la tubulure à la poche de fluide et maintint celle-ci avec de l'adhésif.

— Aussi simple que ça, remarqua Jamie en souriant. Tu es douée.

— Je l'espère, répondit-elle avec fierté. J'ai travaillé dur pour être la meilleure.

— Si un jour j'ai des ennuis, j'aimerais que tu sois là pour m'aider.

Comme si un type comme lui pouvait avoir besoin d'elle !

— Espérons que ça n'arrivera jamais.

Elle découpa le short de la blessée et découvrit de sévères contusions sur les deux cuisses.

— C'est là que le capot s'est enfoncé.

Les fémurs avaient-ils été fracturés lors de l'impact ?

Elle regarda le moniteur.

Pas de changement.

L'ambulance ralentit, et Becca opéra une marche arrière pour se garer sur le parking réservé.

— Quand nous l'aurons déchargée, j'irai nettoyer l'ambulance et la réapprovisionner en matériel pendant que vous faites le nécessaire ici, dit Becca. On est attendus.

Elle avait à peine fini de parler que les portes arrière s'ouvraient et que des bras se tendaient vers la civière.

Jamie aida à la descendre et poussa rapidement le chariot

à l'intérieur, aidé de Becca et de deux infirmières. Kayla les suivit en informant Sadie, le médecin de garde.

— La respiration est superficielle et rapide, il y a une partie sensible à droite des côtes, et les lèvres et le visage sont bleus. Elle a fait deux arrêts cardiaques, elle saigne de plusieurs blessures et a une grave plaie à la tête.

— Vous vous êtes concentrée sur les poumons et le cœur ?

— Oui, répliqua-t-elle, consciente que seul un neurochirurgien pouvait gérer la blessure à la tête et qu'ils n'en avaient pas à Queenstown.

— J'ai prévenu l'équipe de l'hélicoptère médicalisé que nous aurons sûrement besoin d'eux cette nuit. Tout dépendra de la rapidité à laquelle nous stabiliserons le problème pulmonaire, dit Sadie.

Kayla hocha la tête. Elle était aussi d'avis que la patiente devrait probablement être transférée dans un hôpital plus important équipé du matériel adéquat.

— Bien, commenta-t-elle. Au fait, on ne connaît pas son identité. La police la recherche.

— Parfait, répondit Sadie, concentrée sur la patiente.

N'ayant plus rien à faire là, Kayla se dirigea vers la sortie.

Elle avait fait de son mieux pour cette femme. Mais maintenant qu'elle l'avait confiée à Sadie, elle se sentait vide, ses mains tremblaient, et elle traînait des pieds en descendant la rampe du parking des ambulances.

Inspirant une bouffée de l'air nocturne estival, elle s'estima heureuse d'être en vie.

— Tu vas bien ? demanda la voix grave de Jamie, nonchalamment adossé au mur de l'hôpital, chevilles croisées et mains dans les poches.

— Non.

Sans hésiter, elle traversa l'allée et se glissa dans ses bras tendus qui l'enlacèrent.

Elle avait besoin d'être proche de quelqu'un qui comprenait ce qu'elle venait de vivre. Jamie comprenait, il avait dû connaître de nombreux drames de ce genre dans son travail.

— C'était affreux.

Calme dans le feu de l'action, elle perdait ses moyens quand l'adrénaline retombait.

— Cette femme a eu de la chance que tu sois de garde.

— Elle est loin d'être tirée d'affaire, répondit-elle, la joue contre sa chemise, douce et chaude, réconfortante.

— Tu lui as sauvé la vie deux fois. Tu peux être fière de toi.

— C'est dur. Depuis la mort de Dylan, je sais ce que c'est que de recevoir la visite de la police…

Jamie resserra son étreinte autour d'elle.

— J'aurais aimé connaître son nom, reprit-elle. Ce que j'ai fait était très personnel.

— Je vois ce que tu veux dire, murmura-t-il en lui caressant le dos.

Elle se blottit contre lui, respirant son odeur, absorbant sa chaleur.

Elle en avait besoin. Elle n'aurait pas dû être dans les bras de Jamie mais elle y était, et elle aimait la force qu'il lui communiquait. Elle ressentait une impression d'appartenance, même si cela ne durerait pas.

Son retour à Queenstown ne s'était pas passé comme elle l'avait espéré. Mallory avait Josua, et Maisie n'était toujours pas là. Elle s'entendait bien avec Jamie quand ils se croisaient, mais ils ne recherchaient pas la compagnie l'un de l'autre. Encore une minute ou deux, et ils partiraient chacun de son côté.

Un soupir lui échappa.

Jamie s'écarta pour la dévisager.

— Kayla ? Tu es sûre que tu vas bien ?

Elle soutint son regard profond et bienveillant.

— Oui, répondit-elle, peu disposée à quitter le refuge rassurant de ses bras.

Ses grands yeux bruns se rapprochèrent, et sa bouche lui effleura une joue puis l'autre.

Elle se hissa sur la pointe des pieds, et quand les lèvres de Jamie frôlèrent les siennes, elle lui rendit son baiser.

Elle voulait chasser le sentiment de solitude qu'elle traînait depuis l'avalanche, qui anéantissait ses résolutions, la submergeait de tristesse et d'angoisse de l'avenir.

Près de Jamie, elle aspirait à la vie, au bonheur avec quelqu'un d'autre, quelqu'un de nouveau : lui. Jamie. Il lui donnait envie de l'embrasser et d'être embrassée…

Elle se raidit. C'était mal. Cela ne pouvait pas arriver.

Jamie posa les mains sur ses épaules et l'écarta.

— Nous devons rejoindre nos postes. Nous sommes de garde.

Il voulait qu'ils retournent travailler, alors qu'elle avait peut-être trouvé ce qui lui manquait depuis si longtemps ? Elle aurait voulu lui prendre la main et l'entraîner là où les explications n'étaient plus de mise, où ils pourraient apprendre à se connaître et explorer le soudain désir qu'elle sentait pulser en elle. Mais il ne le souhaitait pas.

Elle prit une profonde inspiration.

Souffrir encore n'était pas une option pour elle. Pourquoi n'était-elle pas soulagée qu'un fossé les sépare ?

Il lui sourit avec douceur.

— À bientôt ? demanda-t-elle impulsivement.

Le sourire de Jamie s'effaça.

— Jusqu'ici, nous nous rencontrons surtout sur des scènes d'accident.

— On peut changer ça, dit-elle.

D'où sortait cette envie soudaine de passer du temps avec lui ? Elle ne voulait pas s'engager dans une relation, que ce soit une brève aventure, une liaison sans lendemain ou tout le bazar. Avec lui, elle avait plutôt l'impression d'être une confidente, une Kayla heureuse. Il chassait la tristesse qu'elle traînait. Elle croyait presque en l'avenir.

Mais c'était encore trop tôt.

— Je regrette, Kayla. Je ne peux pas être plus qu'un collègue pour toi. Cela ne signifie pas que tu me laisses indifférent, juste que je ne cherche pas de compagne. Je suis désolé. Je n'aurais pas dû te retenir.

Non, il n'aurait pas dû. Elle aurait dû être en train de regagner son poste, concentrée sur ce qui comptait vraiment.

Mais elle était blessée par sa mise au point. Elle avait déjà deviné qu'il refusait tout rapprochement quand il n'était pas revenu la voir à l'hôpital ni ne l'avait appelée pendant ses mois de rééducation.

Elle se sentait vivre chaque fois qu'elle le voyait, mais à l'évidence, ce n'était pas réciproque. Pourquoi ne pas se contenter de l'avoir comme ami ?

— Je ne cherche pas non plus une relation, précisa-t-elle. Mais nous pouvons prendre un verre ensemble un jour.

Il la dévisagea un long moment avant de se décider.

— Bonne idée. Je dois retourner travailler, maintenant. Espérons que nous n'aurons plus d'appel ce soir, dit-il, en se dirigeant vers la caserne des pompiers un peu plus loin.

Elle le regarda s'éloigner, consciente qu'il n'allait pas se ruer sur son téléphone pour lui fixer un rendez-vous.

Elle aurait dû être contente. Elle ne voulait plus s'attacher. Elle avait connu l'amour d'une vie, elle ne pouvait pas s'attendre à une seconde chance de bonheur. Quant aux enfants, autant oublier. Après deux fausses couches, elle savait qu'elle n'était pas destinée à être mère.

Mais en voyant Jamie disparaître au loin, elle était sûre d'une chose : elle avait envie de mieux le connaître, ne serait-ce que comme ami.

Jamie marchait à grands pas.

Il se sentait nul d'avoir embrassé Kayla alors qu'elle était bouleversée. Il aurait dû se montrer fort, ignorer le désir qui l'avait empoigné quand il l'avait vue sortir épuisée des urgences, les épaules voûtées. Il n'avait pas pu garder ses distances. Sa vulnérabilité le touchait plus qu'il ne voulait l'admettre.

Ce soir, elle avait été fantastique. La femme blessée lui devait la vie. Raison de plus pour qu'il tienne à elle, et il se demandait s'il ne faisait pas preuve de lâcheté en refusant une seconde chance de bonheur.

Puis il pensa à Callum et Ryder, et il se dit qu'il avait pris la bonne décision.

Dire qu'il avait embrassé Kayla Johnson !

La tenir dans ses bras, respirer son odeur, sentir son corps souple contre le sien, cela l'avait excité. Mais le besoin d'amour qu'elle éveillait en lui était plus difficile à accepter. L'envie d'avoir une personne spéciale dans sa vie, avec qui partager les hauts et les bas, les rires et les larmes, avec qui élever ses enfants.

Il mourait d'envie de courir vers elle, de la soulever dans ses bras pour l'embrasser à perdre haleine et l'emporter là où rien ni personne ne pourrait les déranger.

Son existence manquait de passion depuis longtemps, et Kayla l'avait réveillée. Même sa démarche avait retrouvé un allant qu'elle n'avait plus. Tout ça grâce à elle.

Depuis qu'il l'avait trouvée ensevelie sous la neige, il y avait un truc entre eux. Quelque chose d'irritant, qui le démangeait quand il entendait sa voix ou qu'il l'apercevait. Lorsque leurs chemins se croisaient, il gardait délibérément sa casquette de pompier ou de sauveteur pour lui rappeler – et *se* rappeler – où étaient leurs places respectives, car elle semait le trouble en lui.

Il devait fuir la tentation. Les garçons avaient fini par trouver un fragile équilibre depuis le divorce. Il ne voulait pas le mettre en péril en faisant confiance à une femme qui ne serait peut-être pas toujours là. Mais il ne pouvait nier le besoin que Kayla faisait naître en lui…

Un besoin impossible à satisfaire. Il devait rester fort. Il était célibataire et le demeurerait, même si ça lui déplaisait.

Mais il l'avait embrassée. Alors, pourquoi pas une aventure ? Non, cela ne suffirait pas. Il le sentait dans ses tripes. Depuis cette connexion qu'il y avait eu entre eux la première fois qu'il avait tenu sa main dans la montagne.

— Tu as besoin de te changer, mon vieux.

Il leva la tête et vit son ami Ash à l'entrée de la caserne.

— Je ne m'étais pas aperçu que j'étais déjà arrivé…

— Tu étais plongé dans tes pensées. Qu'est-ce qui te perturbe ?

— La vie, répondit-il laconiquement.

— Philosophe, hein, commenta Ash en riant. À mon avis, c'est soit cet horrible accident dont on m'a parlé, soit l'auxiliaire médicale qui a sauvé la blessée…

Quel fouineur.

— Lâche-moi, tu veux ? Il faut que j'enlève ces vêtements, dit-il, remarquant les taches de sang qui maculaient sa veste et son pantalon. La scène était plutôt salissante.

— Apparemment, dit Ash avec gravité. Les flics ont appelé. La victime est allemande. Elle s'est disputée avec son copain australien, et elle était furieuse en prenant le volant.

Jamie hocha la tête.

Il n'avait vu que trop d'accidents causés par un conducteur bouleversé. Il était passé maître dans l'art de manier les pinces de désincarcération. Au point de se demander parfois s'il était pompier ou ferrailleur.

Il se dirigea vers les douches pour se débarrasser de toute trace de l'accident.

Mais il ne pourrait pas se débarrasser aussi facilement du souvenir de Kayla dans ses bras, de sa joue contre sa poitrine, de ses mains sur sa taille.

Il ne voyait pas comment effacer cela, mais il devait essayer.

3.

— Tu ne m'as pas raconté comment s'étaient passées tes vacances à Rarotonga, remarqua Kayla.

Becca et elle se rendaient sur le lieu d'un gros incendie où elles devraient se tenir prêtes à intervenir. Kayla espérait que Jamie ne serait pas là. L'idée qu'il puisse être en danger accélérait les battements de son cœur.

— C'était génial. J'ai passé mon temps à me baigner, boire et manger. La détente parfaite après cette année de dingue.

— Moi je suis ravie de travailler, commenta Kayla en riant. Ça m'a manqué quand j'étais inactive.

Après tous ces mois d'inactivité, travailler lui donnait le sentiment d'être utile et comblait sa solitude.

— Tu as besoin d'avoir une vie, ma fille.

Ouais. Celle qu'elle menait lui convenait, mais l'excitation avait un prix.

Elle n'avait pas revu Jamie depuis le soir où il l'avait tenue dans ses bras après le sauvetage de l'Allemande, deux semaines plus tôt. D'après Mallory, il se consacrait à ses enfants pendant les vacances scolaires. Il se rendait à des interventions depuis chez lui quand il était de service, et ses collègues lui facilitaient les choses. Depuis Noël, elle lui avait téléphoné deux fois, mais il était occupé, et elle avait gardé ses distances pour ne pas s'immiscer dans sa vie de famille.

— C'est bon d'être au volant de ce mastodonte, rétorqua-t-elle. Ai-je besoin d'autre chose ?

— J'aime mieux ne pas répondre, grommela Becca.

Un véhicule se rangea brusquement sur le bas-côté pour laisser passer leur ambulance dont le gyrophare clignotait.

— J'espère que personne n'est coincé dans l'immeuble en feu où nous allons, commenta-t-elle.

— C'est une bâtisse désaffectée derrière l'aéroport, un ancien hangar pour le foin et le matériel agricole.

— La fumée du feu doit perturber les vols. Le vent souffle en direction des pistes.

De gros nuages noirs s'élevaient en tourbillons au-delà de Frankton, attirant de nombreux curieux qui roulaient dans la même direction que l'ambulance.

— J'espère qu'il y aura un barrage de police avant d'arriver sur les lieux. Les badauds ne sont pas les bienvenus.

— J'ai entendu les gars parler par radio quand nous étions au poste. Deux véhicules de police devraient être là.

— Les pompiers doivent vouloir qu'on soit là au cas où l'un d'eux serait blessé.

Cela ne la dérangeait pas. Elle préférait être sur place qu'attendre un appel hypothétique au poste de secours.

Jamie était-il de garde aujourd'hui ? Elle serait heureuse de le voir. Elle n'arrivait pas à l'oublier depuis qu'il l'avait tenue dans ses bras solides, avec douceur et sollicitude.

Pourvu que ça ne soit pas trop dangereux !

D'où lui venait ce pessimisme ? Il était rare qu'un pompier soit pris dans un incendie. Les règles de sécurité étaient drastiques, et elle savait que le bon sens était la première exigence pour intégrer la brigade dirigée par Jamie. Aucun machisme n'était toléré. Seuls des hommes et des femmes solides intégraient le groupe. Forts, concentrés sur leur mission, calmes dans les situations tendues.

Elle soupira intérieurement.

Jamie était tout cela et plus encore. Quand il l'avait arrachée, gravement blessée, à son linceul de neige, il avait veillé sur elle, et elle s'était sentie en sécurité en agrippant sa grande main. Il était différent. Censée l'ignorer, elle n'avait plus voulu y penser. Puis ils s'étaient embrassés, et depuis, elle ne pouvait plus faire semblant.

— Comment vont tes jambes ces temps-ci ? demanda Becca, l'arrachant à ses pensées.

Elle avait un peu mal parfois, mais c'était normal, surtout pour la jambe droite garnie de métal en tout genre.

— Bien. Je marche six kilomètres par jour, et je devrais bientôt pouvoir intégrer les missions de secours en montagne.

L'unique fois où elle l'avait fait avant son accident, elle avait adoré le travail de recherche, stimulant et utile. La réunion du groupe, huit semaines plus tôt, avait été bienvenue pour rompre son oisiveté monotone, lui permettant de renouer avec les collègues. En particulier avec Jamie.

— Tu ne te ménages pas, Kayla. On est ravis que tu aies repris le travail, mais tu ne dois pas en faire trop.

— Je tiens à être bonne pour le service à tout instant.

Elle voulait aussi se remplir l'esprit avec le travail, les problèmes médicaux, les vies à sauver. Les mois d'inactivité l'avaient rendue cinglée, et les longues heures à songer au passé, passablement déprimée. Elle émergeait enfin de l'abîme de chagrin où l'avaient plongée la mort de Dylan et celle du bébé. Elle pensait avoir fait le bon choix en revenant auprès de sa famille et de ses amis, et en retrouvant un métier qu'elle adorait, même si elle avait dû le mettre entre parenthèses à cause de l'avalanche.

— Tu exiges trop de toi.

— Tu crois ?

Après avoir été ménagée pendant des années après la mort de Dylan, elle appréciait la franchise de son amie.

Son mariage avait été merveilleux. Elle s'était sentie aimée et heureuse au-delà du possible. Cette union avait dompté son côté rebelle tout en lui permettant de devenir la femme indépendante qu'elle était aujourd'hui. La vie sans Dylan était vide. Et elle s'efforçait de trouver un équilibre. Seule. C'était trop risqué d'essayer d'aimer. La perspective de revivre toute cette souffrance la terrifiait.

Quand elle était enfant, on attendait d'elle une parfaite docilité alors que son frère pouvait faire tout ce qu'il voulait. Elle en souffrait, et elle s'était donné du mal pour prouver qu'elle était aussi capable que lui, que rien ni personne ne l'empêcherait de s'amuser. Ce comportement lui avait valu bien des ennuis, mais il l'avait aussi rendue forte et déterminée au point de devenir championne de ski. Mais à la mort de Dylan, cette force s'était envolée, remplacée par le désespoir.

À l'époque, Dylan était très pris entre ses gardes de nuit à l'hôpital et la préparation de ses examens. Elle le voyait peu depuis des semaines. Le soir où elle avait fait sa seconde fausse couche, il avait tout laissé tomber pour venir la retrouver, mais il s'était endormi au volant sur l'autoroute et n'était jamais arrivé. Sa voiture avait traversé deux voies, avait heurté la barrière de sécurité et avait fait un tête-à-queue avant d'être heurtée par un poids lourd. Il n'avait pas eu la moindre chance.

Pourquoi ruminer ces sombres pensées maintenant ?

— Vas-y doucement, d'accord ? poursuivit Becca qui n'avait pas fini. En tout cas, si tu veux de la compagnie pour marcher, appelle-moi. J'aime sortir de la maison prendre l'air. Ça me permet de réfléchir.

— Je n'ai pas besoin de réfléchir, répliqua Kayla avec un haussement d'épaules, Jamie ayant trop tendance à s'immiscer dans ses pensées ces temps-ci.

Becca se pencha vers le pare-brise.

— C'est un sacré feu, dis donc…

Kayla sentit son rythme cardiaque s'accélérer. Elle avait des sueurs froides à la pensée d'approcher un incendie ou, pire, d'entrer dans un bâtiment en feu.

— Les pompiers n'ont pas intérêt à entrer dans la bâtisse, c'est trop dangereux.

Sauf qu'ils le feraient s'il y avait quelqu'un à l'intérieur.

Les accidents lui brisaient le cœur, et elle donnait tout pour sauver la vie des victimes, mais ils ne lui inspiraient pas cette peur viscérale d'être consumée par la chaleur et la douleur mêlées, une phobie inexplicable qu'elle avait depuis l'enfance. Maisie prétendait qu'elle avait dû être brûlée vive dans une vie antérieure, et cela la faisait rire, ce qui était probablement le but.

Les policiers avaient dressé un barrage au bord de la route. L'un d'eux leur fit signe d'avancer.

— Merci, les gars, dit Kayla par la vitre baissée. Bon, nous voilà arrivées.

Elle monta sur l'accotement en marche arrière, coupa le contact et déboucla sa ceinture.

— On ne va pas ouvrir le hayon avec toute cette fumée. Observons et attendons, dit-elle, bras croisés sur le volant.

Les sapeurs-pompiers dirigeaient leurs lances à eau vers le bâtiment massif dévoré par les flammes. L'un d'eux se détachait, sa silhouette athlétique revêtue de la lourde combinaison jaune ignifugée. Jamie. Son visage était invisible sous l'appareil respiratoire, mais ses gestes précis témoignaient de son sang-froid et de son efficacité.

À côté des autres, il paraissait plus grand, plus vigoureux que jamais.

La combinaison de protection, sans doute. Quand il était venu la voir à l'hôpital, il portait un jean et un T-shirt sombre sous une veste épaisse, et elle l'avait trouvé très viril.

Elle inspira.

Pourquoi se rappeler ce détail quatre mois après ? Comme si c'était important ? Ça ne l'était pas et ne le serait jamais. Mais elle n'arrêtait pas de penser à ce moment-là, de se rappeler cette impression qu'il occupait tout l'espace.

Des semaines après, elle sentait encore son corps s'embraser à ce souvenir. Jamie ne lui avait pas téléphoné malgré sa promesse de garder le contact. De toute évidence, elle n'avait pas eu sur lui le même effet.

— Qu'est-ce qu'ils font ? demanda Becca.

— Ils vont entrer ? dit Kayla, la bouche sèche. C'est mauvais signe. Est-ce qu'ils ont entendu quelque chose ? J'en vois trois qui entrent. Je reconnais Jamie à gauche…

— Le plus petit est Kate. J'ignore qui est le troisième.

— Ils ont intérêt à être prudents, observa Kayla, qui connaissait de longue date Kate et son mari. C'était plus facile de vivre à Auckland, je n'y avais pas autant d'amis.

Incapable d'en supporter davantage, elle se leva et se faufila à l'arrière de l'ambulance pour inventorier l'équipement déjà contrôlé dix fois.

— S'il vous plaît, s'il vous plaît, s'il vous plaît, faites attention, tous, murmura-t-elle. Toi aussi, Jamie.

Surtout toi.

— Attention, cria Becca, le plafond s'effondre !

Le cœur fou, Kayla se rua à l'avant et fixa la scène, horrifiée.

— La charpente est tombée là où étaient Jamie et Kate…

Je vous en prie, je vous en prie, Jamie, Kate, et qui que vous soyez, sortez de là !

— Il y a quelqu'un à la lisière des flammes.

N'en pouvant plus, Kayla ouvrit la portière, sauta au sol, attrapa le kit médical et courut vers la bâtisse en feu. Il fallait qu'elle sache si quelqu'un était blessé et qu'elle s'approche le plus possible sans gêner les secours, au cas où on aurait besoin d'elle. Qu'elle sache si Jamie était indemne.

Elle trébucha, reprit l'équilibre et continua d'avancer, ignorant les questions qui tournaient dans sa tête.

Pourquoi Jamie ?

Il était membre de l'équipe. Non, il était plus que ça. Il l'avait connue vulnérable. C'était difficile à oublier.

— Kayla, appela Ash en lui faisant signe, et elle sut qu'il était le troisième pompier. Par ici ! Jamie a reçu un coup. Une poutre lui est tombée dessus.

Elle courut vers Ash au pied duquel gisait un pompier. Un grand pompier costaud dont le masque était arraché et qui suffoquait. Inhalation de fumée. Elle sentit ses genoux fléchir. Inspirer, se redresser, faire le job. Oublier qui il était. Elle traitait tous ses patients de la même façon, qu'ils lui soient familiers ou pas.

— Becca, apporte l'oxygène ! hurla-t-elle à son amie.

— Je vais vous aider, dit Kate.

— Merci.

Elle s'agenouilla près de Jamie, ignorant la douleur dans sa jambe droite.

— Ash, place-toi de l'autre côté et aide-moi à le redresser. Il faut qu'il respire.

C'était son tour d'aider Jamie, de tout faire pour lui.

— Le masque a été arraché quand il a heurté le sol, dit Ash.

— Jamie, c'est Kayla. Tu as inhalé de la fumée ?

— Un peu, répondit-il, haletant.

— Je vais devoir retirer ton casque, et ça risque de faire mal. J'ignore ce que nous allons trouver dessous.

— Vas-y…

Avec l'aide d'Ash, elle enleva délicatement le casque, et Jamie poussa un gémissement.

— Pardon… Je vais te mettre sous oxygène, ça te soulagera. Ash dit que tu as reçu un coup, dit-elle, palpant doucement son crâne.

Toux, halètement, toux.

Jamie acquiesça lentement, puis il se renversa soudain en arrière, et s'ils ne l'avaient pas tenu, son crâne aurait heurté le sol.

— Du calme. L'oxygène arrive. Je vais te tenir pendant qu'on te l'installe, puis on te couchera sur le côté pour que je puisse examiner ton dos. D'accord, Jamie ?

— Oui…

Toux.

— Incline la tête, économise ton souffle.

Elle remarqua que l'arrière de son crâne saignait.

— Becca, mets l'oxygène, ordonna-t-elle, poursuivant l'examen du crâne de ses mains gantées. Une coupure saigne derrière l'oreille, mais je ne trouve pas de dommage osseux.

Dès que l'oxygène passa dans la gorge de Jamie, ils l'étendirent de tout son long sur l'herbe. Il écarta le masque.

— Pourquoi je me sens dans les vapes ? Comme si j'allais m'évanouir ?

Elle replaça le masque sur sa bouche et son nez.

— La poutre t'a cogné la tête ? demanda-t-elle.

— En oblique.

— Tu as peut-être une commotion. Je vais examiner ton dos.

Grâce à l'apport d'oxygène, il respirait déjà mieux. Il essaya de lever le bras pour lui faciliter la tâche et grimaça.

— C'est ton épaule qui a pris ? Tu as mal ailleurs ? Lève le doigt pour dire oui.

— Non, répondit-il, peu disposé à suivre ses instructions.

— Économise ton souffle, le gronda-t-elle gentiment. Il faut que je voie si tu as des blessures sur le corps.

Le corps de Jamie…

Hé, c'était un patient, se réprimanda-t-elle, pas un objet de fantasmes ! D'ailleurs, elle ne fantasmait pas sur lui.

Menteuse.

— On t'emmène à l'hôpital.

Au lieu d'acquiescer, il prit une grande bouffée d'oxygène en la foudroyant du regard.

— Ne parle pas, dit-elle, ignorant son regard noir. J'ai compris le message. Tu ne veux pas y aller, mais c'est moi qui décide. Il faut suturer ta blessure à la tête, et tu dois voir un médecin.

En examinant son torse, elle sentit des muscles durs sous sa main et s'écarta en grognant pour masquer son embarras.

— Prends une longue et lente inspiration.

Il s'exécuta en grimaçant.

— Des douleurs dans la poitrine ?

Il hocha la tête.

— T'es-tu fait mal aux côtes en tombant ?

— Sais pas, dit-il après réflexion.

Puis il ferma les yeux.

Elle était sûre qu'il souffrait d'une commotion. De plus, son épaule gauche était légèrement désaxée, ce qui évoquait une luxation. La remettre en place ne serait pas une partie de plaisir, même pour un homme endurci comme Jamie. Il faudrait le placer sous sédation. Plus vite elle le conduirait à l'hôpital où un médecin pourrait réaliser la procédure, mieux ce serait. Un délai trop long pourrait entraîner une opération chirurgicale.

— Comment est le pouls, Becca ? demanda-t-elle.

— Fort. Le cœur est bon.

On pouvait s'y attendre. Jamie était un homme solide.

Elle prit sa main et la serra doucement.

— Tu t'en tires très bien, Jamie, murmura-t-elle avec un soulagement intense.

— Tu trouves ? grommela Jamie entre deux respirations pénibles. J'ai une migraine carabinée, une douleur insupportable à l'épaule, et l'esprit complètement embrumé.

Une foutue poutre l'avait assommé, et il s'en sortait bien ? Il se sentait affreusement mal, même si les doigts de Kayla enveloppaient sa main avec douceur.

— Mais oui, répondit-elle en se penchant vers lui. Tiens bon. Je vais te faire une piqûre pour soulager la douleur avant qu'on te mette sur le brancard.

— Fais vite.

Elle lui adressa un sourire gentil et compréhensif qui le toucha. Il aurait volontiers mis ce sourire en bouteille pour le ressortir la nuit prochaine afin de se sentir un peu moins mal, un peu moins seul. Il était entouré de gens désireux de l'aider, mais il se serait senti seul sans Kayla. Il n'avait pas l'énergie d'essayer de comprendre pourquoi.

— Je vais chercher la civière, annonça Becca.

Il regarda Kayla préparer une seringue d'antalgique et ne sentit même pas la piqûre de l'aiguille quand elle lui injecta le produit.

— Tu es douée…

Tout était bon pour le distraire de l'insupportable migraine, et peut-être lui valoir un autre sourire.

— J'ai de l'entraînement.

Autre sourire.

Il pourrait devenir accro à ses sourires. Il n'était pas censé en avoir besoin, mais aujourd'hui, il était blessé, il souffrait, et il avait droit à un peu de tendresse, à condition qu'elle ne le prenne pas pour une mauviette.

Détournant les yeux de son doux visage, il regarda le bâtiment détruit par l'incendie.

— Kate et Ash n'ont pas été blessés ? demanda-t-il, se sentant coupable de n'avoir pensé qu'à lui.

— Ils t'ont arraché au brasier. Ils n'ont pas été touchés par la poutre, ni n'ont inhalé de fumées toxiques.

— Ils m'ont sorti ? s'écria-t-il, ne se souvenant de rien. Ma mémoire est défaillante. C'est à cause de la commotion ?

— Possible, répondit Kayla. Les médecins le confirmeront.

— Quel est ton avis d'auxiliaire médicale hautement qualifiée ?

Elle haussa les épaules et sourit.

— Tu as reçu un coup violent sur la tête. Tu souffres d'un traumatisme crânien. Il te faudra probablement un peu de temps pour récupérer entièrement tes facultés mentales.

Ses yeux dorés pétillaient en l'observant.

Guettant sa réaction ?

Sans doute. D'après ce qu'il avait vu, elle ne se détendait jamais dans le travail. La fumée avait un goût atroce quand l'air sortait en sifflant de ses poumons douloureux, mais il était entre de bonnes mains et s'en félicitait.

Il haleta, toussa, et eut très mal à la poitrine et à l'épaule quand ses muscles se crispèrent.

— Doucement, Jamie. Tes poumons sont sensibles en ce moment.

Il gémit, ferma les yeux et ne vit plus son beau visage bienveillant.

— Je n'ai pas besoin d'une femme à mes côtés... Ni maintenant ni jamais, marmonna-t-il comme pour s'en convaincre.

— Seulement jusqu'à ton arrivée aux urgences.

Zut ! Avait-il parlé à voix haute ? Elle allait le prendre pour un ingrat, croire qu'il voulait se débarrasser d'elle... Bah, elle mettrait sa réaction sur le compte de la commotion. Cela étant, ses propos n'étaient pas censés être entendus. Il n'était pas dérangé à ce point...

Hou là, il avait l'esprit de plus en plus embrumé. Son corps flottait, flottait...

— Kayla ? Où je suis ?

— Tout va bien. Je suis là, répondit-elle, touchant sa main. Tu es en état de choc, on est sur le point de te conduire à l'hôpital en ambulance. Je ne te quitte pas.

Il n'y avait pas trace d'inquiétude dans sa voix calme et douce. C'était rassurant. Elle ne le laisserait pas tomber.

Quoi ? Faire confiance à cette femme ? Ça ne tournait pas rond chez lui ! Mais il avait reçu un gros choc à la tête. Tout s'arrangerait avec le temps…

— Ash ? dit-il dans un croassement.

— Il est retourné au feu. Il dirige les opérations… Bien, il est temps de te mettre sur la civière.

Il vit qu'on poussait un brancard sur roulettes dans leur direction. Il secoua la tête et le regretta immédiatement.

— Je peux marcher, maugréa-t-il.

— Tu es étourdi, sous oxygène, et relié à un moniteur cardiaque. Tu iras dans l'ambulance en chariot.

— Bien, madame.

Elle l'avait remis à sa place. Cette femme était une dure à cuire. Elle était aussi compétente. La tête comme un tambour, il ne se voyait pas porter son casque, et encore moins son équipement. Il n'avait plus le contrôle. Il s'en était apparemment remis à Kayla, et elle contrariait ses désirs. Typiquement féminin. Une bonne raison de garder ses distances. Il la connaissait à peine, et il ne souhaitait pas que ça change. Travailler parfois avec elle, ça suffisait.

— Ravie qu'on se comprenne, rétorqua-t-elle avec malice.

— Aidez-moi à me relever, les gars, dit-il aux deux policiers qui se tenaient à proximité.

Kayla se retourna d'un bloc.

— Tu ne marcheras pas jusqu'à l'ambulance.

— Non, madame. Je veux juste… m'asseoir sur le chariot afin qu'on n'ait pas à se… ruiner le dos en me hissant dessus.

C'était la première fois qu'il parlait autant depuis son intoxication. À bout de souffle, il haleta en plaquant le masque à oxygène contre sa bouche.

Kayla s'assura que le masque était bien placé.

— Vas-y doucement, ou tu vas tousser. Et ne m'appelle

plus jamais « madame », reprit-elle à voix basse pour n'être entendue que de lui.

Sinon quoi ?

Il n'avait pas assez d'air dans les poumons pour répliquer.

Bon sang, il avait beau avoir l'impression d'être passé sous un dix tonnes, il appréciait leur petite joute verbale. En tout cas, Kayla était douée dans son travail, et il se félicitait qu'elle ait été appelée sur le lieu du sinistre. Et à propos…

— Où en est le feu ? demanda-t-il.

— Il semble mieux contrôlé, répondit un policier. Tobin et moi allons vous lever en vous prenant chacun par un bras.

— Ce ne sera pas facile, vu votre gabarit, commenta Tobin avec un sourire en coin.

Retenant son souffle, Jamie serra les dents contre la douleur lancinante pendant qu'on le levait et que le monde basculait sous l'effet d'un vertige.

— Doucement. Respire lentement, dit calmement Kayla.

Le vertige passa, le monde reprit sa place. Les policiers l'aidèrent à monter sur le chariot, et il ignora la douleur.

— Approche l'ambulance, dit Kayla à Becca. Le terrain inégal risquerait d'endommager les roulettes de la civière.

La vue brouillée, il ferma les yeux en soupirant, de plus en plus fatigué et incapable de se concentrer.

— On est dans les vapes après une commotion ?

— C'est une possibilité, dit Kayla. Après un stress aussi.

— Ça doit être ça, alors.

Il se serait bien passé de cette blessure à la tête. Leanne allait en profiter pour prendre les garçons pendant une durée indéterminée. Eh bien, non. Les règles avaient été fixées une fois pour toutes concernant la garde…

Peut-être qu'il ne pourrait pas s'occuper des garçons pendant quelque temps ? Non, ça ne pouvait pas arriver ! Pas question qu'il renonce à son temps de garde. Il s'était battu pour obtenir la garde partagée. Leanne et lui avaient enfin trouvé un arrangement, et tout le monde s'était calmé. Désormais, les garçons savaient où ils vivaient chaque quinzaine, ils avaient retrouvé un équilibre. S'il avait des problèmes médicaux, tout serait bouleversé, et il ne supportait pas cette idée.

Mais Leanne trouvait toujours du temps pour Ryder et Callum. Pas comme sa propre mère.

— Plus tôt nous serons à l'hôpital, plus vite tu auras les réponses à tes questions, remarqua Kayla, visiblement consciente que quelque chose le tourmentait.

Il s'allongea sur le brancard et serra les dents jusqu'à ce que les roues soient verrouillées, une fois dans l'ambulance.

— Tobin, dites à Ash de me tenir au courant.

— Pas aujourd'hui, non, dit Kayla en refermant le hayon de l'ambulance. Je vais reprendre tes constantes.

Elle s'approcha et consulta le moniteur.

— Ton rythme cardiaque est bon.

— Je le pensais incontrôlable après ce qui s'est passé.

— Évite de penser.

Il contempla le ravissant visage au-dessus de lui.

Ce devait être merveilleux de le voir chaque matin au réveil.

— Ah…

— Qu'est-ce qu'il y a, Jamie ? dit-elle avec inquiétude, en scrutant son corps qui dépassait de la civière.

— Rien, répondit-il sèchement.

N'avait-il donc rien appris au fil des ans ? Un joli visage, ça ne voulait rien dire, ça ne reflétait pas la personnalité et pouvait dissimuler bien des noirceurs.

— Jamie ? dit-elle plus doucement en lui prenant la main.

— Je vais bien, répliqua-t-il moins durement. Franchement.

Sauf qu'il avait baissé sa garde.

Comment avait-il pu ? Son cœur n'était pas seul en jeu. Les garçons pouvaient souffrir, et il s'était promis que ça n'arriverait plus. Pourtant il avait tenté de convaincre Kayla qu'il n'avait pas de problème. Kayla ou lui-même ?

Une autre question à laquelle il lui était impossible de répondre.

— Tu es sûr ? demanda-t-elle. C'est important que je connaisse tous tes problèmes.

Pas celui-là, non.

Il avait juste eu un moment d'absence. Demain il se lèverait et vaquerait à ses occupations comme si rien ne s'était passé. Il le fallait. Cette semaine, il avait les garçons. Ceux-ci n'allaient pas retourner chez leur mère sous prétexte qu'il avait reçu un coup sur la tête.

4.

Kayla étant plus qualifiée pour soigner Jamie, Becca conduisait l'ambulance. De toute façon, Kayla n'aurait laissé sa place à personne. Elle voulait être là pour Jamie, le rassurer s'il était confus, s'il souffrait, si la situation le déstabilisait. Comme il avait été là pour elle après l'avalanche, un roc auquel elle s'était cramponnée alors qu'elle perdait tous ses repères.

La même connexion semblait encore les unir, et elle subsisterait tant qu'il n'aurait pas récupéré. Après, il n'aurait plus besoin d'elle, et la vie reprendrait son cours normal.

Mais elle était en train de se forger un nouveau mode de vie en travaillant d'arrache-pied et en participant aux missions de l'équipe de recherche. Et elle voulait aussi passer du temps avec ce bel homme qui semblait lire en elle dès qu'elle baissait sa garde.

Elle ne s'était jamais sentie aussi claustrophobe dans une ambulance, même avec deux patients en même temps. Son cœur palpitait tandis qu'elle examinait l'homme groggy couché sur la civière.

Il était imposant, mais elle en avait vu d'autres. C'était *lui* qui la touchait, et elle hésitait entre lui prendre la main pour le suivre où qu'il aille, et penser à Dylan et à sa peine quand il était parti en emportant sa dernière chance de fonder une famille. Plus elle voyait Jamie, plus il semblait facile de regarder vers l'avenir.

Jamie grogna en remuant l'épaule.

— Essaye de rester tranquille.

Il n'ouvrit pas les yeux. L'avait-il entendue ?

— Kayla ?

— Oui, Jamie ?

— Je suis dans une ambulance ?

Elle se rappela sa propre question après l'avalanche : « Je suis vivante ? » Jamie s'était empressé de la rassurer.

Elle hocha la tête et lui prit le poignet pour vérifier son pouls.

— Oui, nous ne sommes plus très loin de l'hôpital.

Son pouls était fort sous ses doigts, et elle se concentra sur les pulsations pour ne pas plonger dans les yeux bruns qui l'observaient. Couleur chocolat fondu. Doux, crémeux, délicieux.

Libérant sa main, elle nota le résultat sur sa fiche.

Normal malgré l'état de choc.

— Je ne me sens pas au top, grommela-t-il.

Jetant un coup d'œil au moniteur cardiaque, elle sourit.

Techniquement, son cœur allait bien, mais le coup qu'il avait reçu avait pu lui casser des côtes en plus de lui luxer l'épaule et d'entraîner une commotion. Pas étonnant qu'il se sente mal.

— Pour un meilleur service, les urgences t'offriront plein d'appareils auxquels te brancher, ainsi que des médecins, des infirmières, et de vrais lits.

— En d'autres termes, je dois cesser de geindre, dit-il avec un sourire las.

— Non, je veux dire que ton état est correct, et aux urgences, Josua t'accordera toute son attention.

— C'est ce que tu fais depuis qu'on m'a sorti du brasier, remarqua-t-il en lui tapotant le bras. Merci.

— De rien, mais je préférerais que tu ne te mettes plus en danger.

C'était le paradoxe de son métier. Elle adorait secourir les gens mais détestait les voir mal en point.

Elle continua de surveiller Jamie, en quête de lésions qui lui auraient échappé.

Une vague angoisse la fit regarder autour d'elle, mais dans l'intérieur familier de l'ambulance, tout était normal.

Les yeux clos, Jamie semblait plus détendu, l'antalgique devait l'engourdir. Elle s'imagina promener les doigts sur sa mâchoire couverte d'une barbe naissante. D'épaisses mèches noires étaient plaquées sur son front.

Qui retrouvait-il en rentrant chez lui à la fin de la journée ?

— Tu veux qu'on prévienne quelqu'un de ce qui t'arrive ? demanda-t-elle calmement.

Il ouvrit les yeux.

— Je m'en occuperai après avoir vu Josua.

— Tu vas probablement passer des heures en observation à l'hôpital. On va même peut-être te garder cette nuit.

— Ça n'arrivera pas.

Elle n'avait pas envie de discuter. De toute façon, à en juger par son air buté, il n'écouterait rien.

— Tout le monde fera le maximum pour toi. Attends de voir ce que dira Josua avant de t'énerver.

— Et toi ?

— Quoi, moi ?

— Vas-tu rester pour t'assurer que je vais bien ?

Elle le regarda fixement. Qu'attendait-il d'elle ?

— Je suis de garde encore trois heures, répondit-elle avec un coup d'œil à sa montre.

— Tu risques d'amener d'autres patients aux urgences.

— Dans ce cas, je passerai te voir pour t'embêter un peu.

Becca se gara en marche arrière devant les urgences.

— On est arrivés, annonça-t-elle.

Comme Kayla se levait pour ouvrir le hayon, Jamie lui saisit la main.

— Merci pour tout, murmura-t-il, le visage marqué par une inquiétude qu'elle ne sut pas identifier.

— Qu'est-ce qu'il y a, Jamie ?

— Je ne contrôle rien, et je déteste ça, dit-il, ses yeux bruns fixés sur elle.

— Je suis passée par là. Tu seras bientôt sur pied, et tout redeviendra normal, tu verras…

Il en avait été différemment pour elle. Elle avait passé des mois à ruminer sa frustration parce qu'elle ne maîtrisait plus ses jambes et son esprit avait battu la campagne.

Le hayon s'ouvrit avant qu'elle ait pu terminer sa phrase.

— Jamie, qu'est-ce que tu t'es fait, mon ami ? s'écria Josua qui s'était précipité.

— Je me suis colleté avec une poutre.

— Et tu as perdu, on dirait. Kayla, donne-moi les détails.

Elle lui fit son rapport tandis que Jamie était transféré dans un lit.

Elle s'approcha de lui.

— Je dois y aller. Un autre appel, dit-elle avec regret.

Pour un homme toujours positif et sûr de lui, Jamie semblait si malheureux qu'elle sentit son cœur se fendre. Son apparence d'homme coriace et sûr de lui cachait-elle un solitaire ? Avaient-ils aussi cela en commun ?

— Je repasserai en amenant le prochain patient. D'accord ?

— Merci.

Jamie regarda Kayla s'éloigner, déjà concentrée sur sa prochaine mission.

Sa jambe droite devait tirer un peu, accentuant sa claudication. Il l'avait vue grimacer quand elle s'était agenouillée par terre, comme si elle souffrait encore.

Il n'aurait pas dû l'encourager à revenir. Ils n'étaient pas bons amis. Ni rien d'autre. Il s'efforçait de la tenir à distance à cause du désir qu'elle lui inspirait. Mais, contre toute logique, il l'avait presque suppliée de revenir le voir.

À la dernière réunion de l'équipe de sauvetage, il l'avait entendue dire à Zac en plaisantant qu'il fallait avoir au moins un diplôme d'ingénieur pour assembler les broches qu'elle avait dans les jambes. Mais aujourd'hui, pas une fois elle ne s'était plainte. Concentrée sur son patient – *lui* –, elle avait diagnostiqué ses blessures et l'avait aidé à supporter la douleur. Oubliant ses propres problèmes, elle avait tenu sa main quand il s'égarait, et sa douceur avait apaisé son esprit en déroute.

Elle avait encore monté dans son estime, même s'il avait déjà salué la compétence dont elle avait fait preuve avec la jeune Allemande, désormais en voie de guérison. Et il n'avait pas oublié le sang-froid avec lequel elle avait enduré ses blessures et sa peur quand on l'avait évacuée en hélicoptère après l'avalanche.

Oui, Kayla Johnson était une femme forte.

Il avait du mal à décrire sa fascination en sa présence. Cela avait commencé le jour de l'avalanche et ne l'avait plus quitté. Elle éclairait son univers, même s'il n'en avait pas toujours conscience. Sa vie s'encroûtait depuis qu'il partageait la garde des garçons avec Leanne, mais quand Kayla était là, il ne pouvait pas se défaire de l'espoir que quelque chose d'autre l'attendait. Comme si le futur s'ouvrait à lui, alors qu'il avait renoncé à tout projet d'avenir.

Mais ses fils passaient en priorité. Toujours. Plus jamais ils ne seraient tiraillés entre leurs parents en conflit. C'était pourquoi il était nécessaire qu'il tienne Kayla à distance. Il ne voulait pas qu'elle s'immisce entre lui et ses fils si jamais il se brouillait avec elle.

— Je vais examiner cette blessure à la tête avant de m'occuper de ton épaule et de ta poitrine, annonça Josua.

L'effet de l'antalgique injecté par Kayla commençait à s'estomper. Ou il était une mauviette.

— Finissons-en, dit-il. Je dois aller récupérer mes fils.

— Doucement, l'ami. Tu n'iras chercher personne en voiture aujourd'hui.

— Tu ne comprends pas. Il faut que je sois à la maison pour Callum et Ryder.

Il arrivait à mieux s'entendre avec Leanne au sujet des garçons, mais il avait toujours des craintes en cas d'imprévu. Les vieilles leçons étaient difficiles à oublier.

— Chaque chose en son temps, dit Josua en enfilant des gants de latex.

Bon. Plus tôt il aurait son accord, plus vite il rentrerait chez lui. Christine, une voisine et amie, devait prendre ses fils au centre aéré, mais il avait promis de ne pas être en retard ce soir, car elle et Jack allaient dîner chez sa famille pour son anniversaire.

Bon sang, il avait oublié de dire aux garçons où il avait mis le cadeau qu'il avait acheté pour elle !

Il réagit quand Josua palpa un endroit sensible à l'arrière de son crâne.

— Pardon, je vais essayer d'être plus doux en t'auscultant.

— Fais ce que tu as à faire, répondit Jamie, et il ferma les yeux en s'efforçant d'imaginer des choses plus agréables.

L'image de Kayla s'imposa à lui, avec sur ses lèvres ce sourire qui illuminait son visage et mettait des étincelles dans ses yeux, la rendant irrésistible.

Mais il saurait résister à son charme. Il avait caparaçonné son cœur et n'était pas près de le mettre à nu. Si jamais il se sentait faiblir, il n'avait qu'à se rappeler Ryder cramponné à sa jambe, criant qu'il n'irait pas avec maman alors qu'on lui avait promis une fête d'anniversaire avec papa.

Ce jour était resté gravé dans sa mémoire : Leanne tapait du pied et poussait les garçons dans son break de luxe flambant neuf, hurlant qu'il n'avait pas le droit de leur faire des promesses. Les garçons étaient en pleurs parce qu'ils ne pourraient pas être là pour l'anniversaire de leur père.

Un souvenir affreux.

Il avait fini par céder devant l'hystérie des enfants. Il avait réussi à les calmer en leur disant qu'ils se verraient quelques jours après et qu'ils feraient la fête tous les trois. Mais l'incident avait été décisif. Depuis, Leanne et lui œuvraient ensemble dans l'intérêt de leurs enfants, et chacun les avait deux semaines à tour de rôle.

— Une infirmière va t'apporter des antalgiques, dit Josua. Je t'envoie à la radio. Je doute que tu aies une fracture du crâne, mais mieux vaut s'en assurer. Je soupçonne des côtes cassées. Tu seras handicapé pendant quelques jours par ton épaule amochée, mais elle n'est pas luxée.

— Merci, Josua. Je ne m'en sors pas si mal, compte tenu de la taille de cette poutre.

— Pas de travail pendant une semaine, et interdiction de conduire jusqu'à ce que tu sois remis de ta commotion.

— Autrement dit, je dois devenir caissier.

— Ou t'asseoir à ton bureau et donner des ordres à ton personnel, rétorqua Josua en riant. Ça ne te fera pas de mal de prendre du repos. À quand remonte ton dernier congé ? Depuis que je suis à Queenstown, je ne t'ai jamais vu qu'en tenue de travail, en mission de recherche ou à une réunion de l'équipe de secours.

— J'ai pris quelques jours pendant les vacances scolaires.

Cependant, Josua avait raison. Il ne comptait pas ses heures à la brigade de sapeurs-pompiers et avec l'équipe de recherche, en exercice ou sur de vraies missions, accumulant les heures pour pouvoir être avec ses fils les jours où il en avait la garde. Un équilibre, voilà ce qui manquait à sa vie, et il n'en trouverait probablement pas avant longtemps. Pas tant que ses fils ne seraient pas autonomes, et encore.

C'étaient des petits polissons adorables et coquins, source d'amusement et de peine comme tous les enfants. Un jour, ils lui donnaient envie de s'arracher les cheveux, le lendemain ils regardaient leur émission préférée à la télévision, lovés contre lui. La paternité était la meilleure chose qui lui soit arrivée, et gare à quiconque voudrait entraver son rôle de père, comme Leanne l'avait découvert à ses dépens quand elle avait voulu obtenir la garde exclusive. Avec le temps, il avait compris qu'elle éprouvait la même peur que lui de perdre Callum et Ryder. Après, il avait été plus facile de régler les formalités du divorce.

Il bâilla, le corps las et douloureux. L'antalgique administré par Kayla n'avait plus aucun effet.

Kayla. Elle était de retour dans ses pensées. En était-elle jamais partie ? Après toutes ces années à vivre seul, pourquoi cette femme l'obsédait-elle autant ?

Elle lui faisait tourner la tête. Il avait besoin de la voir, de contempler à loisir son visage avenant, ses beaux yeux, ses lèvres charnues. L'entendre parler avec son accent du Sud le troublait, tout comme son rire léger, trop rare à son goût…

— Je vous fais une injection avant que vous partiez à la radio.

Il tressaillit.

— Depuis quand je suis là ? demanda-t-il à l'infirmière.

— Une trentaine de minutes. Vous n'avez pas demandé qu'on prévienne quelqu'un de votre présence. Voulez-vous que je m'en occupe pendant que vous êtes à la radio ?

Il secoua la tête, et la douleur le fit grimacer.

— Non.

— Vous êtes sûr ?

— Oui.

Sa tête flottait. Était-ce normal après une commotion ? Kayla avait sûrement déjà répondu à cette question, mais sa mémoire lui jouait des tours. En tout cas, il se rappelait qu'il devait partir d'ici avant 6 heures.

— Il est quelle heure ?

— 3 heures et demie.

Il avait encore tout le temps de rentrer pour les garçons. Il s'abandonna à la somnolence qui l'engloutit.

Kayla pénétra aux urgences et se mit en quête de Jamie.

Au lieu de rentrer directement chez elle après sa garde, elle était de retour ici.

Quand elle avait amené John Baker à l'hôpital, Jamie était parti à la radio, Josua était occupé, et elle n'avait rien appris de plus sur son état. Elle ne voulait pas partir sans savoir s'il avait besoin de quelque chose, même s'il avait à présent dû recevoir la visite de proches. Mais il avait semblé si perdu dans l'ambulance… Sans doute imaginait-elle des choses.

Il vaudrait mieux qu'elle rentre chez elle se détendre…

— Tu venais voir Jamie ? demanda Josua derrière elle comme elle se dirigeait vers la sortie. Il est au box 3. Seul, ajouta-t-il en souriant gentiment.

Elle scruta le fiancé de Mallory.

— Comment va-t-il ?

— Il a eu beaucoup de chance. Va le voir. Je vous rejoins

dans quelques instants. Je voudrais lui parler, et j'aimerais que tu sois là, dit-il en s'éloignant.

Jamie ne serait peut-être pas ravi de la voir. Et qu'est-ce que Josua attendait d'elle exactement ?

Une vague de tristesse la parcourut.

Ce serait merveilleux d'avoir une relation avec un homme aimant et sexy, mais c'était très improbable. Pourquoi aurait-elle droit à une seconde chance ? Elle avait peur de se lancer. Encore plus depuis qu'elle connaissait mieux Jamie. Elle ne voulait pas qu'ils se fassent mutuellement souffrir.

Elle se massa la cuisse droite pour soulager ses élancements. Elle pouvait supporter la douleur physique, mais pas le chagrin. Elle avait retenu la leçon.

Alors, elle n'avait plus qu'à rentrer à la maison.

Elle entra en boitant dans le box 3.

Jamie occupait presque tout le lit. Les yeux clos, les joues blêmes, il avait un bandage autour de la tête, un autre à l'épaule, et d'impressionnantes ecchymoses sur le torse. Il dormait. La commotion, les médicaments, le choc avaient eu raison de lui, mais l'énergie suintait de sa respiration régulière et de ses grandes mains détendues. Il irait bien.

Elle se fit violence pour ne pas prendre sa main dans la sienne. Mais son visage confiant, ses lèvres fermes et sa mâchoire puissante l'attiraient irrésistiblement.

Comment réagirait-il si elle se glissait contre lui dans le lit et l'entourait de ses bras ?

Il fallait qu'elle sorte d'ici.

Tournant les talons, elle heurta la chaise, qui racla bruyamment le sol.

— Kayla ? demanda Jamie d'une voix somnolente.

— Je venais voir comment tu allais, mais ce n'est pas drôle, tu dors tout le temps.

— Quelle heure est-il ?

— 6 heures passées. Tu veux un verre d'eau ?

— Quoi ? cria-t-il, se redressant brusquement.

Il gémit en se tenant la tête, et elle le retint fermement.

— Doucement.

— Il faut que je parte. Je dois rentrer pour mes garçons, marmonna-t-il, sortant ses jambes du lit.

— Attends. Josua va venir te parler d'abord.

— On n'a pas le temps.

Elle lui donna une petite tape.

— Arrête, Jamie. Tu as eu un accident. Tu ne peux pas te lever ni quitter l'hôpital. Quelqu'un d'autre peut s'occuper de tes fils ?

— Non. Christine doit sortir ce soir.

Ainsi il y avait une autre femme dans sa vie…

— Elle sait que tu es là ? dit-elle, la gorge nouée.

— Oui, mais je lui ai promis d'être de retour avant 6 heures pour qu'elle ne manque pas sa fête.

Christine sortait fêter quelque chose alors que Jamie était à l'hôpital ? Kayla n'y comprenait rien.

Josua les avait rejoints.

— Recouche-toi, Jamie. J'ai entendu ce que tu disais à Kayla. Désolé, mais tu ne rentreras pas chez toi s'il n'y a personne pour te surveiller cette nuit.

— Au diable ces considérations. Mes fils ont besoin que je m'occupe d'eux.

— Une personne souffrant de commotion doit avoir quelqu'un auprès d'elle au cas où elle s'évanouirait ou ferait une chute, intervint Kayla.

Josua lui jeta un coup d'œil. Jamie aussi.

— Qu'est-ce que tu fais ce soir, Kayla ? demanda Josua. Tu pourrais passer la nuit chez Jamie ?

— Tu ne peux pas lui demander ça, protesta Jamie. Ignore-le, Kayla. Je vais appeler Ash ou un autre collègue…

— Tu es sûr que Christine, qui qu'elle soit, ne peut pas changer ses plans pour ce soir ?

Jamie dut comprendre que des précisions s'imposaient.

— Elle et son mari sont mes voisins, ils gardent souvent

mes fils en mon absence. Elle renonce déjà à beaucoup de choses pour Callum et Ryder, et ce soir, c'est son anniversaire.

Kayla sentit s'alléger le poids qui l'oppressait. Cependant, passer la nuit chez Jamie pour veiller sur lui et sur ses fils, cela allait à l'encontre de ses résolutions de le tenir à l'écart.

Elle regarda Josua, puis Jamie, et baissa les yeux.

— Ça n'a rien de compliqué, Kayla, insista Josua.

Oh si, mais elle se garda de le préciser.

— De quoi souffre exactement Jamie ? demanda-t-elle.

— Trois côtes cassées, inhalation de fumée, épaule contusionnée, grosse coupure à la tête et légère commotion. Je tiens à ce qu'il reste sous surveillance cette nuit, et comme il doit rentrer chez lui, tu es tout indiquée pour le job.

Merci bien.

Quelle autre option avait-elle ? Elle n'avait pas de projet pour ce soir. Et après ce que Jamie avait fait pour elle, elle ne pouvait décemment pas refuser.

Elle vit qu'il la scrutait, attendant sa réponse.

— D'accord, dit-elle, je te raccompagnerai et passerai la nuit chez toi.

— Tu es sûre ? dit-il avec un sourire ironique.

Pas tant que ça, car elle sortirait de sa zone de confort. Mais, chaperonnée par les deux jeunes garçons, elle aurait peu de risques de se retrouver seule avec leur père. N'était-ce pas une bonne chose ?

Si elle n'était pas capable de répondre à cette question, elle avait un sacré problème !

— Oui. Je vais juste prendre quelques affaires dans mon vestiaire au poste. À moins, bien sûr, que je sois appelée en renfort sur un accident majeur, dit-elle, culpabilisant de souhaiter qu'un carambolage la sorte de ce pétrin.

Sa dernière réplique fut saluée par un rire rauque.

Elle se hâta vers la sortie, ravie de s'éloigner un moment.

Jamie ne devrait pas rire dans son état, couché dans son lit d'hôpital, couvert de pansements et de points de suture, et gavé d'antalgiques. Mais depuis que Josua avait fait le point sur ses blessures, elle sentait son inquiétude s'estomper. Cependant si Jamie avait été difficile à ignorer avant, c'était devenu carrément impossible à présent.

5.

Jamie remua pour trouver une meilleure position. En vain. Sa tête l'élançait, et son corps protestait douloureusement. Son lit aurait été plus confortable, mais il avait insisté pour s'installer sur le canapé du salon afin d'être auprès des garçons, le temps qu'ils se familiarisent avec Kayla.

— Ryder, Callum, venez ici.

Les enfants n'avaient rien dit en le trouvant allongé avec la tête bandée. Ils l'avaient juste dévisagé, la tête penchée, puis ils s'étaient regardés l'un l'autre et avaient quitté le séjour, mais il avait vu le déni sur leurs visages.

Ils avaient déjà tant enduré dans leur courte vie.

Revenant dans la pièce, ils le fixèrent en silence.

Il avait envie de les prendre dans ses bras, mais il savait qu'ils garderaient leurs distances tant qu'ils n'auraient pas la certitude que tout allait bien.

— Les garçons, je vous présente Kayla. Elle va passer la nuit ici pour veiller sur moi. J'ai reçu un coup à la tête, et j'ai mal à l'épaule.

— Comment ? demanda Ryder.

— Au travail, répondit-il succinctement – il valait mieux qu'ils en sachent le moins possible sur la dangerosité de son métier. Rien de grave.

— Qu'est-ce que tu faisais ? dit Ryder, le plus tenace des deux, jamais à court de questions.

— Vous oubliez vos bonnes manières, tous les deux, éluda Jamie. Dites bonjour à Kayla.

— Bonjour, les garçons, dit Kayla, perchée sur l'accoudoir du canapé.

Elle semblait détendue, même si ses doigts s'agitaient de façon incontrôlable.

Elle ne portait pas d'alliance, mais celle-ci pouvait être accrochée à la chaîne en or à son cou. À moins qu'elle l'ait rangée pour de bon. Elle était veuve et n'avait pas mentionné d'enfant. Est-ce qu'elle ne les aimait pas ? Ou était-elle juste nerveuse ?

— Bonjour, Kayla. Je suis Ryder.

— Et moi Callum. Vous allez vraiment surveiller papa ?

Jamie tiqua.

Callum étant plutôt timide avec les étrangers, son comportement avec Kayla le surprenait. Était-ce une bonne chose ? Ses fils étaient vulnérables, ils voulaient être aimés, et quand leur beau-père s'était éloigné d'eux, ils étaient devenus méfiants. Kayla ne passerait qu'une nuit ici. Il ne voulait pas les perturber en les laissant croire qu'elle pourrait faire partie de sa vie sur le long terme.

Kayla sourit.

— Je travaille en ambulance, et je saurai m'occuper de votre papa. Quand quelqu'un reçoit un coup sur la tête, il vaut mieux qu'on le surveille pendant quelques heures. Est-ce que vous êtes d'accord ?

— Ouais.

Les yeux de Ryder pétillèrent.

— On commande des plats pour le dîner ?

— Qu'est-ce que vous préférez ? demanda Kayla.

— Des nuggets de poulet et des frites, répliqua Ryder.

— Un hot dog et des frites, répondit Callum.

Elle se tourna vers Jamie avec un clin d'œil.

— Qu'en dis-tu ? Je ne suis pas la meilleure cuisinière du monde, et de toute façon, je suis trop fatiguée pour fouiller dans tes placards.

Il commençait à se sentir nerveux. Kayla plaisait aux garçons. Qu'est-ce que cela impliquait pour l'avenir ?

— On peut réchauffer le ragoût que j'ai préparé hier soir.

Mais des plats tout prêts semblaient une bonne idée, même pour lui. Il en achetait rarement, et ce soir, il se donnait une demi-heure avant de ne plus pouvoir avaler quoi que ce soit. Il voulait juste dormir.

— Non, je veux des nuggets de poulet, dit Ryder.

— Et moi un hot dog, renchérit Callum.

— Faisons plaisir à votre papa, trancha Kayla. C'est lui l'invalide. Qu'en dis-tu, Jamie ? D'accord pour un petit extra ce soir ?

— C'est quoi, un invalide ?

— Une personne inutile qui est couchée pendant que ses enfants choisissent ce qu'ils veulent manger pour dîner. Vas-y, Kayla. Commande ce qu'ils veulent, et choisis pour toi. Je prendrai un hamburger, dit-il, conscient qu'il sombrerait probablement avant même d'y goûter. Ma carte de crédit est là.

Elle se leva, l'air malicieux.

— Derrière cet aspect bourru se cache un cœur tendre !

En dépit des douleurs qui le tourmentaient, il se sentait bien avec elle sous son toit, avec ses enfants. Sa présence ne les dérangeait pas, ce qui était sans précédent. Généralement, les inconnus les rendaient nerveux. Sans doute la bienveillance de la jeune femme.

— Ne le dis à personne.

— Promis. À quelle heure ces jeunes gens se couchent-ils ?

— 9 heures, répondit Callum.

— Sans blague ? commenta Jamie. Plutôt 7 h 30, rectifia-t-il pour Kayla, qui avait du mal à garder son sérieux.

— Juste après toi, alors. Bon, les garçons, je commande le dîner. Nuggets et hot dog ?

— Oui, s'écrièrent-ils en chœur en la suivant dans la cuisine.

Fermant les yeux, Jamie s'enfonça sur le canapé.

Les garçons étaient heureux avec Kayla. C'était une bonne chose. Ou pas, puisqu'elle ne ferait pas partie de leur vie. Et pourquoi pas ? Elle n'était pas liée à leur passé, et ils pourraient toujours la saluer en la croisant en ville.

Qui essayait-il de leurrer ? Kayla n'aurait de relation avec les garçons que s'il en avait une avec elle.

Le souhaitait-il ?

Depuis Leanne, c'était la première femme qui lui donnait envie d'envisager l'avenir. Cela ne voulait pas dire qu'il doive attacher de l'importance au désir qu'il ressentait pour elle. Il devait protéger les enfants de tout mal, privilégier leur bien-être à ses propres besoins.

— Tu es la petite amie de papa ? demanda Ryder.

Jamie sursauta. Il voulut se lever pour se ruer dans la cuisine, mais son corps lui refusa tout service. Il était coincé, sans aide pour s'extraire du divan.

— Moi ? s'écria Kayla, manquant s'étrangler. Non !

— Papa n'a pas de petite copine, déclara Callum.

Jamie ferma les yeux.

Merci, les gars. Vous êtes censés être de mon côté, là. Les secrets de famille doivent rester dans la famille.

Même si son célibat n'était pas un secret. Tout le monde en ville était au courant de son divorce.

— Tu n'aimes pas papa ? demanda Ryder. Il est cool.

— Ryder ! s'écria Jamie. Arrête tout de suite !

Kayla continua comme si de rien n'était.

— Votre papa m'a sauvée une fois dans la montagne, et c'est vrai qu'il est cool… Sors les assiettes, Ryder, tu veux ?

Alors, il était cool ?

— Tu l'aimes bien ? demanda Ryder, insistant.

Jamie dressa l'oreille.

— Bien sûr.

— Où tu habites ?

— Ryder !

— Derrière l'école. Je vois les montagnes de chez moi.

— On pourra venir un jour ?

Kayla s'esclaffa.

— Tu es toujours aussi curieux ?

— Oui. Alors, on pourra venir dans ta maison ?

— Seulement si votre papa est d'accord. Où est la sauce ?

Elle n'arriverait pas à changer de sujet aussi facilement. Ils ne faisaient pas attention à lui, alors autant s'y habituer.

Les petits filous semblaient bien aimer Kayla. C'était une bonne chose tant qu'ils ne s'attachaient pas trop.

Jusqu'à maintenant, ils n'acceptaient que Christine et Jack. Et Zac, qui venait boire une bière de temps en temps. Mais tous trois étaient honnêtes et sincères, ils ne trahissaient pas leur confiance comme l'avait fait David. Ryder et Callum trouvaient Kayla digne de confiance, mais les gens changeaient quand les choses ne se passaient pas comme ils voulaient…

Il jura, sentant la migraine marteler son crâne.

Il avait besoin d'antalgiques, besoin de sombrer pour ne plus penser. Il pourrait confier les garçons à Kayla, non ?

Bonne question.

— J'ai trouvé la sauce, dit Ryder. Vous avez des enfants ?

— Non.

— Pourquoi ?

— Ryder, ça suffit ! cria Jamie.

Qui sait quelle nouvelle question ils pouvaient encore poser ? Il aimerait en savoir plus sur elle, mais il préférait le découvrir par lui-même… Vraiment ?

Il toussa et sentit le goût de la fumée. Un goût amer lui emplit la bouche.

Non, il ne pouvait pas se permettre d'être trop proche de Kayla, au risque d'affronter des disputes si ça tournait mal. Si elle échappait à son contrôle.

— On peut avoir un soda ?

— Vous en buvez généralement avant de dîner ?

— Papa dit qu'on doit boire de l'eau le soir.

— Alors, ce sera de l'eau. Vous vous êtes bien amusés au centre aéré aujourd'hui ?

— Oui, répondirent en chœur les garçons.

Bien joué, Kayla. Bonne diversion.

Bonne chose ou pas, la confiance des garçons rendait les choses plus faciles ce soir. Il n'avait pas l'énergie de les faire dîner ni de les doucher avant de dormir. Il se soucierait des rapports de Kayla avec sa famille demain.

Demain. Elle irait travailler. Elle sortirait de sa vie, en dehors des missions qui les réuniraient. À moins qu'elle soit de repos. Il ne connaissait pas son planning. Les élancements de son crâne l'empêchaient de se souvenir des détails.

Il bâilla à s'en décrocher la mâchoire.

Bon sang, il était lessivé.

— Voilà ton dîner, annonça Kayla d'une voix douce, au cas où Jamie se serait endormi.

Seule sa respiration lente et régulière lui répondit. Son visage aux traits tirés s'était détendu. Son corps meurtri se reposait.

Bon. Mais elle devrait le réveiller bientôt pour qu'il aille se coucher dans sa chambre. Ses jambes trop longues pendaient au bout du canapé, et son épaule s'enfonçait dans un coussin plein de bosses. Il serait mieux sur un matelas.

C'était étrange de soigner Jamie, si elle pouvait appeler cela ainsi. Formée à prodiguer des soins urgents à des victimes d'accidents ou des malades, elle n'avait pas l'habitude de s'occuper de quelqu'un qui avait déjà été examiné par un médecin. Elle se contentait de noter le niveau de douleur et de guetter les symptômes pouvant indiquer une aggravation de la commotion. Elle n'était pas infirmière, mais Josua la jugeait compétente, et elle l'était. Elle voulait s'assurer que Jamie aille bien, que rien de fâcheux ne lui arrive durant la nuit. Il ne s'agissait pas de n'importe quel patient mais de l'homme qui lui avait tenu la main quand elle perdait pied.

Elle aurait dû fuir et se cacher jusqu'à ce que son envie d'être avec lui disparaisse. Dylan avait été l'amour de sa vie, et il était parti. Le vide qu'il avait laissé lui avait fait toucher le fond, plongeant sa vie dans une morne solitude qu'elle ne voulait plus connaître.

— Papa, pourquoi tu ne manges pas ton hamburger ? demanda Ryder depuis la pièce voisine.

— Chut, dit-elle en regagnant la cuisine, un doigt sur la bouche. Papa dort, il en a besoin.

— Tu vas rester toute la nuit ?

— Oui.

— Tu dormiras sur le canapé, alors. On n'a pas d'autres lits, remarqua Ryder avec un sourire effronté.

— Ça ne me gêne pas. Mes jambes sont moins longues que celles de votre père, elles ne dépasseront pas.

Elle se coucherait en chien de fusil, ou retirerait les coussins peu confortables pour s'étendre et apaiser les douleurs de ses jambes après une journée de travail.

— Vous prenez une douche le soir, les enfants ?

Les garçons se regardèrent.

— Euh… Non.

— Vous savez quoi ? Vous en prendrez une ce soir. Allez-y avant que papa se réveille, vous lui ferez la surprise.

— D'accord, dirent-ils en prenant la direction de la salle de bains sous son regard quelque peu sceptique.

Peu après, elle fut rassurée par les cris aigus qui lui parvinrent de la salle de bains.

Elle alla voir si Jamie dormait toujours.

— Tu les as embobinés, murmura-t-il d'une voix pâteuse.

— Je parie qu'ils sont encore habillés et qu'ils font semblant de se laver…

— Tout est possible avec ces deux-là, observa-t-il avec tendresse.

Il adorait ses enfants et ferait tout pour leur bonheur. Mais il était aussi strict quand il s'agissait des règles. Elle l'avait vu diriger une équipe de recherche avec autorité.

— Qu'est-ce qui t'a réveillé ?

— Ton insistance à leur faire prendre une douche, répondit-il avec un doux sourire. Tu sembles comprendre les enfants, bien que tu n'en aies pas…

— Non. Dylan et moi avons essayé. J'ai fait deux fausses couches, dit-elle en se mordillant la lèvre inférieure. La seconde, le jour où Dylan s'est tué en voiture. Il rentrait à la maison pour être auprès de moi.

Jamie lui prit les mains et les serra doucement.

— Oh ! Kayla.

Elle soupira.

Elle appréciait qu'il n'essaie pas de trouver une formule toute faite. Le temps avait atténué le chagrin, l'affection de ses proches l'avait soutenue, mais aucune parole ne l'avait aidée à guérir. Pour l'instant, Jamie lui tenait la main, et cela suffisait.

— Il m'a terriblement manqué. Il m'a fallu longtemps pour recommencer à avancer. Je ne fonderai probablement plus de famille maintenant.

— Tu aimerais avoir des enfants ?

— Oh oui. J'ai été folle de joie les deux fois où j'ai appris que j'étais enceinte. Perdre deux fois le bébé a été très dur. Je ne sais pas si j'aurais la force de revivre ça. Ni même si je pourrais mener une nouvelle grossesse à son terme.

— Parfois des femmes font plusieurs fausses couches avant d'avoir un enfant. Ça pourrait t'arriver.

Il serra sa main, et elle fut contente de lui avoir parlé.

— Le plus dur, c'est le chagrin. Perdre en même temps Dylan et le bébé, cela m'a fait toucher le fond. Une autre fausse couche ferait tout remonter.

— Je comprends. Mais tu es forte, Kayla. Je le sais.

Ses paroles lui faisaient du bien. Elle venait de lui livrer le fond de son âme, et il se montrait compréhensif. Aurait-il oublié cette conversation en se réveillant frais et dispos le lendemain matin ?

Elle se redressa.

— Tu as faim ? Ton hamburger a dû refroidir, mais je peux t'apporter autre chose, si tu veux.

Jamie secoua lentement la tête, serrant les dents.

— Je vais essayer le burger. Je ne suis pas affamé, mais quelques bouchées calmeront peut-être mon estomac.

— Je savais bien que j'avais entendu du bruit, remarqua-t-elle avec malice en l'aidant à s'asseoir. J'ai cru comprendre que je dormirais sur le canapé.

— Je n'avais pas réfléchi à ça, admit-il d'un air contrit. Les garçons peuvent dormir tête-bêche pour que tu aies un lit.

— Pas question. Ils ont besoin de faire une bonne nuit s'ils vont au centre de loisirs demain. Je serai très bien ici.

— Tu es sûre ? C'est injuste, après tout le mal que tu t'es donné pour moi.

Aider les autres était sa raison de vivre, elle adorait ça. Craquer pour un homme, c'était une autre affaire. Jamie réveillait en elle des émotions oubliées. C'était excitant et à la fois effrayant.

— Arrête de parler, et mange. Je me débrouillerai.

Jamie réussit à avaler la moitié de son hamburger.

— Je vais me coucher, dit-il en se levant péniblement.

— Tu as la tête qui tourne ?

— Un peu, mais n'espère pas me rattraper si je trébuche.

— À ta place, je n'en serais pas si sûr, répliqua-t-elle avec un rire taquin, étonnamment à l'aise.

Elle se sentait bien avec lui, un peu comme avec Dylan. Comme si elle avait trouvé sa moitié…

Elle jura.

— Chut, dit-il. Les enfants peuvent nous entendre.

— Pardon. Je n'ai pas réfléchi.

Elle s'était laissée aller. Mais Jamie n'était pas Dylan. Sa bienveillance, l'amour de sa famille, sa force et sa détermination mis à part, ils n'avaient rien en commun… Essayait-elle de s'en convaincre ?

— Qu'est-ce qui t'a fait jurer ? demanda Jamie comme ils arrivaient devant sa chambre.

— Je n'ai pas envie d'en parler. Je vais ouvrir ton lit et te laisser te déshabiller, dit-elle, sentant ses joues s'empourprer à cette pensée. Tu n'auras pas besoin de moi, si ?

Du cran. Avec combien de patients à demi nus avait-elle déjà travaillé ? Pourquoi cet homme serait-il différent ?

Parce que c'était Jamie Gordon, qu'il avait sur elle un effet plus dévastateur qu'aucun homme depuis longtemps, et qu'elle éprouvait pour lui autre chose que de l'amitié.

Il la regarda longuement comme pour lire en elle. Puis il secoua la tête en grimaçant malgré lui.

— Je me débrouillerai.

— Tu veux une boisson chaude pour faire passer les antalgiques ? demanda-t-elle, professionnelle jusqu'au bout.

— Du thé, ce serait parfait.

— Comment l'aimes-tu ?

Ils avaient pris leurs distances, et c'était probablement mieux ainsi. Mais elle l'aimait bien, et elle aurait souhaité qu'ils s'entendent. Au-delà du désir qu'il lui inspirait, c'était un type génial, elle avait envie qu'ils deviennent amis, à défaut de mieux. L'amitié, c'était sans danger. Cela causait moins de chagrin quand la relation tournait mal. Même si cela pouvait aussi faire souffrir.

— Avec du lait et un sucre, répondit Jamie, les mains sur les hanches, attendant qu'elle s'en aille pour se dévêtir.

Elle ne put s'empêcher d'imaginer ce bel homme se dévêtant devant elle.

Ce serait excitant, amusant et…

Stop ! Au moins, faire semblant d'être raisonnable.

— Je vais voir ce que font les garçons, annonça-t-elle.

Un commentaire raisonnable. Voire ennuyeux. Non que les enfants de Jamie soient ennuyeux. Ils étaient adorables, et Ryder et son père se ressemblaient comme deux gouttes d'eau. Ils avaient la même tignasse noire, les mêmes yeux bruns au regard perçant, le même pli effronté au coin des lèvres quand ils voulaient la jouer fine. Callum devait avoir hérité de sa mère sa blondeur et ses yeux bleus, mais la lueur impertinente dans son regard lui rappelait aussi Jamie.

— Ils essaieront de se coucher plus tard, ne les laisse pas t'embobiner. Ils feront tout pour y parvenir.

Elle gagna le séjour où la télévision était allumée avec le son au maximum.

— Bien, les enfants. Vous avez dix minutes pour être au lit.

— Le programme n'est pas fini, protesta Ryder.

— On l'enregistrera. Votre papa veut vous souhaiter une bonne nuit. Ne faites pas les fous sur le lit et ne lui sautez pas dessus. Il a encore mal.

— Il va guérir ? demanda timidement Callum.

— Oui. Ses bleus s'effaceront avec le temps. Il est costaud, bientôt il jouera de nouveau avec vous.

— Il nous emmènera en bateau ?

— Tu lui demanderas. Je ne connais pas son planning.

Comment Jamie arrivait-il à combiner ses horaires de travail irréguliers avec les appels imprévus de l'équipe de secours et la gestion de ses deux bambins ?

Christine devait l'aider, mais sûrement pas tous les jours.

Sans doute parvenait-il à tout compartimenter, s'occupant des problèmes immédiats et laissant le reste pour plus tard.

Ryder brandit la télécommande et monta encore le son.

— Désolée, bonhomme, c'est l'heure d'éteindre.

— Mais je *veux* regarder, protesta-t-il avec une moue.

— Enregistrons l'émission, et allez dire bonsoir à papa.

Quelques instants plus tard, elle entendit des gloussements provenant de la chambre de Jamie.

Un bruit charmant qui lui serra le cœur en lui rappelant ce qu'elle ne connaîtrait jamais.

6.

— Tu as réussi l'examen avec mes fils, déclara Jamie.

Leur comportement avec Kayla le rassurait. Il n'aurait pas cru qu'ils accordent leur confiance si vite après leur déception avec David. Ils étaient moins blasés que lui.

— Ce n'est pas si difficile de s'entendre avec eux, commenta Kayla.

Elle semblait vouloir le cerner. Sur le plan médical ou personnel ? Elle lui avait confié son désir d'enfant, et elle ne devait plus le considérer comme un simple patient. Cela pouvait-il fragiliser ses garçons ?

Peut-être que non. Il s'était déjà trompé dans ses jugements. Il avait encore du mal à croire que son bel amour avec Leanne ait pu s'éteindre aussi vite. Il n'aurait pas pu l'aimer davantage. Il avait mis tout son cœur dans ce mariage, et son départ l'avait détruit. Il ignorait alors qu'elle avait eu très peur quand elle l'avait cru mort dans l'incendie qu'il combattait. Mais elle l'aurait quitté quand même, car elle ne l'aimait plus. Il était prudent, désormais. Même s'il dépassait les souffrances passées, aimer de nouveau ne serait pas à l'ordre du jour tant que Ryder et Callum auraient besoin de leur papa.

— Ils ne vont pas spontanément vers les gens, avoua-t-il.

— Pourquoi sont-ils méfiants avec les inconnus ? demanda Kayla en s'asseyant au bout du lit. J'aurais cru Ryder plutôt extraverti. C'est un petit bonhomme si bavard.

— La séparation avec leur mère s'est très mal passée, et ils se sont retrouvés au cœur de la bagarre. Depuis, ils se méfient des gens qu'ils ne connaissent pas. Sauf toi.

Malgré son inquiétude, il se réjouissait que ses fils aient

accepté Kayla aussi facilement. Il avait l'impression d'avoir franchi une étape dans sa nouvelle vie.

— Ça a été dur pour vous tous, observa-t-elle.

— Je me suis battu pour faire partie de leur vie et leur offrir un environnement stable, répliqua-t-il, sur la défensive. J'aime être le père qui emmène ses enfants en vacances au ski ou ailleurs, et qui les gâte en leur offrant à l'occasion le jouet qu'ils désirent. Je veux être là quand ils se disputent ou qu'ils sont malades, et assister à leurs matchs de foot et aux réunions de parents d'élèves.

Il aimait ses fils, et il défendait farouchement son droit d'être un parent impliqué. Il prenait ses responsabilités très au sérieux. Si Kayla n'avait pas saisi, elle ne comprendrait jamais.

— Un vrai papa, déclara-t-elle, avec un sourire chaleureux qui lui fit du bien.

C'était la chose la plus gentille qu'on lui ait dite depuis longtemps.

Il but une gorgée de thé pour masquer son émotion.

Avec elle, il arrivait à s'ouvrir. Il n'avait jamais parlé à personne de Leanne et de leurs dissensions.

— Je fais de mon mieux.

Son foyer n'avait pas été un modèle de famille aimante. À la maison, c'était chacun pour soi, il y avait six enfants qui n'avaient jamais été proches. Étant le plus jeune, il s'était vainement efforcé de se faire aimer. Il avait attendu d'être assez grand pour quitter la maison et bâtir sa propre vie.

Une vie d'amour et de bonheur, qu'il avait trouvée avec Leanne. Et qu'il avait perdue. Mais il avait deux fils qu'il adorait, et il était là pour eux. Il vivait selon ses règles, pas celles de ses parents : il était bienveillant et soutenait les autres, en particulier ses rejetons.

— Ryder et Callum sont tout pour moi.

— Je vois ça, répondit Kayla avec un doux sourire.

Il sentit son cœur se serrer. Cette femme le touchait, elle lui donnait envie de partager sa vie.

— Pourquoi as-tu décidé de revenir ici ? demanda-t-il, changeant de sujet. Pour ta famille ? Tes amis ?

Le sourire de Kayla s'effaça, elle contempla sa tasse.

— Après la mort de Dylan, je suis restée dans notre appartement près de trois ans, croyant ma vie finie. Sans compagnon à aimer, sans enfant à chérir. Jusqu'au jour où j'ai pris conscience que si je ne partais pas on me retrouverait un jour fossilisée dans mon fauteuil devant la fenêtre.

Elle souffrait encore.

Ne pouvant se lever pour la serrer dans ses bras, il lui sourit tendrement.

— Tu penses avoir fait le bon choix ?

Elle acquiesça.

— J'ai grandi ici, mais je m'en suis enfuie dès que j'ai été assez grande pour subvenir à mes besoins. Je ne détestais pas Queenstown, mais il me semblait qu'il y avait tellement plus à faire dans le vaste monde, et mes parents avaient toujours été trop possessifs avec moi.

— Et tu ne regrettes rien ?

— Non, répondit-elle après avoir vidé sa tasse. J'ai trouvé ce que je cherchais : la distraction, l'excitation, une carrière où m'investir. Et Dylan. Auckland m'a fait du bien… Puis du mal, dit-elle en se levant. Comment va ta tête ? Elle bat toujours comme un tambour ?

Il comprit que la conversation était terminée.

— Plutôt deux. Quand aurai-je une dose d'antalgique ?

— Pas avant deux heures, mais je peux te donner quelque chose de plus léger en attendant.

Il la regarda quitter la chambre.

Confiante et sûre d'elle, sans ostentation. Le genre de femme qu'il appréciait. Il se laissa retomber sur ses oreillers, la tête remplie d'images de Kayla, et gémit de douleur.

— Tiens, avale ça.

Une main menue apparut dans son champ de vision, avec deux comprimés blancs. L'autre tenait un verre d'eau.

Les cachets ne l'aideraient pas à chasser Kayla de sa tête.

Son sourire et sa voix douce continueraient de hanter son esprit, son empathie et sa bienveillance de le tourmenter.

— Merci…

— Le danger de ton métier ne t'a jamais inquiété ?

Il dut la fixer un moment pour s'assurer que Leanne ne s'était pas matérialisée devant lui.

— Non, répliqua-t-il, d'un ton cassant.

— Je ne voulais pas te contrarier, dit-elle, ses beaux yeux pleins de remords. Je ne critique pas ce que tu fais.

— Je cours probablement moins de risques que celui qui prend la nationale chaque jour pour aller travailler. Je suis formé pour être préparé en cas de problèmes… Ça peut tourner mal, et ça arrive, mais je ne passe pas mon temps à me tracasser pour ça. Je ne renoncerai pas à mon job à cause de l'incident d'aujourd'hui.

— J'ai touché un point sensible, observa-t-elle avec calme. Je ne suggérais pas de renoncer à ton travail pour tes garçons. La vie est pleine d'obstacles, et on ne peut pas tous les éviter.

Il se réjouissait qu'elle ne l'accuse pas de ne pas penser aux enfants quand il partait en mission. Mais pourquoi l'aurait-elle fait ?

— C'est à moi de m'excuser. Pardon.

— Pas de problème, répondit-elle avec un bref sourire.

Il l'avait blessée. Apparemment, ce que Leanne lui avait reproché encore et encore parvenait encore à l'irriter.

— Lors d'un incendie dans les collines, un pompier a trouvé la mort. Le même jour, Ryder a eu une crise d'appendicite. Leanne a tenté de me prévenir, mais j'étais injoignable. Quand elle a appris qu'un pompier était décédé, elle a envisagé le pire.

— C'est compréhensible.

— Quelque chose s'est brisé en elle : elle craignait que ça m'arrive, et elle ne voulait pas que les garçons souffrent. Elle a donc fait ses valises et m'a quitté en emmenant Ryder et Callum, soi-disant pour les épargner, expliqua-t-il, amer.

— Elle leur a raconté ce qui s'était passé ?

— Je l'ignore. Les enfants du pompier fréquentaient la

maternelle, et ils ont dû le savoir. Je ne sais pas ce qu'ils ont compris. Ils étaient si jeunes.

— Ça explique leur nervosité quand ils t'ont vu avec la tête bandée. Mais quand tu leur as parlé, ils allaient mieux. La franchise est payante, même sur un tel sujet, dit-elle en souriant. Il est temps de dormir, maintenant.

Kayla entra dans la chambre de Jamie sur la pointe des pieds et s'arrêta pour l'écouter respirer.

Il dormait ou faisait semblant. Inutile de le déranger pour prendre sa tension, ce serait trop compliqué, à la seule lumière du couloir.

— Ça va ? marmonna Jamie.

— Oui. Je venais voir comment *tu* allais.

— Tu n'arrives pas à dormir ?

— Non.

Il se poussa d'un côté du lit pour lui faire de la place.

— Viens. C'est plus confortable que le canapé. Je ne te toucherai pas, promis.

Pourquoi fallait-il qu'il soit aussi affirmatif ? Ne lui faisait-elle aucun effet ?

— Je garde le canapé. Tu as besoin de sommeil.

— Tu ronfles ?

— Pas à ma connaissance.

— Laisse-moi en juger. On peut mettre des oreillers entre nous si tu veux. Tu en trouveras dans la penderie.

— Jamie, as-tu des élancements dans la tête ? La vision brouillée ?

— Oui aux deux. Sérieusement, que crois-tu que ça me fait de savoir que tu ne peux pas dormir et que tes jambes te font sûrement un mal de chien à cause de moi ? Ôte ton pantalon. Ce sera plus confortable pour dormir.

Il voulait qu'elle retire son pantalon pour le confort, pas pour voir ses jolies jambes.

Elle gloussa.

— Le charme, ce n'est pas ton truc, on dirait.

— Tu as compris ce que j'ai dit ?

Oui, bon sang.

Elle alla éteindre la lumière du couloir et revint s'asseoir au bord du lit, le cœur battant sans trop savoir pourquoi.

Parce qu'elle risquait de faire une bêtise ? Parce qu'elle était heureuse, voire excitée ? Jamie n'était pas en état de faire quoi que ce soit, mais il serait tout proche.

Sa peau brûlante se rafraîchit quand elle enleva son pantalon. Elle saisit un coin de drap, se glissa dessous et le remonta jusqu'au menton.

Elle éprouva un soulagement immédiat en étendant les jambes, même si elle craignait de toucher Jamie.

— Bonne nuit, Kayla, murmura-t-il d'une voix endormie.

— Bonne nuit, Jamie.

Elle sourit en percevant bientôt un léger ronflement.

Elle aurait aimé s'endormir aussi aisément. Elle avait été très occupée ces derniers jours, des personnes âgées avaient fait des chutes, et un parapentiste était mort, projeté sur les rochers de la Shotover River par un courant descendant. Elle aurait eu bien besoin d'un câlin ce jour-là…

Serrant fort les paupières, elle inspira pour se calmer. Elle était si proche de Jamie qu'il suffirait qu'elle déplace le bras de quelques centimètres pour frôler son corps musclé…

Le souvenir de ses bras autour d'elle lui revint comme une mise en garde. Elle devait sortir de là, regagner le canapé du salon. Maintenant. Avant de s'endormir et de se blottir contre lui. Elle risquait de lui faire mal.

Elle ouvrit les yeux sur l'obscurité.

Ils ne s'étaient même pas embrassés, même s'ils avaient failli. Elle voulait l'embrasser, longuement, trouver l'homme derrière le sourire. Mais même si elle mourait d'envie d'absorber sa chaleur et sa force, elle ne devait pas céder.

Pourquoi avait-il cet effet sur elle ? Pourquoi les hommes séduisants qu'elle croisait dans son travail la laissaient-ils indifférente ?

Ne pouvant le voir dans le noir, elle se représenta ses traits. Il était le seul à la troubler ainsi. Et elle était couchée dans son lit, tout près de lui.

— Pourquoi je suis là ? gémit-elle dans l'obscurité.

— Kayla ? dit Jamie d'une voix rauque. Ça va ?

Oui. Elle était contente d'être venue ce soir. Elle se sentait chez elle avec cette petite famille.

Puis elle se raidit. *Si seulement !*

— Très bien, et je m'occupe de toi, pas l'inverse.

— On a tous les deux le chic pour se blesser avant d'être soigné par l'autre, observa-t-il, apparemment bien réveillé.

— Nous sommes quittes. Un accident chacun.

Elle l'entendit bâiller dans le noir.

— Rendors-toi, Jamie. C'est ton meilleur remède.

— Je ne crois pas.

— Tu as besoin d'antalgiques ?

— Non.

— Jamie… ?

— Chut. Tu parles trop.

Était-il troublé de l'avoir dans son lit ? Elle sourit dans la pénombre. Roulant sur elle-même, elle lui tourna le dos.

— Dors bien, marmonna-t-elle en fermant les yeux.

Elle simulerait le sommeil et espérait finir par s'endormir. Car dans le cas contraire elle serait d'une humeur de chien toute la journée du lendemain.

Jamie remua muscle après muscle, respirant lentement pour ne pas ranimer la douleur de son crâne et de son épaule.

La nuit avait été longue entre les accès de souffrance et les phases de sommeil, avec ce corps chaud et tentant pelotonné contre lui. Kayla lui faisait de l'effet même en dormant.

Durant la nuit, elle s'était rapprochée, consciemment ou pas. Il avait dû glisser le bras autour de sa taille pour l'attirer à lui, car il sentait une chaleur nouvelle là où leurs peaux se touchaient. Sa chevelure était répandue sur l'oreiller, et sa poitrine se soulevait doucement au rythme de sa respiration.

Pourvu qu'elle ne se méprenne pas sur la situation à son réveil ! Il devait s'écarter pendant qu'elle dormait. Ce serait plus sûr. Mais cette proximité atténuait la solitude qui l'enveloppait depuis le départ de Leanne. Elle lui rendait espoir. L'espoir de rencontrer et d'aimer quelqu'un qui l'aime en retour… Mais ce serait trop douloureux si ça tournait mal.

Était-ce la raison pour laquelle ses parents n'avaient jamais montré d'affection à leurs rejetons ? Craignaient-ils qu'ils dédaignent leur tendresse ? N'avaient-ils pas compris combien leurs enfants les aimaient malgré tout ?

Kayla avait eu un foyer aimant. Elle parlait de sa famille avec adoration et avait tendrement chéri son défunt mari. Avait-elle envie d'aimer de nouveau ?

Il sursauta.

À quoi pensait-il ?

— Jamie ? Qu'est-ce qui se passe ? murmura Kayla.

— Bonjour, belle endormie.

— Depuis quand es-tu réveillé ?

— Dix minutes maximum.

Elle roula sur elle-même, et il retira vivement son bras.

— Nous étions dans cette position à mon réveil, et je n'ai pas voulu te réveiller, dit-il pour se justifier.

Je savourais cette délicieuse proximité. C'était magique.

Elle s'assit au bord du lit, et se frotta le visage.

— Comment te sens-tu ? demanda-t-elle.

Tendu. J'ai besoin de toi.

— J'ai mal partout, et une furieuse envie de m'étirer.

— Je vais allumer la bouilloire. À quelle heure se lèvent les garçons ?

Il se redressa et gémit en sentant une douleur fulgurante lui traverser la poitrine et l'épaule.

Les garçons ! Il les avait oubliés. Et s'ils étaient entrés dans la chambre pendant que Kayla était blottie contre lui ?

— À 7 heures, et en général, je dois les secouer.

Quand il tenta de se tourner pour prendre son téléphone et regarder l'heure, un coup de poignard lui lacéra l'épaule.

— Du calme, Jamie, dit Kayla en enfilant son pantalon. Il est à peine 6 heures. Je file à la cuisine, ils ne sauront rien.

— J'espère.

Elle baissa la tête, sa bouche se durcit.

— Ils sont plus intelligents que tu ne penses. Du thé ?

Il acquiesça.

— Je ne voulais pas t'insulter. Ils vivent encore mal la séparation avec leur mère, et s'ils te trouvaient dans mon lit, ils pourraient croire que tu la remplaces.

Elle passa la main dans sa chevelure ébouriffée.

— C'est triste. Pour vous tous.

— La situation évolue, et pour moi aussi, admit-il. Réjouis-toi qu'ils t'aient acceptée aussi facilement.

Il espérait que c'était de bon augure, qu'un jour il pourrait avoir une femme dans sa vie – cette femme-là ?

— Je ne suis pas pressé de me recaser. Ma confiance a été sérieusement ébranlée.

— Je comprends ce que tu ressens. Ça n'a pas été facile d'avancer après la mort de Dylan. Je me demande parfois si on ne me juge pas égoïste de vouloir retrouver le bonheur. Ça me rend prudente.

— Au diable le jugement d'autrui ! Tes proches ne souhaitent pas ton malheur. Tu restes déjeuner avec nous ?

Kayla le regarda fixement puis éclata de rire.

— Mon premier rendez-vous depuis des années, et on me propose de rester prendre le petit déjeuner ! Ça me plairait. Mais je dois aller travailler.

— Dommage, dit-il en se levant avec précaution.

Le regard de Kayla glissa sur son torse et son boxer-short.

— Je vais à la cuisine, annonça-t-elle, détournant les yeux.

— Je te rejoins dans un moment.

— Vas-y doucement. Tu as pris cette poutre sur la tête il y a moins de vingt-quatre heures.

— Mais j'ai été le plus fort. Elle est sûrement réduite en cendres à l'heure qu'il est, alors que je vais à peu près bien.

— Tu es quand même cinglé, remarqua-t-elle.

— Je sais, dit-il, appréciant leur badinage léger.

Peut-être avait-il besoin de sortir, de fréquenter de nouveau des femmes pour se détendre, ce serait bon pour tout le monde.

À la porte, elle se retourna.

— Qui emmène les enfants à l'école ?

— Les voisins, répondit-il, étonné de la voir si belle avec sa chevelure ébouriffée et son regard ensommeillé. Merci d'avoir passé la nuit ici. Ça m'a bien aidé.

Ses yeux dorés étaient fixés sur lui, ses lèvres entrouvertes. Ses seins se soulevaient à un rythme rapide.

— C'est quand tu veux, murmura-t-elle.

Il s'approcha et lui caressa la joue.

— Je pourrais te prendre au mot.

— Je dois y aller, dit-elle, pétrifiée.

Il posa les mains sur ses épaules et plongea son regard dans le sien. Il ne voulait pas qu'elle parte.

— Kayla…

— Jamie ?

Il fallait qu'il l'embrasse.

Ses lèvres glissèrent sur les siennes avant de s'en emparer.

Elle ouvrit la bouche, et il fut perdu. Noyé dans la douceur qui l'absorbait, l'engloutissait. L'enlaçant, il la plaqua contre son corps affamé et sentit ses courbes tendres s'écraser contre ses muscles durs.

Elle s'écarta pour soutenir son regard, et la pointe de sa langue glissa sur ses lèvres.

Bon sang, il avait encore envie de l'embrasser !

— Oh ! Kayla ! J'hésite à me précipiter dans une relation, mais j'ai envie de t'embrasser depuis si longtemps…

Elle sourit lentement, terriblement sexy. Puis elle se serra contre lui et l'embrassa à pleine bouche.

— Ryder, rends-moi ce livre !

Ils se figèrent. Kayla s'arracha à ses bras, recula, lissa ses vêtements.

— Je croyais que tu devais les secouer pour les réveiller.

— Généralement oui…

— Il est à moi, Ryder !

La porte de la chambre des garçons s'ouvrit à toute volée, et les deux enfants dévalèrent le couloir dans leur direction.

— Je te laisse, je vais faire le thé, marmonna-t-elle.

— Papa ! Ryder m'a pris mon livre !

— Attention, les garçons, votre père est blessé, d'accord ?

— Tu as encore mal, papa ? dit Ryder, pilant devant lui.

— Un peu. Pourquoi cette dispute ?

— Je ne sais pas, répondit Ryder, haussant les épaules.

— Si, tu sais ! cria Callum. Tu as pris mon livre !

— Et alors ? rétorqua Ryder, prenant la direction de la cuisine. Kayla, tu viendras à ma fête d'anniversaire ce week-end ?

Dans la cuisine, Kayla dut être prise de court. Au bout d'un instant, elle répondit avec enjouement.

— Merci pour l'invitation. Je serai ravie de venir si je peux me libérer.

— Cool, commenta Ryder. Tu entends, papa ?

— Oui, répondit Jamie, partagé entre plaisir et irritation.

— Quel âge auras-tu ? demanda Kayla.

— Huit ans, répliqua Ryder, qui détalait déjà vers sa chambre. La fête sera au skate parc. On prendra nos skate-boards. Tu pourras te servir de ma planche, Kayla.

— Non merci. Je me suis déjà cassé les deux jambes. Je ne compte pas recommencer.

— Froussarde, souffla Jamie en entrant dans la cuisine. Merci de ne pas le décevoir.

— Ce n'est pas mon genre, dit-elle, plus détendue.

— Non. Tu ne laisses pas tomber les gens, n'est-ce pas ?

— Pas si je peux l'éviter. Mais tu crois que je peux venir ? La mère des garçons sera là ? Je ne veux pas que ma présence soit source de problème.

Leanne serait là, mais si elle s'avisait de faire une remarque sur Kayla, elle aurait affaire à lui. Elle était remariée et ne devrait pas voir d'un mauvais œil qu'il vienne avec une femme... Mais il s'était déjà trompé sur elle.

— Leanne n'y verra pas d'objection, assura-t-il.

— Alors, j'ai hâte d'y être, déclara Kayla, se dressant sur la pointe des pieds pour effleurer ses lèvres d'un baiser.

Elle s'empourpra et recula.

— Pour une femme prudente...

Oui. Un baiser, et tout avait changé. Un satané baiser, et il aspirait à plus. À étreindre son corps sexy. À mieux la connaître.

Pas trop vite.

— À samedi, alors, dit-il.

Il avait hâte de passer plus de temps avec elle et voulait croire qu'elle ne mettait pas en danger la sécurité de ses enfants. Mais il avait l'impression d'être au bord d'un précipice et de ne pouvoir ni avancer ni reculer.

7.

— Allez, Kayla, tu dois faire un tour sur mon skate-board. C'est mon anniversaire.

Planté devant elle, mains sur les hanches, Ryder avait un sourire effronté irrésistible, comme son père. Le coquin semblait savoir que les défis l'électrisaient. Et à cet instant, elle était prête à tout, ne serait-ce que pour se calmer les nerfs à la perspective de l'arrivée de Leanne.

— Je vais essayer.

— Tu n'es pas obligée, Kayla, intervint Jamie, l'air inquiet. Pense à tes fractures.

Bien sûr qu'elle y pensait. Mais elle était douée sur des skis et des snow-boards, et elle maîtrisait bien l'équilibre.

— Ça ira, dit-elle en lui serrant le bras.

— Écartez-vous, Kayla va monter sur la planche, et elle risque de se crasher, cria Ryder, faisant reculer ses petits camarades.

— Je ne suis pas décatie à ce point, protesta-t-elle en riant.

— Ne fais pas ça, tu n'as pas encore mangé de gâteau, argua Jamie avec une légèreté forcée.

— Regardez…

Posant un pied sur la planche, elle poussa de l'autre, gardant l'équilibre tandis que le skate-board avançait lentement.

— Trop lent, dit Ryder. Va plus vite, ou tu vas tomber.

Comme le snow-board, alors. Sauf qu'atterrir sur le béton ne pardonnerait pas. Poussant plus fort, elle s'élança et trouva un meilleur équilibre en calant son pied gauche derrière le droit. Penchant sur le côté, la planche commença à virer. Comme sur la neige.

— Cool, commenta Ryder. Fais un saut.

— Pas question.

Elle effectua un virage serré, vacilla, puis poussa avec son pied et revint sur ses pas. Redressant la planche en inclinant son corps, elle se dirigea vers le gazon et sauta du skate-board, deux doigts levés en signe de victoire.

— Alors, qu'en dites-vous ?

— Je suis impressionné, répondit Jamie. J'espère que les garçons ne te lanceront pas d'autres défis, tu es incapable de les envoyer promener. Tu n'as pas eu peur de tomber ?

— C'est quand on s'inquiète que les chutes se produisent.

Elle l'avait appris sur les pistes de ski quand elle avait cinq ans. Dommage qu'elle ne puisse pas appliquer ce principe à une nouvelle relation. Depuis qu'elle avait passé la nuit chez Jamie, elle avait très envie de mieux le connaître. Son baiser l'obsédait, et son délicieux réveil contre lui la hantait. Elle ne pensait qu'à ça. Le lendemain, elle était passée prendre de ses nouvelles, et ils avaient bu un café. Et sa présence n'avait pas dérangé Jamie quand les garçons étaient rentrés. La perspective d'une nouvelle relation devenait nettement moins anxiogène.

— Bonjour, vous êtes ? demanda une femme en pantalon chic et top sans manches. Je suis Leanne, la mère de Ryder et Callum.

Jamie se rapprocha.

— Salut, Leanne. Je te présente une amie, Kayla Johnson.

— Bonjour, Leanne, ravie de vous connaître.

— Je ne m'attendais pas à vous voir, dit Leanne, la jaugeant d'un œil perçant.

Se félicitant d'avoir mis son nouveau pantalon blanc sept-huitième et sa jolie chemise tendance, Kayla sourit.

— C'est moi qui l'ai invitée, maman, précisa Ryder en se plantant entre ses parents, sourcils froncés.

— Tu ne me l'as pas dit, remarqua Leanne d'un ton sec.

— Probablement parce que j'ai dû vérifier mon planning avant de lui donner ma réponse, prétendit Kayla avant que la situation dégénère.

Leanne l'étudia un moment puis regarda Jamie.

— Je vois, dit-elle avant de rejoindre le groupe de mamans en train d'admirer les exploits de leurs rejetons.

Elle voyait quoi ? se demanda Kayla.

Le baiser que Jamie et elle avaient échangé n'était pas marqué sur son front, mais il avait laissé en elle une trace indélébile. Elle l'aimait assez pour vouloir faire partie de sa vie. Ils s'étaient immédiatement entendus, et ils prenaient plaisir à se voir. De plus, elle avait l'impression d'avoir trouvé en lui son double. Elle n'aspirait pas à une relation permanente, mais elle voulait faire plus de choses avec lui.

— Tu veux essayer ma planche ? demanda timidement Callum derrière elle.

— Bien sûr. Je fais la même boucle, ou j'essaie autre chose ? dit-elle, priant pour qu'il ne lui demande pas un saut.

— Comme avec Ryder, c'était bien, répondit Callum avec un sourire nerveux.

— Allons-y, alors, dit-elle en prenant sa planche.

Elle fit un clin d'œil à Jamie en articulant silencieusement : « Pas de saut, promis ».

— On verra, observa-t-il, avant de s'adresser à Leanne. Comment va David ? Je croyais qu'il devait venir.

— Il ne va pas tarder. Il a un problème à régler au boulot.

— Bon. Ryder espère sa venue.

C'était le week-end. David n'aurait-il pas dû être là avec sa femme et les enfants de celle-ci, au lieu de travailler ?

— On y va, Callum, dit Kayla. Si tu empruntais une autre planche pour m'accompagner ?

Dix minutes plus tard, elle roulait jusqu'à Jamie et descendait du skate-board.

— À ton tour.

— J'ai eu une commotion, je te rappelle. Et une épaule luxée.

— Poule mouillée, dit-elle en riant.

— Et fier de l'être.

— Alors, je fais un autre tour, dit-elle, contente de s'amuser.

— Merci d'avoir soutenu Ryder tout à l'heure.

De l'autre côté de la piste, Leanne les observait.

— J'ai un peu menti, mais je ne voulais pas qu'il ait des ennuis à cause de moi.

— Je crois qu'il comprend. En tout cas, il n'était pas question qu'il se fasse gronder devant ses copains, déclara Jamie en regardant les enfants dévaler les pentes du skate parc. Ils sont heureux, insouciants. C'est tout ce que je souhaite pour eux.

— Et pour toi ? demanda-t-elle impulsivement. Pardon, je retire ma question, ce ne sont pas mes affaires.

Ça aurait pu l'être, maintenant qu'ils se fréquentaient un peu plus. L'autre matin, Jamie l'avait embrassée comme si cela comptait. Elle attendit sa réponse, mais après un moment de silence tendu, elle se détourna.

Jamie lui prit le bras et la ramena à lui.

— Il y a un monde entre ce que j'aimerais avoir et ce que je suis prêt à abandonner pour l'obtenir…

Elle patienta, savourant la chaleur de son corps contre le sien, la force qui émanait de lui. Elle allait peut-être vers une grosse déception, mais elle avait envie d'essayer. De savoir si elle pouvait avoir une seconde chance en amour. Elle tomberait peut-être amoureuse de Jamie, ou pas. Il n'y avait qu'une façon de le savoir.

— Ryder et Callum passent en premier, dit-il.

— Ça se voit dans tout ce que tu fais.

Il resserra sa main sur son bras.

— Il y a environ un an, une femme voulait avoir une relation avec moi. Je l'aimais bien, mais je la considérais comme une amie. Elle est allée trop loin en tentant de se mettre les garçons dans la poche pour gagner mes faveurs.

— Ils l'ont percée à jour ?

— Ils ne sont pas stupides, répondit Jamie. Ou ils ont retenu la leçon après la manière dont David les a traités.

— Qu'essaies-tu de me dire ?

— Tu veux venir dîner à la maison la semaine prochaine ?

Il avait mis du temps à l'inviter. Une relation lui faisait probablement aussi peur qu'à elle.

— J'en serais ravie.

— Génial.

Il la lâcha et, le sourire aux lèvres et la démarche légère, alla préparer le barbecue pour les enfants affamés et leurs parents.

Christine ne tarda pas à la rejoindre.

— Vous vous entendez bien, tous les deux, remarqua-t-elle.

— Je pense que vous avez raison, répliqua Kayla en riant doucement. Mais ne lui dites pas que je vous l'ai dit.

— Comment va cette épaule ? demanda Kayla, comme Jamie lui tendait un verre de merlot.

— Ça va. On m'a prévenu qu'il faudrait des semaines pour une guérison complète.

Cette maudite épaule le faisait souffrir la nuit, et quand il soulevait du poids ou sortait la poubelle.

Sa bière à la main, il s'assit dans un transat à côté de Kayla sur la terrasse.

— Josua m'a donné son accord pour que j'accompagne les enfants à une petite randonnée avec le centre aéré demain. Les moniteurs aiment que les parents participent, et ça me permettra de passer du temps avec mes fils.

— Tes parents le faisaient aussi quand tu étais petit ?

— Non, répondit-il, conscient que parler de lui ne le gênait plus autant. Ils ne s'impliquaient pas dans nos activités. Nous étions une fratrie de six enfants, et nous devions nous débrouiller par nous-mêmes. Je me suis endurci et j'ai appris l'indépendance… Mais un enfant a besoin de savoir qu'il est aimé des siens.

Il fixa sa bière.

Pourquoi se sentait-il aussi bien avec elle ? Était-ce dû à la force qu'elle dégageait ? À sa bienveillance ?

— Tu étais proche de tes frères et sœurs ?

— Pas vraiment, admit-il. J'étais le benjamin, et ils ont acquis leur autonomie avant moi. Je me suis juré de ne jamais leur ressembler.

Leanne, la première, lui avait montré que l'amour était possible. Affamé de tendresse, il s'était jeté à corps perdu dans cette relation. Elle l'avait rejeté dans une crise de panique à l'idée qu'il puisse un jour ne pas rentrer de son travail. Et il avait fini par l'accepter.

La main de Kayla serra doucement la sienne.

— Tu es très impliqué et aimant avec tes fils. Ils sont heureux avec toi.

— Oui, répondit-il, la gorge nouée. Toi, tu sembles en bons termes avec ta famille.

Elle abandonna sa main.

— Mes parents sont fantastiques, même s'ils étaient plus indulgents avec mon frère, Dean, parce qu'il était un garçon.

— C'est pour ça que les défis te stimulent ?

— Absolument, répliqua-t-elle en riant. Je rendais ma mère folle avec les bêtises que j'inventais pour prouver que j'étais aussi maligne qu'un garçon.

— Je ferais mieux de t'éloigner de mes deux loustics. Qui sait ce que tu pourrais leur apprendre !

— Allons, tu ne veux pas qu'ils soient des mauviettes.

— Pas du tout, rétorqua-t-il en pouffant.

Il riait davantage en présence de Kayla, la vie semblait plus facile, plus légère. Le week-end prochain, il assisterait au mariage de Josua et Mallory où elle était demoiselle d'honneur.

— Josua est tout excité à la perspective du mariage, dit-il.

— C'est la meilleure chose qui soit arrivée à Mallory. Elle mérite de partager sa vie avec quelqu'un de bien.

Eux aussi, non ?

Il se demanda d'où lui sortait cette pensée, et Kayla eut un sourire un peu triste.

Il lui prit la main et la caressa.

— Rassure-moi, tu ne comptes pas remonter l'allée centrale sur un skate-board derrière la mariée ?

Elle eut un sourire malicieux qui le troubla.

— Je n'ai pas encore trouvé de planche assortie à ma robe.

Il posa sa bouteille, la débarrassa de son verre de vin et, l'attirant doucement à lui, l'enlaça.

— J'en ai envie depuis ton arrivée…

Sans ses deux fripons trop curieux, il l'aurait probablement déjà fait.

La bouche de Kayla était douce sous la sienne, ses lèvres s'ouvraient pour l'accueillir, leurs langues se mêlaient. Il sentait son cœur cogner contre ses côtes.

Ses fils étaient au lit et dormaient profondément, il l'espérait. Il ignorait encore jusqu'où il voulait prolonger l'expérience.

Kayla s'écarta et plongea son regard dans le sien.

— Je ferais mieux d'y aller, Jamie.

— D'accord, dit-il, partagé entre déception et soulagement.

La bouche de Kayla effleura la sienne.

— J'aimerais prendre mon temps, murmura-t-elle. Je ne sais pas si la chance me sourira une seconde fois, et je ne veux faire souffrir personne.

Il hocha la tête.

— Je comprends, dit-il, laissant retomber ses bras tandis qu'elle se levait. Tu me plais, Kayla. Beaucoup. Je ne tiens pas non plus à ce que les garçons souffrent, et je ferais mieux d'éviter toute relation les prochaines années.

— Mais ?

Il se passa la main dans les cheveux, hésitant.

— Mais je ne tiens pas à rester seul éternellement. Alors, voyons où ça nous mène.

— Je suis d'accord.

Ses lèvres sensuelles lui adressèrent un grand sourire, lui donnant une furieuse envie d'oublier toute prudence. Mais trop de choses étaient en jeu. Pour tous les deux.

La cérémonie de mariage de Mallory et Josua était finie, et tout le monde buvait un verre de champagne en bavardant dans une ambiance joyeuse. L'orchestre attaqua un air entraînant.

Jamie chercha Kayla des yeux.

Celle-ci le ralliait peu à peu à sa cause, même s'il n'était pas encore prêt à franchir le pas. Plus il la connaissait, plus sa détermination à rester célibataire faiblissait. Il l'avait plus ou moins admis l'autre soir sur sa terrasse, après le dîner.

Il repéra facilement sa haute silhouette à côté de la petite Maisie, son épaisse chevelure blonde ramenée sur la tête en un élégant chignon, habillée et maquillée avec soin, ravissante.

Focalisé sur la femme qui était en train de changer sa vie, il fendit les groupes d'invités qui regardaient les jeunes mariés ouvrir le bal.

Il ne l'avait pas quittée des yeux depuis qu'elle avait remonté l'allée centrale au côté de Maisie, escortant la mariée jusqu'à l'autel où l'attendait Josua. Sa robe de demoiselle d'honneur ivoire mettait en valeur ses courbes généreuses et ses talons vertigineux lui faisaient des jambes interminables. Et son beau sourire lui donnait des papillons dans le ventre.

En fait, il capitulait, une émotion qu'il croyait ne plus jamais connaître. Il recommençait à espérer, sensible au bonheur qu'elle dispensait autour d'elle. Il voulait Kayla dans tous les sens du terme. Quand elle s'était jointe à leur dîner familial l'autre jour, ils avaient passé une soirée normale et animée avec les garçons, et elle avait trouvé sa place. La situation avait basculé ce soir-là. Il avait peu dormi après son départ, obsédé par l'envie de lui faire l'amour.

— Tu viens danser ?

— Avec plaisir, dit-elle, glissant la main dans la sienne.

Refrénant son envie de la soulever dans ses bras pour l'attirer dans un coin tranquille et l'embrasser à perdre haleine, il l'entraîna vers la piste de danse.

Elle noua les bras autour de son cou, écrasant ses seins contre son torse. Ses hanches se balançaient au rythme du slow contre les siennes, excitant son désir.

— C'est comme ça qu'on danse ? chuchota-t-elle.

Il ne danserait plus jamais autrement.

Il posa les mains sur sa taille et sentit la chaleur de sa peau à travers le tissu soyeux de sa robe.

Oh ! Pourquoi l'avait-il tenue à distance jusque-là ? Comment avait-il pu la repousser ?

Elle l'observait avec un sourire malicieux.

Il se pencha, et ses lèvres effleurèrent les siennes. Ses seins étaient doux et tendres contre son torse dur, ses doigts se pressaient en rythme sur sa nuque.

— Kayla…, murmura-t-il contre sa bouche.

— On ferait mieux de ralentir, dit-elle, son souffle chaud mêlé au sien. On ne peut pas partir avant les mariés.

— Je déteste l'admettre, mais tu as raison, marmonna-t-il, détachant à regret les mains de sa taille fine.

Ils continuèrent à danser en gardant suffisamment le contrôle pour ne pas se donner en spectacle.

Maisie et Zac vinrent se joindre à eux. Zac dansait comme s'il voulait impressionner Maisie, qui faisait de son mieux pour jouer les indifférentes.

Enfin Josua et Mallory se préparèrent à partir, non sans avoir fait le tour de leurs parents et amis pour les saluer.

Kayla serra Mallory dans ses bras avec émotion et lui souhaita le meilleur.

— Encore toutes mes félicitations, dit Jamie en serrant la main du marié.

Il enviait le bonheur de Josua. Il avait déjà été heureux, et il voulait l'être encore. À condition que ses enfants n'en souffrent pas. D'autres y arrivaient dans la même situation. Pourquoi pas lui ?

Mallory remarqua leurs mains enlacées.

— Contente que tu sois venu, dit-elle en l'étreignant. Veille sur mon amie.

— Je ferai de mon mieux, répondit-il.

Mallory recula et regarda tendrement Josua.

— Partons, maintenant.

— Je vous souhaite une fantastique lune de miel, dit Kayla. J'essaierai de ne pas trop gâter Shade en votre absence.

— J'ai cru qu'ils ne partiraient jamais, grommela Jamie tandis que des acclamations saluaient le départ des jeunes mariés. Tu comptes emmener leur chien participer aux recherches de l'équipe de secours ?

— Shade pourrait me montrer un truc ou deux, il a l'habitude, rétorqua Kayla en étouffant un bâillement. Je suis vannée.

Il ravala sa déception.

Elle semblait épuisée. Les préludes qu'ils avaient amorcés en dansant en resteraient là.

— Je te raccompagne, dit-il.

Le cœur de Kayla battait fort dans sa gorge alors que la voiture de Jamie s'arrêtait devant chez elle.

Sur la piste de danse, les avances de Jamie avaient éveillé son désir. Et si rien ne se passait maintenant ? Elle se sentirait stupide. Et triste.

— Tu veux entrer ?

— Oui, répondit-il.

— Qu'est-ce qu'on attend ? dit-elle en ouvrant sa portière, mue par un regain d'énergie.

Elle voulait faire l'amour avec Jamie. Mais elle n'avait connu personne depuis Dylan. En était-elle encore capable ?

— Détends-toi. Je ne veux pas te bousculer, dit-il, prenant sa main pour la rassurer. Nous avons toute la nuit.

Jamie était-il nerveux lui aussi ?

Non. Il respirait la confiance en soi. Même si elle l'avait senti douter parfois, sans savoir pourquoi.

À quel point l'échec de son mariage l'avait-il changé ? Elle ne le connaissait pas alors, mais elle avait du mal à l'imaginer autrement que fort et sûr de lui.

— Je vais mettre de la musique...

L'instant d'après, elle était attrapée par les bras puissants qu'elle avait vus manipuler les lances à incendie et les pinces de désincarcération avec une facilité déconcertante, et la bouche de Jamie s'empara de la sienne.

Il l'embrassait comme si sa vie en dépendait, et elle oublia tout sauf les bras qui l'enlaçaient, l'écrasant contre son torse athlétique.

Jamie... Aurait-elle droit à une seconde chance de bonheur ?

Pas si vite. Ils allaient faire l'amour sans penser au lendemain, elle prendrait tout ce qu'il lui offrirait et verrait où cela menait.

— La clé ? murmura-t-il en s'écartant.

— Qu… Quoi ?

— Je ne vais pas te faire l'amour sur le seuil.

Et pourquoi pas ? Elle avait tellement envie de lui !

— Dans le coffre du compteur.

C'était plus rapide d'y trouver le double de la clé que de la chercher dans son sac.

Sans la lâcher, Jamie ouvrit le coffre. Elle prit la clé, ouvrit la porte, et dès qu'ils pénétrèrent dans la maison, elle se plaqua contre lui et l'embrassa éperdument.

Pas besoin de musique pour créer une atmosphère sensuelle. Quoique…

— Tout droit, dit-elle.

Tâtonnant pour trouver les boutons de la chaîne stéréo, elle appuya sur celui du milieu. Une musique douce et sensuelle s'éleva.

— Vous dansez ? murmura-t-elle.

Sans répondre, il resserra son étreinte autour d'elle et l'entraîna en valsant autour de la pièce.

Le moment était magique. Ils étaient si proches. Elle sentait des frissons parcourir sa peau, embraser son sang. Avec un gémissement, elle trouva sa bouche et la dégusta avec délice.

Jamie défit son chignon, et ses doigts glissèrent dans sa chevelure défaite. Puis il prit son visage entre les mains et lui rendit fougueusement son baiser. Leurs hanches se balançaient au rythme de la musique, et elle sentait son sexe durcir contre elle.

— Kayla, je te désire. J'ai besoin de toi.

Le cœur de Kayla menaçait d'exploser. Cet homme merveilleux avait envie d'elle.

— Moi aussi.

Leurs pieds glissaient ensemble en musique. Leurs corps absorbaient la chaleur de l'autre. Leurs bouches se dévoraient, et elle flottait, portée par mille sensations exquises. Jamie était sa force et sa faiblesse. Sans lui, elle ne serait rien.

À tâtons, elle déboucla sa ceinture, sortant sa chemise pour toucher sa peau tiède. Caresser ses reins musclés. Elle défit son pantalon qui glissa à terre.

Il l'écarta du pied et lui agrippa les hanches pour l'attirer à lui. Elle le regarda dans les yeux. Il était si beau. À toucher, à contempler. À désirer.

— Jamie, chuchota-t-elle, je t'en prie, je t'en prie…

— Comment résister ? murmura-t-il en souriant, tandis que sa main glissait sur sa joue, son cou, la naissance de ses seins.

Elle ferma les yeux et renversa la tête en arrière.

— Comment on enlève cette robe ?

Elle écarta le voile couvrant ses épaules nues pour lui permettre d'accéder à la fermeture Éclair. Elle soupira quand ses doigts touchèrent sa peau brûlante. Se débarrassant de la robe, elle caressa ses abdominaux et descendit vers son membre dur qu'elle empoigna, palpitant sous sa paume.

Il la souleva dans ses bras et l'emporta jusqu'au canapé.

— N'arrête pas, dit-il, trouvant son clitoris qu'il taquina doucement. Et laisse-moi m'occuper de toi…

Ils se caressèrent mutuellement, ivres de désir.

— Protégeons-nous, dit-il soudain en levant la tête, avant de fouiller dans la poche de sa veste pour sortir un préservatif.

Elle faillit éclater de rire. Il avait gardé sa veste !

Elle lui prit le préservatif sans lâcher son regard.

— Donne-moi ça, dit-elle, et elle commença à le lui enfiler lentement en le caressant.

— Arrête, Kayla. Je n'en peux plus…

Il posa la main sur la sienne et finit de mettre le préservatif. Ils s'étreignirent avec passion. Leurs caresses s'accélérèrent, puis Jamie entra en elle.

Tremblant et pleurant à la fois, elle se sentit aspirée dans un tourbillon de volupté si magique qu'elle sut que cette expérience la changeait pour toujours, qu'elle ne serait plus jamais la même.

8.

— Kayla, c'est Zac. On part en mission de recherche, et on a besoin d'un auxiliaire médical. Tu es disponible ?

— Oui. Je t'écoute, dit-elle, allant chercher ses bottes.

— Un kayak a été heurté par un jet-ski sur le lac Wakatipu, et deux personnes ont disparu. On sort la vedette de la police.

— Je vous retrouve à l'embarcadère. Vous avez besoin de Jamie ?

— Il est avec toi ?

Zac ne semblait pas surpris. Leur comportement au mariage, la veille, avait probablement été révélateur.

— Que se passe-t-il ? s'enquit Jamie derrière elle.

— Des kayakistes ont disparu sur le lac Wakatipu, dit-elle en lui tendant le téléphone.

— Zac ? Je suis disponible…

Il écouta son interlocuteur et regarda ses vêtements en grimaçant.

— Je me changerai pendant que tu conduis, lui chuchota-t-il à en aparté.

Si Zac avait encore des doutes sur leur relation, ils devaient être dissipés.

Ils coururent jusqu'à la voiture de Jamie, qu'il déverrouilla avec la télécommande avant de saisir un sac dans le coffre et de lui lancer les clés.

Elle mit le contact et démarra.

— Zac n'a pas précisé depuis quand ces gens ont disparu.

— Pas longtemps, si l'accident a été rapporté immédiatement, répondit-il, retirant son pantalon qu'il jeta sur le siège arrière.

Kayla vit ses longues jambes apparaître dans son champ de vision et sourit au souvenir de leurs acrobaties de la nuit.

S'efforçant d'ignorer son strip-tease pour se concentrer sur l'essentiel, elle passa mentalement en revue tout ce qu'ils auraient à faire quand ils retrouveraient les disparus.

— Espérons qu'ils ont pu atteindre le rivage.

Le moteur de la vedette tournait déjà quand Jamie et elle montèrent à bord.

— On a réquisitionné tout le monde possible pour retrouver les victimes, déclara Zac, responsable des opérations.

— Tu portes ta casquette de flic ou celle de secouriste ? demanda Jamie, scrutant la surface de l'eau que la vedette fendait à toute allure.

— Les deux. Une demi-douzaine de bateaux participent aux recherches avec des civils, des flics et des secouristes, et des gars sillonnent les rives du lac. Apparemment, le conducteur du jet-ski a déguerpi. Il n'a pas pu ne pas s'apercevoir qu'il était entré en collision avec le kayak.

— Comment peut-on faire ça ! Et si quelqu'un était gravement blessé ?

Sourde au grondement du bateau qui bondissait sur l'eau, Kayla alla en cabine vérifier le contenu du kit de premiers secours.

Des rapports leur parvenaient par radio. Les disparus n'avaient pas encore été repérés. Sortant sur le pont fouetté par la brise fraîche, elle prit des jumelles pour scruter l'eau agitée en quête d'un mouvement inhabituel. Ils se livrèrent à ce travail méthodique jusqu'à ce qu'ils atteignent l'endroit où le kayak avait été retrouvé, et ils poursuivirent leurs recherches en longeant la rive du lac.

La radio grésilla.

— On a trouvé un homme sur la rive. Inconscient.

— Coordonnées ? demanda Zac avant de noter les détails.

— Il respire ? interrogea Kayla dans le micro.

— Oui. Faiblement.

— Vous l'avez couché sur le dos ?

— Oui.

— Renversez-lui la tête en arrière pour une meilleure pénétration de l'air dans les poumons. Surveillez sa respiration.

— Il ne répond pas aux stimuli.

— Faites-lui la respiration artificielle. On arrive aussi vite que possible.

— Que veux-tu que je fasse une fois sur place ? demanda Jamie, qui avait hissé le sac de matériel médical à son épaule.

— Je prendrai le relais pour le massage cardiaque s'il le faut. Mais je veux d'abord expulser l'eau de ses poumons. Il a dû en avaler pour respirer aussi mal. Et, Zac, on aura besoin de l'hélicoptère.

Il leur fallut encore plusieurs minutes pour arriver et débarquer sur la rive où les attendait une secouriste.

— Par ici, dit celle-ci, désignant une formation rocheuse. Il a dû ramper pour s'éloigner de l'eau avant de s'évanouir.

S'agenouillant devant l'homme inanimé, Kayla lui prit le poignet et soupira de soulagement en sentant un léger pouls.

— Vous pouvez arrêter la réanimation pendant que je l'examine, Simon.

— Dieu merci. Ce n'est pas une partie de plaisir.

— Effectivement, approuva Jamie. Je peux lever un poteau électrique pour dégager une personne dans le feu de l'action, mais un massage cardiaque de vingt minutes me tue.

— Mais tu ne renonces pas, remarqua Kayla en palpant la poitrine de l'homme, ses bras, puis ses jambes.

— Jamais. On prend la suite pendant que vous continuez les recherches, dit Jamie aux secouristes qui s'étaient occupés du blessé.

— Roule-le vers toi, Jamie, dit-elle. Il faut que j'accède à son dos pour écouter ses poumons.

Une fois sur le côté, l'homme toussa et cracha de l'eau boueuse.

— Comment pouvait-il respirer avec ça dans les poumons ?

— Il a eu de la chance, même s'il n'est pas tiré d'affaire. Je ne trouve aucune blessure. Nous allons l'aider à respirer en attendant l'hélicoptère, déclara Kayla. Le pouls est toujours faible. Renverse-lui la tête, Jamie. Je vais encore faire quelques compressions, et on le remettra sur le côté au cas où il aurait encore de l'eau à évacuer.

Bientôt, le grondement d'un rotor s'amplifia, annonçant l'arrivée de l'hélicoptère.

— Ouf ! Ils ont fait vite.

Becca en descendit et renvoya le filin pour la civière.

— Salut. Qu'est-ce qu'on a ?

Kayla lui donna tous les détails.

— Tu restes là ? demanda Becca.

— Oui. On peut avoir besoin de moi pour l'autre victime.

Jamie rangea le matériel médical dans le sac, qu'il hissa à son épaule.

— Je t'ai vu, grommela Kayla.

— Quoi ? demanda-t-il d'un air innocent.

— Cesse de jouer les durs. Ton épaule est encore douloureuse, je porterai le sac. Ou mets-le à l'autre épaule.

Sa haute silhouette la domina, bloquant le vent venant du lac.

— Je vais bien. Je *suis* un dur. Tu n'avais pas remarqué ? dit-il d'un air coquin.

Elle pouffa.

Oui, elle avait remarqué.

Elle admirait sa vocation qui l'incitait à secourir les autres. Il faisait passer ses enfants avant quiconque, bien sûr, mais celui qui avait besoin d'assistance pouvait compter sur lui. Comme ce jour-là dans la montagne. Il avait tenu sa main et l'avait encouragée à s'accrocher. Il avait veillé à sa sécurité jusqu'à son évacuation en hélicoptère, il lui avait rendu visite à l'hôpital.

Jamie était un protecteur… Comme Dylan.

Elle déglutit. Pourquoi fallait-il qu'elle pense à Dylan après cette folle nuit d'amour où elle avait appartenu à Jamie ?

Parce qu'elle se sentait bien avec lui. Elle avait commencé à tourner le dos au passé, et le souvenir de Dylan lui rappelait ce qui avait été. Ils avaient eu une relation merveilleuse, mais c'était fini. Même si elle n'oublierait jamais les précieux moments partagés avec lui.

Elle sauta à bord de la vedette quand Zac l'approcha de la

rive et s'empara des jumelles pour scruter le lac en quête de l'autre disparu.

Elle devait cesser de penser à Dylan. Ce n'était juste ni pour elle ni pour Jamie. Ce n'était pas bien de les comparer. Mais elle appréciait certaines qualités chez un homme, et tous deux les avaient.

— Assieds-toi, dit Jamie en la poussant doucement vers le banc à la poupe du bateau. Repose un peu tes jambes.

De fait, elle commençait à sentir dans sa jambe droite une douleur diffuse qui pouvait avoir un rapport avec les acrobaties de la nuit. Rien à voir avec ses blessures vieilles de plusieurs mois.

Elle sourit.

— D'accord.

— Quoi ? Pas de protestations ?

— Je les garde pour les choses importantes.

Elle porta les jumelles à ses yeux pour empêcher Jamie de lire en elle, de voir combien sa présence la détendait et combien elle espérait en l'avenir. Ses résolutions de ne plus s'intéresser à un homme étaient mises à mal l'une après l'autre. Leur relation n'en était qu'au début, ils apprenaient encore à se découvrir. Son expérience avec Dylan lui avait appris que le véritable amour était un coup de cœur qui s'améliorait avec le temps. Elle devait mieux connaître Jamie avant de parler des enfants et de sa peur de ne plus pouvoir en avoir.

— Ralentis, Zac, cria Jamie. Là-bas, juste après les saules !

— Où ? demanda Kayla, se levant d'un bond.

— Regarde. Il y a une forme bleue parmi les buissons. Elle semble désorientée, observa Jamie en tendant la main vers le sac de matériel médical. Prête, auxiliaire ?

Troublée, elle se concentra sur la personne dont ils se rapprochaient rapidement.

— Prête. Le côté de sa tête est ensanglanté. C'est une femme, affirma-t-elle à la vue du sweat-shirt moulant. Ohé ? Vous m'entendez ?

Aucune lueur n'éclaira les yeux mornes de la femme qui titubait comme une somnambule.

Le bateau approcha du rivage, Jamie attrapa une branche de saule pour l'amarrer, et Zac coupa le moteur.

Sautant dans l'eau glacée qui lui arrivait aux chevilles, Kayla se précipita vers la rescapée.

— Bonjour. Je m'appelle Kayla, je suis auxiliaire médicale. Et Jamie est secouriste.

Aucune réaction.

Kayla s'apprêtait à lui prendre le bras quand elle vit qu'il formait un angle bizarre. Il était cassé.

Avec douceur, Jamie saisit l'autre bras de la femme et la conduisit jusqu'à une souche d'arbre où il la fit asseoir.

— Elle a sursauté en s'asseyant.

— Elle peut être meurtrie aux jambes ou aux fesses.

Avait-elle été heurtée par le jet-ski ou le kayak après avoir été éjectée ? La plaie à la tête suggérait qu'elle avait reçu un coup sévère. Mais elle marchait quand ils l'avaient trouvée, sa colonne vertébrale n'était donc pas touchée.

— Je vais prendre ses signes vitaux, puis nous la ferons monter à bord de la vedette, et Zac nous ramènera en ville.

— Tu ne veux pas l'évacuer en hélicoptère ?

— Elle a besoin d'un médecin de toute urgence, et le temps qu'un hélicoptère arrive, nous serons presque en ville, répondit-elle. À moins qu'un appareil soit déjà en route ?

— Pas à ma connaissance, répondit Jamie, soutenant la femme qui vacillait sur la souche. On a besoin de la civière. Elle ne pourra pas entrer dans l'eau sur ses pieds. Zac nous l'apporte.

— Le pouls est rapide et la respiration irrégulière.

Elle parla à la rescapée d'une voix calme et rassurante :

— On va vous mettre sur un brancard et le monter à bord du bateau pour vous conduire à l'hôpital. Zac, tu peux poser la civière pour que nous la couchions dessus ?

La blessée la regarda fixement pendant qu'ils l'étendaient sur le brancard.

— Où suis-je ?

— Près du lac, répondit Kayla.

— Qu'est-ce qui s'est passé ?

Elle posa délicatement son bras cassé sur son ventre.

— Vous faisiez du kayak, et vous avez été projetée dans le lac par un jet-ski. Vous vous en souvenez ?

— Non.

— Comment vous appelez-vous ?

— Lucy Moran.

C'était un bon début.

— Très bien, Lucy. Avez-vous mal aux jambes ?

— Pas vraiment, répliqua la femme, les sourcils froncés. Mais un de mes pieds ne bouge pas comme il faut.

— Remuez les orteils, ordonna Kayla. Dites-moi si vous sentez quelque chose.

Elle ne voyait aucun mouvement car Lucy portait des chaussures en plastique qu'on lui enlèverait sur le bateau.

— Tout semble normal, déclara Lucy.

— Vous avez mal à la tête ?

— J'ai une forte migraine. C'est tout.

Mais elle ne se rappelait pas l'accident.

— Vous nous avez entendus parler à notre arrivée ? demanda Kayla. Vous avez senti qu'on vous prenait le bras ?

— Je ne sais pas trop. Je ne crois pas…

Soudain les yeux de Lucy s'agrandirent. Elle se raidit.

— Où est Avery, mon petit ami ? Il va bien ?

— Il était avec vous dans le kayak ?

— Que s'est-il passé ? demanda Lucy, les sourcils froncés.

— Dites-le-moi, répondit Kayla, pour savoir si les fonctions cérébrales de Lucy étaient affectées dans l'éventualité où sa tête aurait frappé quelque chose de dur.

— Je réfléchis… Oui, lui et moi avons loué un kayak hier pour aller camper sur l'autre rive du lac.

— Je ne trouve pas d'autres blessures en dehors de la plaie à la tête et du bras fracturé, dit Kayla à Jamie.

Mais l'entaille à la tête l'inquiétait. C'était étrange que Lucy passe si vite de l'hébétude à la lucidité avant de sombrer de nouveau.

— Ce n'est pas bon ? demanda Jamie à voix basse.

— Je suis soucieuse, admit-elle.

Dès que Lucy fut à bord de la vedette, Zac lança le moteur, et Jamie défit l'amarre.

— Allons-y, dit-il, s'agenouillant devant Kayla. Comment puis-je t'aider ?

— Essaie de la faire parler pendant que je m'occupe de sa blessure. Ça ne me plaît pas qu'elle sombre comme ça. Zac, appelle le poste de secours. Dis-leur que l'échelle de Glasgow est à 13, précisa-t-elle en nettoyant délicatement la plaie.

— Vous sentez quelque chose là où Kayla vous touche, Lucy ? demanda Jamie.

— Quoi ? répondit la blessée, clignant les yeux.

— Je vous déchausse, dit-il. Remuez les orteils, s'il vous plaît.

— C'est bon, observa Kayla comme Lucy réagissait.

— Questionne-la sur l'accident, suggéra Zac.

Jamie hocha la tête.

— À quelle heure êtes-vous partie ce matin ?

Kayla sortit l'attelle en carton de la sacoche et la glissa avec précaution sous le bras de Lucy.

— Vers 7 heures.

— Vous vous souvenez donc qu'Avery était avec vous ?

— Est-ce que je l'avais oublié ?

Jamie jeta un regard interrogateur à Kayla.

— Continue à la questionner, dit-elle tout bas.

Les chevilles de Lucy étaient normales à la palpation. Aucune enflure, pas d'os déplacé, aucune réaction évoquant la douleur. Même chose pour ses genoux. On pouvait l'envelopper dans une couverture chauffante.

— Vous êtes une kayakiste chevronnée ?

— Je n'en ai fait que deux fois.

— Vous vous rappelez comment vous avez été éjectée du kayak ?

Lucy regarda fixement Kayla.

— Où est Avery ?

— Si c'est lui que nous avons trouvé au bord du lac, il est en route pour l'hôpital, comme vous, répondit-elle.

Lucy ne demanda pas comment il allait. Elle fixa Dieu sait quoi par-dessus l'épaule de Jamie. Son pouls était constant, sa respiration aussi.

— Vous pouvez suivre mon doigt des yeux, Lucy ?

Lucy le regarda sans rien dire, immobile.

— Lucy, insista Jamie. Vous voyez mon doigt ?

— Oui.

— Suivez-le des yeux, ordonna-t-il sur le même ton.

Cela marcha.

— Bien, dit Kayla, notant ses observations pour les ambulanciers qu'ils retrouveraient au débarcadère.

Elle était impressionnée par l'efficacité de Jamie, sans doute due à ses années d'expérience chez les pompiers.

Elle l'aimait bien. Plus que ça, même. Elle s'intéressait à lui, elle tenait à lui. Elle n'était pas loin de l'aimer tout court.

— Nous méritons un bon brunch, remarqua Jamie en soupirant quand Lucy fut partie en ambulance. Je ne sais pas toi, mais je meurs de faim.

— Le repas de noce est loin. On n'a pas chômé depuis, admit Kayla avec un sourire effronté.

Il rit.

Bon sang, il se sentait bien. Il n'avait pas connu une nuit pareille depuis des années. Kayla était sexy en diable. Ils avaient fait l'amour et s'étaient câlinés avant que leur désir explose de nouveau dans un tourbillon de plaisir. Oui, une sacrée nuit. Il espérait qu'il y en aurait d'autres. Ce soir, peut-être ? Cet après-midi ?

— Viens. Je t'invite.

Il lui prit la main, et ils marchèrent le long des rues étroites à l'écart des circuits touristiques jusqu'à un pub pittoresque qui servait les meilleurs brunchs de la ville.

— Tu vois Maisie aujourd'hui ? demanda-t-il en chemin, au cas où Kayla aurait déjà des projets pour la journée.

— Non. Elle a pris le premier vol pour rentrer à Tauranga ce matin via Wellington. Elle est de garde ce soir.

Il sentit son cœur se gonfler de joie. Merci, Maisie !

— Quand emménage-t-elle ici ?

— Dans un mois. Nous avons le reste de la journée pour nous, conclut Kayla, ses yeux dorés pétillant de malice.

Il ne demandait qu'à entrer dans le jeu.

— Brunch au champagne, pour l'ambiance ?

— Pourquoi pas ? rétorqua-t-elle avec un sourire. Ces deux malheureux éjectés de leur kayak n'ont pas réussi à m'abattre. Ma meilleure amie a épousé l'homme de sa vie hier, et j'ai passé une nuit inoubliable…

— Nous ne sommes pas forcés de nous limiter à une.

Elle serra ses doigts.

— Je n'en avais pas l'intention.

Son audace n'effraya pas Jamie. Il se sentait léger. Il n'avait pas envie de réfléchir. Son corps las était épanoui, heureux, simplement.

— Je t'ai dit que les garçons étaient chez leur mère pendant deux semaines ?

— Seulement quatre fois. C'est ta façon de passer le temps jusqu'à leur retour ?

Il savait reconnaître une question sérieuse, même dissimulée sous un sourire.

— Les petits chenapans me manquent quand ils s'absentent. Je finis en général par faire des heures supplémentaires à la caserne.

— Tu as besoin d'avoir une vie, Jamie. Comme moi. Je passe mon temps à travailler pour fuir le silence de ma maison, dit-elle.

Son sourire avait perdu de son éclat mais n'en était pas moins ravageur.

— Nos bottes sont trempées, remarqua-t-il.

— Nous nous déchausserons devant la porte.

Rien ne semblait pouvoir affecter la bonne humeur de Kayla, ce matin. C'était forcément positif. Cela voulait dire qu'ils étaient au diapason, qu'ils s'amusaient, se plaisaient ensemble. Il se sentait apprécié pour lui-même, pas comme père ou comme pompier. Ils avaient franchi un cap.

— Nous sommes arrivés.

— Les allées et venues entre toi et Leanne ne perturbent pas les garçons ? demanda-t-elle comme ils s'asseyaient à table.

— Apparemment pas. Au début, ils étaient méfiants, sûrs que nous allions continuer à nous chamailler, mais ils ont compris que nous avions trouvé un accord et comptions le respecter. J'ai mis plus de temps à accepter l'arrangement. Surtout quand David a épousé Leanne et s'est désintéressé de Ryder et Callum, comme s'il s'était servi d'eux pour arriver à ses fins avec leur mère.

— Ça a dû être dur pour vous tous. Je sais combien ça a été difficile après la mort de Dylan, et nous n'avions pas d'enfants, remarqua-t-elle, compréhensive.

Il appréciait sa compassion, son empathie. Et son corps sexy, et son sourire insolent. Il avait envie d'oublier leur brunch, de lui prendre la main et de se précipiter chez elle. Mais il voulait agir convenablement, même s'il ne savait pas trop ce que cela impliquait. Il était intéressé par Kayla la femme, l'amie, l'amante… « Intéressé » ? Chamboulé, excité, plutôt. Ce matin, le ciel était plus bleu, l'air plus léger, sa motivation plus forte. Il avait une vie et l'appréciait, et il s'inquiétait moins des conséquences sur ses enfants.

— Commençons à profiter du reste de la journée, dit-il.

— On commencera demain à s'occuper du reste, répondit-elle en riant.

Le lendemain était devenu deux jours.

Kayla jubilait. Jamie était le *bon*. Ils avaient à peine mis le nez dehors depuis le mariage, passant leur temps au lit, chez elle ou chez lui, regardant des films enlacés sur le canapé, partageant des repas et sortant Shade.

La réalité avait repris ses droits la veille au soir. Jamie avait travaillé, et ce matin, elle était de garde au poste de secours.

Elle regarda la salle où ses collègues de permanence prenaient leur petit déjeuner, sirotaient un café ou scrutaient leur téléphone, attendant le premier appel en priant pour qu'il n'annonce rien de grave.

Elle espérait que rien ne viendrait gâcher son euphorie.

Jamie était rentré chez lui après avoir fini de travailler à 6 heures ce matin. Il l'avait appelée plusieurs fois la veille au soir, juste pour lui parler. Ils avaient couvert tous les sujets possibles sauf leur relation naissante. Elle n'avait pas voulu l'aborder de peur de ternir son bonheur tout neuf.

Et si Jamie décidait soudain qu'il s'était trompé et faisait marche arrière ? Ou s'il n'était intéressé que par le sexe ? Et s'il trouvait que les choses allaient trop vite entre eux ?

Chaque fois qu'ils parlaient des garçons, il se tenait sur la réserve. Pourquoi ? Redoutait-il qu'elle ne s'entende pas avec eux ? Pourtant il avait dit qu'elle leur plaisait et qu'elle savait s'y prendre avec eux. Ils passaient avant tout pour lui, avant son propre bonheur. C'était normal, mais il avait le droit de s'amuser et même d'avoir une nouvelle relation, non ? Il n'allait pas rester célibataire parce qu'il était père ? C'était un homme aimant, il avait beaucoup à donner.

— Alors, ce mariage ? demanda Becca depuis le fond de la pièce.

— Magnifique. Mallory et Josua forment un beau couple, et ils sont très heureux.

— Qui sera la prochaine ? lui demanda son amie avec un clin d'œil.

— Pas moi, en tout cas, répondit Kayla.

Son bonheur était tout neuf, et elle n'en était pas encore là. Une relation avec Jamie, oui, mais un mariage…

Et pourquoi pas ? Elle n'accepterait pas moins si elle retombait amoureuse. L'image d'un beau bouquet de mariée lui traversa l'esprit. Elle était prête à jurer que Mallory lui avait délibérément lancé le sien. Elle avait tenté de le lui rendre, sans succès. C'était peut-être un signe du destin ?

Son téléphone s'alluma avec l'arrivée d'un SMS.

— Impossible dormir. Lit trop vide. Jamie xxx

Elle sentit son cœur fondre.

— Tu ne dormirais pas s'il ne l'était pas. xxx

— Hâte que la semaine soit finie pour qu'on soit ensemble.

— Moi aussi.

Elle travaillait jusqu'à samedi compris, mais ensuite, gare à toi, Jamie !

— C'est parti, annonça Becca à l'instant où le téléphone de Kayla vibrait à sa ceinture.

Celle-ci lut le message et grimaça.

— Femme de quatre-vingt-cinq ans trouvée inconsciente par terre à côté de son lit. Allons-y.

Travailler faisait passer le temps plus vite en attendant de retrouver Jamie.

Jamie.

Elle avait hâte de sentir ses bras autour d'elle. Pour la première fois depuis son retour à Queenstown, son travail lui pesait. Son planning ne correspondait pas à celui de Jamie cette semaine, et cela risquait d'arriver souvent.

C'était pareil avec Dylan, ses gardes ne coïncidaient pas forcément aux horaires de travail de son mari. Elle avait l'habitude, ce qui ne voulait pas dire qu'elle aimait ça.

9.

Deux semaines après, Kayla eut deux jours de repos en même temps que Jamie, mais il était trop occupé pour la voir.

— J'ai un engagement à l'école demain, et le lendemain, les garçons ont une journée sportive pour débuter le trimestre. Désolé, je n'ai guère de temps libre en ce moment, expliqua-t-il, semblant accepter cet état de fait.

— Je peux venir assister à leurs performances sportives.

— Une autre fois, peut-être.

Elle n'insista pas.

— D'accord, répliqua-t-elle, la poitrine douloureusement serrée. On se voit plus tard ?

— Si tu te joignais à nous pour dîner ce soir ?

Le soulagement l'inonda.

— Avec plaisir. Qu'est-ce que j'apporte ?

— Toi.

— Parfait. À ce soir, alors.

Avait-elle mal interprété la réaction de Jamie ? Si leur mère venait à la journée sportive des garçons, il n'avait peut-être pas envie qu'elle pose des questions gênantes. Mais leur relation n'avait rien de secret. En tout cas, elle ne voyait pas Jamie se comporter ainsi. Quelque chose le tracassait. Était-il déjà lassé d'elle ? Non, sûrement pas. Elle dramatisait.

Mais quand, à son arrivée chez lui, il ne l'embrassa pas et lui annonça qu'elle ne pouvait pas rester pour la nuit, son cœur sombra : ses craintes étaient fondées.

— Tout va bien ? demanda-t-elle quand Jamie la retrouva dans la cuisine après avoir couché ses fils.

— Pourquoi ça n'irait pas ?

S'appuyant contre lui, elle noua les bras autour de son cou et se dressa sur la pointe des pieds pour l'embrasser.

— Tu m'as manqué.

Elle savait qu'elle l'aimait. Il faisait partie d'elle, maintenant, elle l'avait toujours en tête quand elle avait une décision à prendre. C'était Jamie qui faisait de chacun de ses réveils matinaux un moment unique et exaltant.

Il prit sa bouche avec passion, et elle répondit ardemment à son baiser. Enfin. Quand ils se séparèrent, elle était heureuse.

— J'ai envie de faire ça depuis ton arrivée, admit-il, caressant sa joue avant de l'embrasser encore.

Puis il s'arracha brusquement à elle.

— Je dois arrêter pendant que je peux.

— Tu ne te soucies pas de ça d'habitude, dit-elle, refroidie.

Il recula, s'assit sur un tabouret, et lui prit la main.

— En général, mes fils ne sont pas là quand on se voit.

— Tu ne veux pas qu'ils nous surprennent en train de nous embrasser, et je comprends. Mais être invisible, ce n'est pas l'idéal. Je fais partie de ta vie, maintenant.

N'est-ce pas ?

— Je dois me montrer prudent, Kayla. S'ils le vivent mal, je devrai rompre avec toi.

Elle le regarda fixement un moment, puis elle retira sa main et s'assit en face de lui.

Il n'avait pas mâché ses mots. Ce n'était pas ce qu'elle avait espéré entendre. À quel point le connaissait-elle ?

— Soyons clairs. Je ne fais partie de ta vie que quand les garçons ne sont pas là, c'est ça ?

Jamie pinça les lèvres, et ses yeux s'assombrirent.

— Tu dois comprendre qu'ils sont ma priorité.

Comment ne pas le comprendre ? C'était très clair. Il l'avait répété assez souvent.

— Je comprends, et je ne t'en apprécie que davantage. Je ne vais pas les faire souffrir, si c'est ce qui t'inquiète.

Il soupira tristement.

— Et si ça ne marche pas entre nous ? Ils ont déjà connu assez d'épreuves dans leur courte vie.

— Toi aussi, tu as le droit d'avoir une vie, Jamie.

Elle ne s'effacerait pas. Elle tenait trop à lui et voulait partager sa vie. Même une part infime lui suffirait.

— Seulement si ça n'affecte pas négativement mes fils.

— Je m'entends bien avec eux, et ma présence ne semble pas les perturber. Tu peux les avoir et m'avoir aussi, non ?

— J'en ai envie, crois-moi.

Elle souffrait du peu d'entrain qu'il exprimait.

Ne pas renoncer déjà. Prendre son temps, se montrer prudente, mais se battre.

— Alors, on fera ce qu'il faut pour que ça marche. Je ne m'attends pas à passer la nuit ici quand tu as tes fils. Laissons-les s'habituer à mes visites. Mais je refuse de perdre ce que nous partageons, Jamie. Tu es trop génial.

Il sourit.

— On ne m'a pas parlé ainsi depuis longtemps.

Elle se détendit enfin. Ils surmonteraient tout ça.

— N'en fais pas trop. Je ne le redirai pas de sitôt.

Il prit sa main, la fit descendre du tabouret et l'attira à lui.

— Tu es assez géniale toi-même, Kayla Johnson.

Il l'embrassa lentement, passionnément.

Elle dut se faire violence pour ne pas lui sauter dessus et assouvir son désir. Mais ils n'étaient pas seuls.

Un mois plus tard, Kayla s'efforçait encore de comprendre où elle en était avec Jamie.

Les quinze jours que Callum et Ryder passaient chez lui, elle le voyait à peine et il avait toujours à faire quand il ne travaillait pas. Mais les deux semaines suivantes, lorsqu'il était seul, ils devenaient presque inséparables.

Aujourd'hui commençait une nouvelle quinzaine solitaire. Maisie était de retour à Queenstown, mais cela ne comblait pas son manque. Après les journées et les nuits merveilleuses où elle partageait tout avec Jamie, se retrouver seule le soir sans son corps contre lequel se blottir lui pesait. Comment passer de la plus folle passion à cette solitude cruelle sans devenir folle ?

Pire, cela faisait mal. Elle commençait à se demander si Jamie ne se servait pas d'elle. Il était temps de mettre les choses au point. S'il devait lui briser le cœur, autant en finir maintenant et qu'elle reprenne le cours de son existence amorcée à son retour à Queenstown, avant l'avalanche.

Elle monta dans sa voiture et se rendit chez lui, décidée à en avoir le cœur net. Et s'il lui demandait de partir ? Oui, mais s'il s'excusait et la priait de rester ?

Il n'y avait qu'un moyen de le savoir. Elle n'avait jamais évoqué ses sentiments. Il était trop tôt pour lui avouer ouvertement son amour, et elle soupçonnait Jamie de ne pas être prêt à l'entendre. Il n'avait peut-être pas l'intention d'avoir avec elle une relation durable avec la bénédiction des garçons ?

Non, elle refusait de le croire. Ils s'entendaient si bien.

— Elle est où, Kayla ? Elle aime bien les saucisses, remarqua Ryder en tapant sur son assiette avec sa fourchette.

— Oui, quand est-ce qu'elle revient faire du skate avec nous ? demanda Callum.

Kayla. Les garçons croyaient-ils qu'elle les abandonnait ? se demanda Jamie. Il était seul responsable de son absence. À vouloir y aller lentement avec elle pour les ménager, il n'avait rien arrangé. Bien au contraire, il avait encore plus envie de la voir. Et ses fils aussi, apparemment.

Alors quel était le problème ? Avait-il peur d'aller plus loin ? De trop s'impliquer et se voir renvoyer son amour en pleine face ?

— Où elle est, papa ?

— Elle travaille.

— Non. Elle ne travaille pas ce soir, rétorqua son monsieur-je-sais-tout de fils d'un air belliqueux. C'est écrit sur le tableau.

— Ça suffit, Ryder. J'ai fait une erreur, d'accord ?

Une grosse erreur, impliquant une femme qui le subjuguait tant qu'il envisageait d'aimer de nouveau. Une femme qui avait fait noter ses jours de repos à ses fils pour qu'ils sachent quand elle pourrait venir les voir, parce qu'ils l'aimaient beaucoup. C'était justement ce qu'il voulait éviter, craignant qu'elle finisse par les laisser tomber.

Peut-être aussi redoutait-il de s'engager par peur de souffrir. Mais si cela marchait ? S'ils trouvaient tous le bonheur ? Une relation avec Kayla ne tournerait pas forcément mal. Ils s'entendaient très bien. Ils appréciaient la même cuisine, les sorties au grand air, le même humour. Ils avaient les mêmes valeurs, la même empathie pour les autres, la même crainte de faire souffrir. Qu'est-ce qui pouvait clocher ?

Tout. Il avait aimé Leanne, et elle l'avait aimé. Ils avaient eu un mariage merveilleux. Mais que restait-il de tout cela aujourd'hui ? Il ne comprenait toujours pas comment Leanne avait brusquement cessé de l'aimer, mais c'était un fait. Si cela se reproduisait avec Kayla ?

Il ne le saurait jamais s'il ne prenait pas le risque…

— Kayla est là ! cria Ryder, sautant de sa chaise pour courir ouvrir la porte. Elle ne travaille pas !

— Quoi ? Tu es sûr ?

— Kayla, on mange des saucisses ! Tu en veux ?

— C'est la meilleure invitation de ma journée.

Jamie soupira au son de sa voix douce.

Comment pouvait-il douter ? Il adorait Kayla. Elle lui apportait tendresse, exaltation, espoir. Il voulait croire en elle, lui confier son cœur, ses enfants.

— C'est ton jour de chance, j'en ai préparé trop, dit-il, se levant pour la serrer dans ses bras.

Au diable la présence des garçons ! Il l'embrassa tendrement sur les lèvres.

Figée, elle ne lui rendit pas son baiser.

Quelque chose clochait. Allait-elle lui apprendre que tout était fini ? *Seigneur, faites que non*, pria-t-il silencieusement. Il recula et lui avança une chaise.

— Assieds-toi. Callum, va chercher une assiette et des couverts pour Kayla.

Elle prit une profonde inspiration.

Du calme, ne pas se crisper sous prétexte qu'il redoutait ce qu'elle allait dire. Écouter jusqu'au bout.

— Je suis passée te demander quelque chose, et je n'ai pas fait attention à l'heure. Pardon d'avoir interrompu votre dîner. J'aurais dû téléphoner.

— Pas de problème. C'est bon de te voir. Vraiment, dit-il, sincère. On a largement de quoi manger pour quatre.

— On a une nouvelle bouteille de sauce tomate, Kayla, annonça Callum. On peut en prendre plein.

— Chouette, répondit-elle en s'asseyant. Comment vous allez tous ? C'est bien, l'école, cette semaine ?

Jamie écouta le babillage excité de ses fils.

Ils avaient adopté Kayla depuis le début avec une facilité déconcertante. Elle souriait en les voyant se couper la parole. Un sourire auquel lui-même n'avait pas droit ce soir.

Il la servit et se rassit.

— Ça a l'air bon, observa-t-elle.

C'était un repas basique que les enfants adoraient.

— Attention, ou je vais annuler la commande de magazines culinaires que j'ai faite la semaine dernière.

— Essaierais-tu de m'impressionner, par hasard ?

— Absolument, répondit-il.

Il voulait pousser les garçons à finir rapidement leur dîner, prendre leur douche et aller se coucher, pour pouvoir parler à Kayla et savoir pourquoi elle avait paru aussi gênée à son arrivée. Mais il s'arma de patience et profita du moment. Comme une famille normale après une journée de travail ou d'école. C'était agréable, malgré la réticence de Kayla. Et la sienne.

— On peut avoir de la glace, papa ? demanda Callum, sachant fort bien qu'on n'était pas vendredi soir. S'te plaît…

Il ne restait pas la moindre miette dans les assiettes des garçons. Jamie échangea avec Kayla un regard amusé.

— D'accord pour cette fois, dit-il.

— Tu en veux, Kayla ? Il y a des bonbons dedans.

— Non merci, les enfants.

Callum courut chercher la glace dans le congélateur du cellier pendant que Jamie se levait pour débarrasser la table.

— Qu'est-ce que tu as fait aujourd'hui, Kayla ?

— J'ai soigné une crise cardiaque, une fracture de la cheville, et raccompagné un vieux monsieur hospitalisé à la maison de retraite. À part ça, pas grand-chose.

— Une journée calme, en somme. Tu vas bien ?

— Oui, répondit-elle en le regardant dans les yeux. On peut parler quand les garçons seront couchés ?

L'appréhension de Jamie revint en force, lui arrachant un frisson. Elle n'allait pas bien du tout, à en juger par le pincement de ses lèvres sensuelles.

— Il faudra attendre un peu. Il est à peine 6 heures.

— Aucun problème.

— Qu'est-ce qu'il y a, Kayla ? dit-il, la sentant nerveuse.

— Tu en as plus que moi ! cria Ryder.

— Taisez-vous, les garçons, ordonna-t-il en servant à chacun la même portion de crème glacée. Emportez vos bols dans le séjour et regardez la télé en silence.

— Je n'ai pas vu l'heure qu'il était, navrée, remarqua-t-elle, rinçant les assiettes avant de les mettre dans le lave-vaisselle.

La gorge de Jamie se serra. Kayla n'agissait jamais impulsivement, sauf si un défi était en jeu.

Il remit le bac à glace dans le congélateur et claqua la porte. Un défi ?

— Qu'est-ce qui se passe, Kayla ?

Elle fit un signe de tête en direction du séjour.

— Plus tard.

Il était incapable d'attendre que les garçons soient couchés. De plus en plus tendu, il prépara du thé.

— Viens. Allons sur la terrasse.

Le soleil était encore vif, mais l'avancée du toit faisait de l'ombre. Kayla s'assit sur la plus haute marche de l'escalier descendant vers la pelouse qui avait besoin d'être tondue. Les yeux baissés, elle but son thé à petites gorgées.

Elle semblait vulnérable, comme vidée de son énergie.

La tension de Jamie s'accrut. Sa brusquerie l'avait-elle mise mal à l'aise ? Il aurait peut-être dû attendre qu'elle lui parle. S'exhortant à la patience, il s'assit près d'elle.

— Je t'écoute.

Elle se raidit et ses épaules se crispèrent, puis elle leva la tête.

— Tu m'as dit que Ryder et Callum passaient en priorité dans toutes tes décisions.

Il voulut répondre, mais elle leva une main.

— Laisse-moi finir, dit-elle avant de pousser un soupir. Je comprends. Sincèrement. Mais j'ignore où est ma place. Je suis présente deux semaines, absente deux semaines, et ma vie tourne autour des moments où tu n'as pas les garçons. Est-ce que tu te sers de moi ? demanda-t-elle, ses beaux yeux empreints de gravité.

— Non, rétorqua-t-il, le cœur battant. Non. Pas du tout.

Comment pouvait-elle croire ça ?

Il prit sa main, mais elle se dégagea.

— Tu es sûr ? Parce que, de mon point de vue, ça y ressemble. Je peux venir partager un repas avec vous, mais je ne suis pas invitée aux journées sportives ni à manger un hamburger avec vous. Et ce soir, c'est la première fois que tu m'embrasses devant les enfants.

Que dire ? Elle avait raison. Il scindait sa vie en deux parties distinctes. Allait-il continuer ainsi ? Ou était-il prêt à les faire fusionner ?

— Je ne t'utilise pas, Kayla. Mais j'admets être prudent dans mon implication. Non seulement à cause de mes enfants, mais parce que j'ai peur de souffrir de nouveau.

— Crois-tu que je n'ai pas peur ? répliqua-t-elle, ses beaux yeux soudés aux siens. Je veux tenter ma chance avec toi, Jamie. Car je tiens à toi, beaucoup.

Il sentit son cœur se gonfler d'amour.

— Mais si tu ne partages pas mes sentiments, dis-le-moi, pour que je puisse reprendre le cours de ma vie, ajouta-t-elle.

La douce chaleur s'évapora.

Kayla lui avait avoué ses sentiments pour qu'il prenne une décision. Il la voulait de tout son cœur, de toute son âme. Il était temps d'être honnête. De mettre son cœur dans la balance. Il ouvrit la bouche, la referma. Ce n'était pas facile. Il adorait Kayla. Il adorait ses garçons. Chacun devait se sentir en sécurité. Il fallait qu'il essaie. Mais essayer ne suffirait pas. Il devait s'engager ou… dire adieu.

— Je vois, murmura-t-elle en se levant.

Il bondit et lui prit les mains.

— Non, tu ne vois pas. Je veux que tu fasses partie de ma vie, avoua-t-il, conscient qu'il n'avait pas prononcé ces mots depuis Leanne, et que la suite lui avait donné tort.

Il serra ses mains dans les siennes et l'attira à lui.

Elle se raidit, résista.

— Quand, Jamie ? Une quinzaine sur deux, ou tout le temps ?

Il n'y avait pas de demi-mesures avec Kayla. Il aurait été aussi entier qu'elle si son mariage n'avait pas été un échec. Voulait-il qu'elle s'en aille pour ne plus jamais revenir ? Non. Alors était-il prêt à s'engager ?

Il sourit.

— Que dirais-tu de tout le temps ? De se voir régulièrement chaque semaine, chaque week-end, n'importe quand ?

Elle paraissait vidée de ses forces.

— Sérieusement ? dit-elle, anxieuse. Vraiment ?

— Oui. On peut tenter le coup, et voir comment ça marche.

Le visage de Kayla s'assombrit.

— Voir comment ça marche ? Faire un essai ?

— Pardon d'être direct, mais c'est ce que je veux dire, oui.

Il la lâcha et s'adossa à un pilier. Il avait son mot à dire là-dedans. Il devait être certain que leur relation serait bénéfique pour tous les quatre avant de s'impliquer à cent pour cent. Il fallait qu'elle le comprenne.

— C'est normal pour moi. Je ne veux plus jamais revivre ce que j'ai connu avec Leanne.

— Je ne suis pas Leanne. Je suis Kayla…

Il retint son souffle. Manifestement, elle n'avait pas fini.

— Je ne peux pas « tenter le coup », dit-elle. Pour moi, c'est tout ou rien. L'amour est un tout, il ne transige pas.

— Et si tu n'es pas à la hauteur comme belle-mère ? Si je n'aime pas ta façon de t'occuper de Ryder et Callum ? objecta-t-il, sentant déjà son cœur se fendre.

— Alors, nous étudierons le problème, nous en discuterons. Mais il ne s'agit pas que d'eux, Jamie. Nos vies importent aussi, nos sentiments l'un pour l'autre doivent compter plus que tout si nous voulons avoir la moindre chance. Mais une période d'essai ? Non merci.

— Tu ne crains pas que ta perte de Dylan ternisse notre relation ? Tu n'as pas peur de blesser l'un de nous si nous échouons ? dit-il, sur la défensive, conscient qu'il n'était pas encore prêt à s'impliquer à long terme.

— Bien sûr que je ne veux pas que quelqu'un souffre, mais c'est dans la nature même d'une relation. On prend des risques. En tombant amoureuse de Dylan, je n'imaginais pas que ça pouvait mal tourner. Puis le destin m'a infligé un coup terrible, et j'ai porté ce chagrin pendant longtemps. Depuis que je te connais, il s'est peu à peu dissipé, et aujourd'hui je suis heureuse, prête à recommencer. On n'a aucune garantie, mais je refuse d'essayer une relation comme j'essaie une robe, déclara-t-elle, adossée au pilier d'en face. Je suis amoureuse de toi, Jamie.

Il sentit son cœur bondir dans sa poitrine.

Kayla l'aimait ? Avait-il trouvé ce que, au fond de lui, il espérait tant rencontrer un jour ? Son cœur battait la chamade. Oui, cela pouvait marcher. Il le fallait. Il le désirait plus que tout. Kayla était unique, et il l'adorait.

— Je tiens beaucoup à toi, moi aussi, murmura-t-il, incapable de prononcer le mot « aimer ». Je demande juste du temps. Du temps que nous pourrons passer en couple et en famille avec les garçons, en avançant pas à pas.

Elle hocha la tête en silence.

— Il y a beaucoup de choses à régler, comme le lieu où nous vivrons, même si je préfère rester dans ma maison, où les garçons ont trouvé leurs marques.

Il s'aperçut qu'il revenait encore à ses enfants et ce qui était bon pour eux, ignorant les désirs de Kayla. Les utilisait-il comme prétexte par peur de s'engager ? Était-il vraiment prêt pour une relation dans les règles ? Ou voulait-il continuer à vivre seul et affronter seul les choses du quotidien tellement plus faciles à partager en couple ?

— Jamie ? demanda Kayla qui l'observait intensément. Tu n'es pas prêt, n'est-ce pas ?

— J'ai dit qu'on devait tenter le coup et voir si on est faits pour vivre en couple. Je ne peux pas être plus prêt.

Elle secoua la tête.

— Je t'aime, Jamie, et je ferais n'importe quoi pour être avec toi. Mais je veux tout. Avec à terme, si possible, un mariage et peut-être des enfants à nous… Mais j'attends un engagement. Pas une approche « voyons comment ça se passe », mais une implication totale. Si tu n'en es pas capable, il vaut mieux qu'on se sépare maintenant.

Il avait la chair de poule, la bouche sèche.

Il n'avait pas de réponse. Il ne pouvait pas la demander en mariage, c'était beaucoup trop tôt. Et s'ils se disputaient tout le temps ? S'ils se brouillaient au sujet des enfants ? Si elle décidait qu'il avait un métier trop dangereux et lui demandait de démissionner, comme Leanne ? Elle avait parlé d'avoir des enfants avec lui en connaissant les dangers de son travail, mais c'était facile de croire qu'on était fait l'un pour l'autre tant qu'on n'avait pas subi les pressions du quotidien. Et, il le savait, le plus parfait amour pouvait virer au cauchemar.

— J'ai besoin de plus de temps.

— Je regrette, Jamie. J'espérais qu'on était sur la même longueur d'onde, mais je me suis trompée.

Elle s'approcha et lui déposa un baiser léger sur la bouche.

— Prends soin de toi.

Les joues noyées de larmes, elle descendit l'escalier et pressa le pas pour regagner sa voiture garée devant la maison.

— Adieu, Kayla, chuchota-t-il, la gorge serrée.

Elle l'aimait. Personne ne l'avait aimé depuis longtemps. Il voulait qu'elle revienne. Maintenant. Partager avec elle ce que la vie déciderait de leur offrir. Mais ses pieds lui refusaient tout service. S'il la rattrapait, il ne pouvait pas garantir de lui donner ce qu'elle désirait.

10.

— Maisie, où es-tu ?

À travers le pare-brise, Kayla regardait la foule qui se promenait en ville. Le spectacle des couples qui marchaient main dans la main lui brisait le cœur. Pourquoi n'était-elle pas rentrée directement chez elle après avoir quitté Jamie ?

Parce que sa maison était trop vide, voilà pourquoi.

— Je rentre chez moi, répondit Maisie. Attends. Je me gare sur le bas-côté. Qu'est-ce qu'il y a ? Tu n'as pas l'air bien.

— Je viens de rompre avec Jamie.

— Où es-tu ?

— En ville, dit Kayla, citant la rue où elle était garée.

— Ne bouge pas. J'arrive, et on ira boire un verre. Tu peux tout me dire. C'est à cela que sert une amie.

Kayla soupira et se moucha.

Ses fichues larmes refusaient de se tarir.

Elle aimait Jamie, et Jamie ne voulait pas d'elle.

— Ce n'est pas vrai, commenta Maisie quand Kayla lui eut tout raconté devant un verre de vin. Tu dis qu'il voulait tenter le coup, qu'il tient à toi. Pour moi, il veut clairement de toi.

— Tu penses que je devrais accepter cette période d'essai ? remarqua Kayla en la regardant fixement. Mais ça ne me ressemble pas, et tu le sais.

— Hé, je me contente d'observer que Jamie tient de toute évidence à toi.

— Mais pas assez. Je veux faire partie de sa vie tout le temps ! Mais il ne semble pas comprendre que je suis sérieuse et que je n'ai pas l'intention de causer des problèmes.

Portant son verre à ses lèvres, Kayla se rappela une chose.

— Je lui ai dit que j'aimerais me marier et peut-être avoir des enfants un jour, mais il n'a pas réagi.

Malgré les épreuves vécues par Callum et Ryder, elle n'avait jamais imaginé que Jamie puisse ne pas vouloir d'autres enfants. C'était un merveilleux papa, et il avait un cœur énorme. Assez grand pour d'autres rejetons *et* elle. Elle l'avait cru au point d'être prête à souffrir si elle ne tombait pas enceinte ou si elle ne menait pas une grossesse à terme.

— Ce n'est pas forcément fini. Tu l'as pris de court. Laisse-lui le temps de réfléchir à tout ça. Il pourrait bien revenir en rampant t'offrir tout ce que tu veux, déclara Maisie. D'ici là, on se gavera de shopping et on essaiera de décoller Mallory de Josua pour un week-end entre filles.

— J'ai vraiment besoin de distraction en ce moment.

Ou bien elle retrouverait son addiction au travail pour éviter de trop penser à ce qui aurait pu être.

Maisie pouvait dire ce qu'elle voulait, Jamie ne viendrait pas plaider sa cause. Il était du genre à camper sur ses positions. Pourquoi ne pouvait-il pas accepter son amour et l'accueillir dans son cœur ?

— J'ai besoin d'un autre verre. Pas toi ?

— Je vais conduire. On laissera ta voiture en ville.

— Je suis égoïste, grommela Kayla. Je boirai le prochain verre chez moi. Tu te joins à moi ? Il y a toujours un lit pour toi.

Deux, en fait, car elle avait trois chambres pour elle toute seule. Elle avait invité Maisie à loger chez elle à son retour à Queenstown, mais son amie s'était installée chez son frère.

Elle avait conscience de s'apitoyer sur son sort, mais elle avait déjà eu le cœur brisé, et cette fois, elle refusait de sombrer dans le malheur.

— Tu l'aimes vraiment, n'est-ce pas ?

— C'est arrivé peu à peu. On s'entend bien depuis le début, mais il m'a fallu du temps pour comprendre que je l'aimais. Quand apprendrai-je de mes erreurs ?

Elle avait de longues journées solitaires en perspective.

Heureusement, Maisie était de retour, et elles voyaient Mallory de temps en temps.

— Y arrive-t-on jamais ? commenta Maisie avant de vider son verre. Viens. Partons.

— J'ai peut-être été trop dure avec Jamie en voulant imposer mes vues, remarqua Kayla, désabusée.

— C'est un fait, admit Maisie.

— Il m'arrivait de l'être avec Dylan.

Dylan avait toujours encaissé, capitulant ou pas. Elle n'aurait pas voulu qu'il soit soumis à ses moindres désirs. Mais elle aurait aimé que Jamie cède aujourd'hui. Ne voyait-il pas qu'elle l'aimait ? Qu'elle était prête à tout pour que ça marche ? Sauf à passer après tout le reste. Avait-elle tort d'être inflexible ? Aurait-elle dû lui laisser une chance ?

— Qu'est-ce que j'ai fait ?

— Tu t'es défendue. Accorde-toi une pause. Je parie que Jamie rumine tout ça lui aussi. Qui sait ce qu'il décidera ?

Pas elle, en tout cas.

Kayla vérifia son téléphone.

Aucun message. Pas même un appel du groupe de sauvetage pour lui changer les idées.

Kayla était de repos les quatre jours suivants, et ils lui parurent interminables. Sa maison n'avait jamais été aussi propre et rangée que le jour où elle reprit le travail. Les fenêtres étincelaient, le four était impeccable, les pelouses parfaitement tondues, et il n'y avait pas une seule mauvaise herbe dans le jardin.

Elle avait appelé Jamie une fois, et on lui avait dit qu'il était parti sur les lieux d'un incendie à Arrowtown, qu'il la rappellerait plus tard.

Il n'en avait rien fait. Le message était clair.

Elle souffrait mille morts. Elle l'aimait. Ils s'entendaient si bien, cette histoire n'avait aucun sens. Il prétendait vouloir passer plus de temps avec elle, pourquoi refuser de communiquer ? Elle l'avait appelé pour qu'il sache que la porte était toujours ouverte. Avait-il décidé que tout était fini ? Qu'il valait mieux rompre maintenant pour ne pas risquer de traumatiser ses fils ?

Les garçonnets lui manquaient presque autant que leur père. Si elle avait accepté cette période d'essai avec lui, ils auraient partagé leurs nuits, ri ensemble, appris à mieux se connaître, mais elle aurait toujours redouté que Jamie la quitte. L'amour était une affaire d'engagement. L'engagement aidait les couples à surmonter les mauvais jours, les décisions pénibles, les moments difficiles. Si on savait qu'on pouvait se séparer à tout moment, le couple avait peu de chances de tenir.

Quand elle était tombée amoureuse de Dylan, leur union avait été une évidence. Ils n'avaient pas pu attendre pour vivre ensemble. Mais personne ne courait de risque, contrairement à aujourd'hui où des enfants pouvaient souffrir. Et puis, Jamie n'avait jamais prononcé le mot amour. Il n'était pas bavard. Pourtant il s'était comporté comme s'il l'aimait. À moins qu'elle ait mal interprété son comportement, sa tendresse, sa bienveillance ?

L'amour manquait à sa vie depuis trop longtemps. La mort de Dylan l'avait plongée dans une profonde solitude. Et quand elle avait avoué ses sentiments à Jamie, elle s'était tout naturellement attendue à ce qu'il les partage. Sans hésiter, sans douter.

Elle gémit.

Elle avait été injuste avec lui, mais il ne s'était pas battu pour elle, il n'avait pas proposé d'en discuter. Et elle non plus. Pour quelqu'un qui luttait pour ses convictions, elle n'avait pas été à la hauteur dans sa relation avec lui.

Il était sans doute déjà trop tard pour elle…

Le second samedi après leur brouille, Kayla fit preuve d'initiative. Ryder participait à un match de rugby à l'école, et elle décida d'y assister.

Les parents étaient rassemblés autour du terrain de rugby où deux équipes de jeunes garçons couraient après le ballon sans trop savoir ce qu'ils devaient faire. Parmi eux, Ryder exhibait un sourire effronté qui trahissait son amusement.

Elle suivit le match un moment, heureuse de revoir l'enfant, doté d'un sacré tempérament, qui se donnait à fond et qui détestait perdre. Une version miniature de son père.

— Salut, Kayla. Pourquoi tu es là ?

Elle baissa les yeux vers la frimousse de Callum avec un coup au cœur.

— Je voulais savoir comment vous alliez.

— On croyait que tu ne voulais plus de nous, dit-il.

Était-ce ce qu'avait prétendu Jamie ? Non, pas ça !

— C'est faux. Vous me manquez énormément.

— Il vaudrait mieux que tu évites de dire ce genre de chose, remarqua la voix grave qui hantait ses jours et ses nuits.

Elle se retourna et fixa Jamie, le cœur battant.

— Mon honnêteté te déplaît ?

— Je ne veux pas qu'on entretienne leurs espoirs si c'est pour les anéantir, répliqua-t-il avec hauteur.

— Tu ne m'as pas rappelée. Je me suis souvenue que Ryder avait un match tous les samedis matin à partir de cette semaine, et j'ai eu envie de passer dire bonjour.

Où était passée sa détermination à éclaircir la situation ? Quand était-elle devenue une dégonflée ?

— Je vois, dit-il, mais il ne voyait rien du tout à en juger par sa posture raide et son visage fermé.

— Ce n'est pas un prétexte pour te revoir. Vous me manquez tous vraiment, d'accord ?

— Papa, tu as vu ? Ryder a marqué un essai ! s'écria Callum, trépignant d'excitation.

Tournant la tête, Jamie scruta le terrain où les coéquipiers de Ryder bondissaient en hurlant de joie.

— Zut, je l'ai manqué, grommela-t-il.

Ryder se précipita vers son père.

— Papa ! J'ai marqué un essai ! J'ai marqué un essai !

— Bravo, fiston. C'est super, commenta Jamie en lui tapant dans la main. Tu es un champion.

Un coup de sifflet rappela les joueurs à l'ordre, et Ryder courut rejoindre son équipe.

— Son premier essai, murmura Jamie, contemplant son fils avec tendresse.

— Et tu ne l'as même pas vu, dit Kayla avec regret, consciente qu'il avait été distrait par sa faute. Je suis désolée.

Elle se détourna pour partir, rentrer chez elle, se plonger dans les activités domestiques pour tout oublier.

Une main puissante lui agrippa l'épaule.

— Ne pars pas, Kayla.

Elle s'arrêta, hésitante.

Comme Jamie se taisait, elle se retourna pour étudier son visage adoré et fut frappée par ses traits tirés.

Elle aimait cet homme. Elle ferait n'importe quoi pour être avec lui… Sauf le laisser tergiverser indéfiniment au sujet de leur relation.

— Je reste regarder la fin du match.

— Bon.

Elle ignorait ce qu'il entendait par ce « bon », mais pas question de demander. Debout à côté de lui, elle regarda les enfants s'ébattre sur le terrain en essayant de se chiper le ballon sans toujours savoir qu'en faire.

— Comment était ta semaine ? demanda-t-elle.

— Bien chargée entre les enfants et le travail, répondit Jamie.

Atrocement solitaire. Sans sommeil. Emplie de désespoir.

Rien à voir avec sa vie idyllique avec Kayla. Il avait tout gâché, détruisant ce qu'ils partageaient par peur de souffrir de nouveau. Était-il un homme ou une chiffe molle ? Un idiot ou un parent responsable ? Bon sang, il s'était servi de ses enfants pour se protéger au lieu du contraire !

Kayla se taisait, apparemment absorbée par le jeu, mais elle semblait tendue.

— On a un exercice de sauvetage avec l'équipe le week-end prochain sur le mont Aspiring. Tu viendras ?

— J'y compte bien, répondit-elle, la tête baissée.

— La météo à dix jours n'est pas géniale. On attend de grosses pluies, dit-il avec un soupir. Qu'est-ce que tu fais après le match ? demanda-t-il impulsivement.

— Je vais voir Mallory car Josua travaille, répliqua-t-elle.

Il brûlait de la prendre dans ses bras, de la serrer fort, de la supplier de lui accorder une seconde chance. Était-il prêt ?

— Plus vite, Ryder ! cria Callum, sautant sur place.

Parcourant le terrain des yeux, Jamie vit que Ryder courait à toute vitesse vers la ligne de but adverse, suivi par les autres joueurs, y compris ceux de son équipe.

— Allez, Ryder, vas-y !

Comme s'il l'avait entendu, Ryder regarda autour de lui et trébucha avant de s'affaler dans l'herbe, lâchant le ballon.

Jamie se retint difficilement de courir s'assurer qu'il ne s'était pas fait mal.

— Il va bien, le rassura Kayla. Regarde comment il se relève et fait le malin devant ses copains. C'est un dur.

Il sentit une douce chaleur chasser le froid qui emprisonnait son cœur.

Kayla le comprenait si bien. Comment pouvait-il ne pas vivre avec elle ? Ne pas plonger la tête la première et s'en prendre plein la figure ? Car, pour chaque moment merveilleux, il y aurait beaucoup de mauvais coups.

Il glissa un bras autour de ses épaules et l'attira contre lui.

— Je sais.

Dès que Kayla avait senti le bras de Jamie autour d'elle, toute sa tristesse et toute sa solitude s'étaient envolées. Ils étaient faits l'un pour l'autre.

Cependant rien n'avait changé. Une conversation s'imposait si elle ne voulait pas repartir seule de son côté.

Elle lui sourit.

— Tu fais quelque chose avec les garçons cet après-midi ? demanda-t-elle nerveusement.

— Nous allons chez Leanne. Sa mère est là, et je me suis toujours bien entendu avec elle. Je serai content de la voir.

Alors, pourquoi lui avait-il demandé ce qu'elle faisait ?

— C'est bien, répondit-elle en se dégageant, tandis que ses espoirs s'envolaient.

— Les garçons resteront là-bas. C'est à Leanne de les avoir… On pourrait prendre un café à mon retour ?

Fourrant les mains dans ses poches, elle se tourna vers lui.

— On pourrait. Mais pourquoi ai-je l'impression que tu n'es pas sûr de le vouloir ?

— Tu m'as manqué. Je sais que j'ai fait une erreur, et…

— Et ?

— Papa, le match est fini. Il faut partir, dit Ryder en courant les rejoindre. On va voir grand-mère.

Jamie tressaillit. Quand il ouvrit la bouche, elle faillit se boucher les oreilles.

Elle n'avait que faire de ses excuses. Il avait pris sa décision, et elle n'en faisait pas partie. Il ne pouvait pas l'intégrer à sa famille.

Elle tourna les talons et s'éloigna.

Une fois de plus. Mais cette fois, elle ne reviendrait pas assister à un match de rugby, elle n'appellerait pas Jamie. C'était bel et bien fini. Elle avait mis du temps à le comprendre.

Une distraction serait la bienvenue. Un tremblement de terre de 7 sur l'échelle de Richter, par exemple. Ou une tempête de neige bloquant toutes les routes, isolant des populations qu'elle irait sauver…

Trois heures plus tard, quand son téléphone sonna, elle se sentit coupable. Avait-elle attiré le malheur avec ses pensées stupides ?

— Qu'est-ce qui se passe, Zac ?

— Où es-tu ? Je crois que je viens de te croiser sur la route de Sunshine Bay.

Elle se rappela le véhicule de police filant à toute allure.

— En effet, dit-elle, freinant pour se garer sur le bas-côté.

— Caff's Road. Une fillette de trois ans a été renversée par une voiture en marche arrière dans une allée. Tu peux venir ?

— J'arrive, répondit-elle en démarrant.

La première personne qu'elle vit en arrivant sur place fut Jamie. Puis le petit corps brisé dans l'allée de gravier. Les boucles brunes plaquées sur le front de la fillette par le sang.

Écartant les badauds, elle s'agenouilla sans se soucier des cailloux coupants et posa deux doigts sur le cou pâle de l'enfant pour palper son pouls.

Il était faible, mais réel.

— L'ambulance ?

— On l'a appelée, mais elle est retardée par un accident en ville, l'informa Zac. C'est pour ça que je t'ai contactée.

— Elle respire, dit Jamie. Faiblement, mais elle respire.

— Le pouls est filant, remarqua-t-elle. Continuons à surveiller le mouvement de sa poitrine.

— Personne ne l'a déplacée, dit Zac. Elle s'appelle Sian.

— Sian, je suis Kayla, je vais t'aider, d'accord ? murmura-t-elle, sachant que la fillette ne pouvait pas l'entendre.

Une femme hurlait après quelqu'un dans l'allée. La mère ? Le chauffeur du véhicule qui avait heurté l'enfant ?

— Zac, dit-elle, sourde aux cris, appelle l'hôpital et dis-leur qu'il s'agit d'une urgence prioritaire. Une artère est touchée. Elle va se vider de son sang si on ne fait rien. J'ai besoin d'une serviette ou d'un linge. Maintenant.

Jamie lui tendit sa chemise roulée en boule, et elle la pressa sur la plaie.

— Appuie fort, ordonna-t-elle. N'aie pas peur de lui faire mal. Il faut stopper le saignement.

Il fit ce qu'elle demandait pendant qu'elle auscultait la poitrine de l'enfant. Comment Sian pouvait-elle respirer après le traumatisme subi par sa cage thoracique ?

— Il y a une barre de remorquage sur le véhicule ?

— Oui, répondit Zac. La barre a dû la renverser avant que

le véhicule passe sur elle. Le conducteur a paniqué et avancé en entendant des cris.

— Elle a de la chance de ne pas avoir été traînée, marmonna Kayla qui se demandait comment la fillette pouvait être encore en vie, et combien de temps ses poumons allaient tenir après un tel impact. Les deux fémurs sont cassés, le bras gauche semble fracturé en plusieurs endroits, et quant aux blessures internes, qui sait…

— La respiration ralentit, signala Jamie.

Au diable le protocole. La vie de l'enfant était en danger.

Kayla se pencha et souffla doucement de l'air dans la bouche de Sian. Ne pouvant déplacer sa tête au cas où elle aurait des lésions vertébrales, elle dut attendre que les poumons se dégonflent avant d'insuffler de nouveau de l'air dans sa bouche. Puis elle recommença.

Le temps semblait figé.

— J'entends des sirènes, annonça quelqu'un.

Sans s'interrompre, elle continua à souffler, faire une pause, respirer pour la petite fille. Jusqu'à l'arrivée de l'ambulancier.

— Carl, il nous faut de l'oxygène, un collier cervical, une planche dorsale et des attelles. Et de la bande adhésive pour fixer la compresse de fortune en place et permettre à Jamie de relâcher la pression.

— Tu as entendu, Jess ? dit Carl.

Jess lui tendit le pack médical et alla chercher le reste.

Avec un soin particulier, Sian fut reliée aux différents moniteurs, et sa tête immobilisée par une minerve. Kayla lui inséra une canule à oxygène, et Jamie commença à la ballonner. Carl fixa la compresse empêchant le saignement. Enfin, ils glissèrent la planche dorsale sous l'enfant, qu'ils placèrent sur la civière.

— Je t'accompagne, dit Kayla à Carl.

Carl acquiesça et grimpa à bord du véhicule médicalisé pour y installer la civière que portaient Jamie et Kayla.

Une main tiède toucha le bras de Kayla, puis Jamie disparut.

Le hayon se referma, et l'ambulance démarra toutes sirènes hurlantes.

Le doux contact lui avait fait du bien, elle se sentait moins seule. L'homme qu'elle aimait avait été là pendant qu'ils soignaient la fillette gravement blessée, et il avait eu un geste de réconfort pour elle.

— Tiens bon, Sian, murmura-t-elle, maudissant la fréquence cardiaque trop basse. Je t'en prie. Je ne veux pas te faire un massage cardiaque sur ces côtes brisées…

Quand Jess gara l'ambulance devant l'entrée des urgences, Josua et Sadie les attendaient.

Lorsque Kayla ressortit après avoir fait son rapport aux médecins, elle trouva Jamie adossé au mur.

— Ça va ? demanda-t-il.

Elle aurait voulu se jeter dans ses bras, mais elle ne pouvait pas, ou ils seraient de retour à la case départ.

— Je suis crevée.

— C'est normal.

— J'ai toujours une peur bleue de perdre un patient…

— Tu as été formidable. Je doute que Sian aurait tenu le coup si tu n'avais pas été là, remarqua-t-il.

Il écarta tendrement les cheveux de son visage, puis la prit aux épaules et plongea son regard dans le sien.

— Je te confierais mes fils sans hésiter.

Elle le dévisagea, s'efforçant de déchiffrer son expression.

— C'est mon travail, répliqua-t-elle avec défi.

— Oui. Mais j'ai peur pour eux. Je ne veux pas qu'ils soient blessés, même involontairement.

Il suffisait d'un pas minuscule, et ses bras se refermeraient autour d'elle pour soutenir son corps tremblant. Un petit pas, et elle aurait peut-être l'avenir auquel elle aspirait tant. Se retenir n'était pas facile, mais il continuait à ne parler que de ses fils. Pas de lui.

— Je ne te blesserai pas non plus délibérément, Jamie. Je ne serais pas là si je n'en étais pas persuadée.

Ses jambes ne la portaient plus, il aurait suffi qu'il la lâche pour qu'elle s'écroule.

— Je sais, répondit-il, posant un baiser sur sa joue. Viens, je te ramène chez toi. On récupérera ta voiture plus tard.

Il lui prit fermement le bras et l'entraîna vers son véhicule, dont il ouvrit la portière.

— Comment se fait-il que tu te sois trouvé sur les lieux de l'accident ? demanda-t-elle.

— Leanne habite deux maisons plus loin. On a entendu des cris, et je suis sorti voir ce qui se passait. Les garçons sont restés à l'intérieur avec leur mère, ils n'ont rien vu.

Trop fatiguée pour réfléchir, elle se laissa aller contre l'appuie-tête et ferma les yeux.

Chez elle, Jamie la suivit dans la maison et alla directement dans la salle de bains ouvrir le robinet de la douche.

— Lave-toi pour chasser la fatigue, Kayla, dit-il avec un sourire doux et grave à la fois. Je prépare du café.

Elle regarda ses vêtements, aussi tachés de sang que les siens.

— Toi aussi tu en as besoin, répliqua-t-elle en commençant à se déshabiller.

Il caressa sa joue du doigt.

— Tu es sûre ?

— L'es-tu ?

— Oui, mon cœur. Rien d'autre ne compte que nous.

Elle entra dans la cabine et glissa la tête sous le jet d'eau. Elle avait besoin d'être propre, d'effacer l'horreur de l'accident, alors seulement elle serait prête pour Jamie.

Il la rejoignit, prit le flacon de shampooing pour en verser dans sa paume, et commença à lui frictionner les cheveux. Elle renversa la tête pour rincer sa chevelure et ferma les yeux, s'abandonnant à ses mains qui parcouraient ses bras, remontaient vers ses épaules, glissaient sur ses seins et s'attardaient sur ses mamelons durcis. Puis il savonna son ventre, ses hanches, ses cuisses, et sa main s'insinua entre ses jambes.

Elle frémit de tout son corps. Elle s'agrippa à ses épaules

quand il la souleva pour mettre ses jambes autour de sa taille, et elle sentit la puissance de son désir palpiter contre elle.

Lentement, il entra en elle.

— Prends-moi, Jamie… maintenant, haleta-t-elle.

Il se retira, puis la regarda avec ferveur.

— Oh ! Kayla, mon amour, je t'adore.

— Maintenant…, supplia-t-elle.

Mille sensations ardentes la parcoururent quand il plongea en elle avec un cri d'extase, l'emportant avec lui dans un tourbillon de plaisir.

Plus tard, ils se séchèrent mutuellement et enfilèrent des vêtements propres.

— Tu devrais emporter quelque chose d'un peu plus chic que ce jogging orange dans ton coffre, remarqua-t-elle en riant, assise devant un café sur sa terrasse.

C'était facile de rire, même si elle ignorait ce que lui réservait l'avenir. Il suffisait que Jamie en fasse partie. Il venait de lui montrer qu'un peu valait mieux que rien.

Mais pourrait-elle toujours s'en contenter ?

— Je ne vois pas ce que tu lui reproches. On me voit de loin avec ça, dit-il avec malice, avant de retrouver son sérieux. Je suis sincère, Kayla. Je t'aime plus que tout. Tu m'as atrocement manqué ces dernières semaines.

Il l'aimait… Mais elle ne savait pas ce qu'il lui offrait avec son amour.

Elle attendit, fixant sa tasse.

— Je voudrais une vraie relation avec toi, continua-t-il. Je ne veux pas de « et si », pas d'interrogations stériles. Je veux juste qu'on fonce et qu'on croie l'un en l'autre.

Elle sentit son cœur s'emballer.

Il avait vraiment dit ça ?

— Oui, murmura-t-elle dans un souffle.

Jamie la souleva dans ses bras et prit sa bouche pour un baiser passionné, inoubliable.

Kayla avait la tête légère, et tout était plus beau. Mais surtout,

Jamie la tenait comme si elle lui était infiniment précieuse et qu'il ne voulait plus jamais la lâcher.

Elle lui rendit son baiser, le cœur débordant d'amour.

Il était son second amour, et elle se cramponnerait à lui si fort que rien ne les séparerait plus. Jamais.

— Je t'aime, murmura-t-elle contre sa bouche, émerveillée à la perspective de la vie pleine de surprises et de joies qui les attendait.

Épilogue

Depuis plusieurs minutes, les mains dans les poches, Jamie contemplait Kayla baignée par le soleil d'automne sur le canapé de la terrasse, un livre à la main. Les cheveux attachés sur la nuque en un chignon lâche, elle avait des ombres sous les yeux et tapotait nerveusement la page qu'elle lisait.

Il sentit son cœur se serrer de tendresse.

Elle avait chamboulé son existence, et un avenir radieux s'ouvrait à lui. Il s'était installé chez elle avec ses fils deux mois plus tôt, la maison de Kayla étant plus confortable pour tous les quatre.

Mais quelque chose tourmentait la femme de sa vie. Cette dernière semaine, l'expression hantée de ses beaux yeux l'avait ému. Il croyait savoir quel était le problème, et il avait attendu qu'elle s'ouvre à lui. Mais la patience n'était pas son fort. Il fallait qu'ils se parlent. Maintenant. Kayla avait besoin de lui, et il était là pour elle.

Il crispa les doigts sur le contenu de sa poche.

— Jamie, dit-elle en se redressant. J'ai une chose à te dire.

Ils étaient si synchrones parfois que c'en était flippant.

Il s'assit près d'elle et lui prit la main.

— Je m'en doutais.

— Je suis enceinte.

Elle eut un sourire chargé d'espoir, les yeux brillants comme des diamants.

— On va avoir un bébé !

La chaleur qui envahit Jamie lui coupa le souffle.

Il allait être de nouveau père ! Avec Kayla !

Sa main était fraîche quand il la porta à ses lèvres pour baiser sa paume.

— Je m'en doutais.

— Tu as deviné parce que je ne bois plus de vin ? dit-elle avec un sourire qui le frappa en plein cœur.

Il l'aimait tant que, parfois, il devait se pincer pour s'assurer qu'il ne rêvait pas.

— Parce que tu n'arrêtes pas de te toucher le ventre quand tu crois que je ne te regarde pas. Parce que tu dors mal depuis une semaine. Parce que je t'aime et que je te connais… Je t'aime, répéta-t-il en baisant son front, priant secrètement pour qu'elle mène cette grossesse jusqu'à son terme.

— J'aurais dû te le dire avant, mais… J'avais peur.

— Je comprends. À combien de semaines es-tu ?

— Onze semaines, répondit-elle avec un sourire en coin. Je n'avais jamais dépassé le cap des huit semaines, alors ça semble bon… Si je ne me porte pas la poisse en disant ça.

Il la serra contre lui.

— Bien sûr que non !

— J'essaie de ne pas trop m'emballer. Je n'ai pas remarqué mon retard le premier mois, et ensuite, je refusais de croire ce qui m'arrivait. Mais ce matin, j'ai pris sur moi et fait un dosage HCG. D'après le docteur, tout va bien, il n'y a pas de raison pour que je n'aie pas une grossesse normale.

Voilà donc pourquoi elle n'était pas à la maison quand il était rentré du travail.

— C'est la plus belle des nouvelles. Je suis fou de bonheur. Vraiment. Je vais de nouveau être papa…

— C'est incroyable, non ? Oh ! Jamie, je suis si excitée ! Maintenant que je te l'ai dit, j'ai l'impression d'avoir définitivement tourné le dos au passé. Nous *aurons* ce bébé, promit-elle, les yeux pleins de larmes.

Il s'inclina pour l'embrasser avec douceur.

— Kayla Johnson, je t'aime éperdument. Me feras-tu l'honneur de devenir Mme Gordon ?

Elle écarquilla les yeux.

— Oui, Jamie… Oh oui, oui ! s'écria-t-elle entre deux sanglots. Je t'aime tant.

Sortant le petit écrin en velours de sa poche, il l'ouvrit et le lui tendit.

— Je l'ai fait faire la semaine dernière. J'espère qu'elle te plaît.

Elle contempla l'anneau d'or orné d'un beau saphir enchâssé entre deux diamants.

— Elle est parfaite, murmura-t-elle avec émotion. Comment as-tu su ?

— Ta mère m'a montré une photo de la bague de fiançailles de ta grand-mère.

Quand Kayla était enfant, son aïeule lui avait promis que la bague lui reviendrait un jour, mais elle l'avait perdue lors de son installation dans une maison de retraite.

— Maman et papa savaient que tu allais me demander en mariage ?

— Je devais m'assurer qu'ils étaient d'accord, dit-il avec un sourire malicieux. Ça a été dur de garder le secret en attendant la réalisation de la bague.

Il sortit le bijou de son écrin et prit la main de Kayla.

— Je t'aime, Kayla. Une vie merveilleuse nous attend. Ensemble.

Il le croyait de tout son cœur, de toute son âme. Kayla faisait de lui un homme heureux, fort, prêt à tout.

Il avait trouvé l'amour. Enfin.

Vous avez aimé *Pompier et papa* ?
Retrouvez en numérique les héros de Queenstown
dans *Un mystère à sa porte* de Sue MacKay.
Et découvrez un nouvel roman de cette série dès le mois
prochain dans votre collection Blanche !

ANNIE CLAYDON

La passion en mémoire

Traduction française de
MARIEKE MERAND-SURTEL

BLANCHE

HARLEQUIN

Titre original :
THE DOCTOR'S REUNION TO REMEMBER

1.

Le trajet montait sec depuis la gare de Richmond, et ce fut un peu essoufflée que le Dr Clemmie Francis arriva à l'hôpital Saint-Barnabas. Le grand bâtiment moderne étincelait au soleil, et à l'entrée principale, Clemmie tourna comme on le lui avait indiqué à gauche en direction du bâtiment plus ancien.

L'hôpital était surnommé Barney, et l'unité de réadaptation neurologique en était une sorte de première incarnation. Imposante d'une manière tout à fait différente, avec de hautes fenêtres cintrées et d'élégants murs de brique, la vieille bâtisse aurait été l'exemple type d'un hôpital moderne sous le règne de la reine Victoria.

Comme Clemmie était un peu en avance, elle traversa la rue, entra dans Richmond Park et s'assit sur un banc. Les fenêtres du service de réadaptation devaient offrir une vue magnifique sur le parc, et le regard devait porter à des kilomètres depuis le dernier étage du bâtiment. Un sourire monta de son cœur à ses lèvres. Voir à des kilomètres était exactement ce qu'elle souhaitait.

Pendant trop longtemps, elle avait pris chaque jour comme il venait, relevant les nouveaux défis comme ils se présentaient. C'était une question de survie, une façon de ne pas accorder d'importance à un avenir qui semblait ne contenir que des échos dissonants du passé. Mais, lentement, elle avait pris un nouveau départ. Elle avait trouvé un endroit où vivre, arraché les vieux papiers peints, et en avait fait sa maison. Elle avait aussi obtenu un nouveau travail, dans une unité de réadaptation neurologique rattachée à un hôpital du centre de Londres. Elle s'était fixé pour objectif d'exceller, et elle avait réussi.

Aujourd'hui, elle était en voie d'obtenir une belle promotion. Le chef de son unité devait prendre sa retraite dans quelques mois, et elle lui succéderait. Passer six semaines ici, à Barney, l'un des meilleurs services de réadaptation neurologique du pays, était une occasion d'apprendre et de se préparer à son nouveau rôle.

Elle gonfla ses poumons. L'avenir semblait vraiment l'attendre, étincelant dans le soleil matinal. Elle prit un moment pour apprécier ce plaisir par anticipation, puis se leva. Arriver tôt le premier jour n'était jamais une mauvaise chose, et elle brûlait d'impatience.

L'entrée de l'ancien bâtiment rayonnait d'une manière bien différente du complexe hospitalier principal. Pas de grandes surfaces vitrées ni de portes automatiques miroitantes, ici le rythme semblait un peu plus lent, plus calme ; c'était le bois poli du hall qui captait la lumière. Au-delà, dans le vaste et lumineux hall de réception, une femme était assise derrière un comptoir. Clemmie s'approcha.

— Dr Clemmie Francis. J'ai rendez-vous avec le directeur du service.

La réceptionniste lui adressa un grand sourire.

— Ah, oui, on vous attendait. Je vais prévenir le Dr Alexander. Asseyez-vous là-bas.

Le Dr Alexander ? Ce nom surgi du passé avait, même maintenant, le pouvoir de mettre Clemmie dans tous ses états. Elle s'installa docilement sur le siège indiqué.

Ce n'était rien. Combien de Dr Alexander y avait-il dans le monde ? Plus d'un, de toute évidence, et celui-ci serait probablement affable et d'âge moyen, si l'on se fiait au style accueillant de la réceptionniste. Ou peut-être était-ce une femme…

Clemmie inspira à fond, passant en revue toutes les raisons pour lesquelles il ne pouvait *pas* s'agir du Dr Gil Alexander qu'elle connaissait… Correction, celui qu'elle avait rencontré sept ans plus tôt, avec qui elle avait eu une brève aventure et qu'elle n'avait pas connu du tout, en réalité. Il devait être quelque part à vivre à cent à l'heure, et à s'éclater en pratiquant la médecine d'urgence. Ou dans un confortable fauteuil en cuir avec des patients privés suspendus à ses lèvres. Ou alors reparti en Australie…

Stop. Où que soit Gil Alexander, il faisait désormais partie de son passé. Elle avait tourné la page ; nul besoin de s'interroger sur lui chaque fois que quelque chose lui rappelait cette erreur. Il avait été le premier domino dont la chute avait fait s'écrouler son monde.

— Vous allez rester avec nous pour un moment… ?

La voix de la réceptionniste fit heureusement diversion.

— Oui, six semaines. Je travaille à l'hôpital Princesse Victoria dans le centre de Londres.

— Ah. Bien. Vous vous plairez à Barney, tout le monde est très sympathique, vous verrez. Et si vous avez besoin de quoi que ce soit, dites-le-moi. Je m'appelle Maggie.

— Merci… Oui, une chose. Pouvez-vous me dire où sont les toilettes, s'il vous plaît ?

— Là derrière, au fond à gauche. Si vous voulez y aller maintenant, Gil a dit qu'il serait là dans cinq minutes.

Gil. *Dr Gil Alexander.* Le choc devait avoir altéré la capacité de raisonnement de Clemmie car elle était déjà à mi-chemin vers les toilettes avant d'avoir intégré ce que la réceptionniste venait de lui dire. Et même là, elle cherchait une raison de ne pas le croire. Peut-être que ce Dr Alexander était le Dr Gillian Alexander… Non, Maggie avait dit « il ». Le temps que Clemmie atteigne le lavabo des toilettes pour dames, ses mains tremblaient, et elle ouvrit frénétiquement le robinet ; elle avait besoin de sentir l'eau froide couler sur ses doigts.

Un été chaud, comme celui de cette année. Une chaleur moite. De la sueur. Gil faisant des choses avec son corps qu'elle ne pouvait pas oublier, malgré tous ses efforts. Elle l'avait rencontré à un congrès médical de deux semaines et il lui avait plu. Beaucoup. Elle avait très vite couché avec lui, puis l'avait cru quand il avait prétendu avoir hâte de la revoir. L'histoire du Photomaton, où ils s'étaient pris en photo ensemble, photos au dos desquelles ils avaient écrit leur numéro de téléphone, avait été cruelle. Il ne l'avait jamais appelée et quand elle l'avait fait, impatiente d'entendre le son de sa voix, il n'avait pas décroché. Elle s'était sentie embarrassée, rabaissée, et blessée.

Elle regarda son reflet dans le miroir au-dessus du lavabo. Et s'il la reconnaissait ?

Et s'il ne la reconnaissait pas ? Ce serait à double tranchant : une atteinte à sa fierté, mais cela simplifierait les choses. Elle pourrait faire comme si cela n'était jamais arrivé. S'il la rendait nerveuse, elle pouvait utiliser le vieux conseil pour les entretiens d'embauche et l'imaginer nu…

Ce qui ne marcherait pas. Imaginer quelqu'un nu était censé vous rendre puissant. Or, le Gil qu'elle avait connu était bien plus puissant nu qu'habillé.

Imagine-le comme un menteur. Quelqu'un qui ne tient pas ses promesses.

Voilà qui ne serait pas si difficile. Gil *était* un menteur. Elle s'aspergea les joues d'eau froide. Elle devait avoir les idées claires. Gil l'avait rendue si malheureuse, elle s'était sentie si humiliée, que son travail en avait pâti. Elle s'était ressaisie et avait décidé que cela ne se reproduirait plus. C'était aujourd'hui plus important que jamais, ce stage de six semaines signifiait beaucoup pour elle.

Si elle n'était qu'une parmi une longue série d'amantes oubliées, alors c'était simple. Elle ferait comme si rien ne s'était passé. S'il la reconnaissait, elle ferait l'idiote et prétendrait ne pas se souvenir de lui.

Elle quitta les toilettes. La réception était hors de vue, mais une voix d'homme l'arrêta. Maintenant, elle était sûre. Même après toutes ces années, la voix de Gil lui donnait des frissons. Un accent australien, adouci par des années de vie à Londres. Un sourire perceptible dans son ton.

— Ce philodendron a l'air un peu triste, Maggie. Tu ne l'arroseras donc jamais ?

— Je croyais que c'était toi le jardinier ici, répondit Maggie en riant. Et je ne peux pas quitter mon poste…

Clemmie l'entendit rire. Elle avait tellement aimé ce rire…

Elle aurait dû regagner la réception comme si de rien n'était, mais ce n'était pas possible. Si voir Gil lui faisait autant d'effet qu'entendre sa voix, elle avait besoin d'un moment pour respirer. Elle avança sur la pointe des pieds.

Gil lui tournait le dos, examinant la grande plante près de la porte d'entrée. Toujours aussi large d'épaules et mince de hanches. Ses cheveux n'étaient plus coupés en une brosse soignée comme lorsqu'elle l'avait rencontré, ils formaient désormais une masse de boucles brunes. Cette brève vision de lui la laissa bouche bée, le souffle court.

— Je vais chercher de l'eau. J'ai aussi de l'engrais dans mon bureau, ça lui donnera un coup de fouet.

Maggie sortit un pichet en verre de sous le comptoir.

— Je suis sûre que ça aurait pu attendre l'heure du déjeuner, Gil. Et arrête d'insinuer que j'essaie de tuer cette pauvre chose. Ça va se retourner contre moi.

— Les actes en disent plus long que les paroles…

Clemmie recula vivement alors qu'il pivotait pour prendre le pichet, puis elle jeta un nouveau coup d'œil pour voir Gil s'éloigner de la réception tandis que Maggie lui faisait un petit geste dédaigneux de la main.

Oui, les actes en disaient plus long que les paroles. Il avait affirmé qu'elle comptait beaucoup pour lui, puis ses actes avaient prouvé qu'il mentait. Elle tenta de ravaler sa colère. L'avenir éblouissant qu'elle s'était imaginé s'était réduit d'un coup à l'espoir fragile qu'elle soit simplement capable de survivre à la journée. Gil n'avait pas le droit de lui enlever ses espoirs et ses rêves, ni de nuire à sa carrière. Prenant une profonde inspiration et redressant les épaules, elle retourna à la réception.

— Gil en a pour une minute. Il est parti chercher de l'eau pour la plante, lui dit Maggie, tout sourires, en lançant un coup d'œil sceptique au philodendron. Qui m'a l'air d'aller très bien.

Clemmie examina la plante, en effet un peu tristounette. La pauvre. Même une plante ne méritait pas le style d'affection persuasif et hypocrite de Gil…

— Il m'a donné un formulaire à vous faire remplir, reprit

Maggie en faisant glisser vers elle un stylo et une feuille de papier. Vos coordonnées pendant votre séjour ici. Adresse, etc.

Clemmie, reconnaissante de ne plus avoir à parler de Gil avec Maggie, prit le stylo sans pouvoir s'empêcher de jeter toutes les quelques secondes un coup d'œil au couloir. Si elle le voyait avant qu'il la voie, cela lui donnerait peut-être un avantage. Son cœur cesserait peut-être de battre aussi férocement, ses genoux de trembler.

— Le voilà qui arrive, dit Maggie.

Clemmie sursauta, se força à lever les yeux et observa Gil qui échangeait quelques mots avec une femme de ménage.

Ne le fixe pas. Elle ramena son regard sur le formulaire, l'esprit vidé par la panique. Numéro de téléphone. Elle griffonna les quatre premiers chiffres, puis sursauta à nouveau alors qu'un grand fracas retentissait.

— Oh ! bon sang !

Maggie se précipita vers Gil, cerné d'une flaque d'eau et d'éclats de verre. La femme de ménage se pencha pour les ramasser, et Gil l'arrêta avant qu'elle se coupe. Maggie s'agitait mais reçut manifestement l'assurance qu'il allait bien. Il essayait d'essorer sa chemise trempée.

Clemmie ne devait pas rire. Mais l'embarras évident de Gil lui donnait l'impression de mieux maîtriser la situation. Parfois, il y avait un peu de justice dans le monde.

Parfois, il n'y en avait pas. Gil était aussi craquant mouillé que sec. Encore plus. Il n'avait pas changé en sept ans et son aura virile était toujours là, la poussant vers lui malgré tout ce qu'elle savait et ressentait.

Néanmoins... Elle regarda autour d'elle. On aurait pu penser que, dans un hôpital, un médecin ou une infirmière se précipiteraient au secours de Gil. Mais il n'y avait personne, et Gil avait écarté sa main de sa chemise alors qu'une tache rouge commençait à s'y répandre. Il s'était coupé. Deux de ses doigts étaient recourbés d'une drôle de façon. S'était-il réellement blessé ? Rien à faire, elle allait devoir l'examiner. Rester là, à regarder une personne saigner, n'était pas digne d'un médecin, or elle était un *bon* médecin. Elle s'était accrochée à cela, et avait reconstruit sa vie autour de cette idée.

Elle entendit ses talons claquer sur le sol tandis qu'elle avançait vers lui. Elle se concentra là-dessus, et pas sur le brusque silence de Gil quand il la vit.

— Je suis le Dr Clemmie Francis…

— Je sais. Gil Alexander.

Il tendit la main comme pour serrer la sienne, puis prit conscience qu'il avait du sang sur les doigts, et la retira.

— Ça va ?

— Oui, très bien, merci, répondit-il sans réfléchir.

« Prends les choses en main », criaient les réflexes professionnels de Clemmie, ce qui semblait également une bonne stratégie personnelle.

— Vous saignez. Laissez-moi regarder.

— Ce n'est rien. Ma main a accroché un éclat de verre.

Il s'écarta sur le côté tandis que la femme de ménage, à présent armée d'une pelle et d'une brosse, lui faisait signe de s'éloigner pour qu'elle puisse s'occuper du désordre.

Échange typique médecin-patient réticent. Clemmie pouvait y faire face, bien mieux que la conversation qui se déroulait dans sa tête, où elle exigeait de savoir pourquoi il avait noté son numéro et l'avait suppliée de l'appeler alors qu'il n'avait nulle intention de lui reparler. Aucune réponse à cette question ne lui ôterait l'envie de le gifler.

— Cette blessure doit être nettoyée et pansée, dit-elle.

Il lui lança un regard interrogateur. Il y avait quelque part, au fond de ses yeux, une pointe de tendresse qui ne pouvait être entièrement expliquée par son offre d'assistance médicale. Puis elle disparut. Si Gil l'avait reconnue, il le gardait pour lui, ce qui signifiait qu'elle-même pouvait en faire autant.

— Euh… Oui, merci. J'ai un kit médical dans mon bureau.

Il tourna soudain les talons, s'éloigna d'un pas vif dans le couloir, et elle le suivit.

C'était un beau bureau, clair et juste assez ordonné pour inspirer confiance. Juste assez désordonné pour qu'on s'y sente chez soi. Gil se dirigea vers le lavabo dans un coin et fouilla dans l'armoire en dessous pour en sortir une trousse.

— Laissez-moi faire.

Il essayait de dézipper la trousse d'une seule main et elle prit la relève. À l'intérieur se trouvaient un certain nombre de sacs codés par couleur.

— Bleu pour les coupures, dit-il, ouvrant le robinet d'eau froide, grimaçant légèrement en tenant sa main sous le jet.

— Vous pouvez redresser vos doigts, s'il vous plaît ?

Il sourit.

— Non. Mais ça n'a rien à voir avec la coupure, c'est une séquelle ancienne.

Il montra sa main au petit doigt et à l'annulaire obstinément recroquevillés.

— J'ai fait une hémorragie cérébrale, il y a quelques années. J'ai été soigné dans cet hôpital.

C'était donc la raison de son brusque changement de cap professionnel. Ces dernières années n'avaient pas été plus simples pour lui que pour elle. Et il avait été victime de quelque chose qu'il ne pouvait pas contrôler. Elle avait commis ses propres erreurs, s'y engageant les yeux brouillés de larmes à cause de lui.

N'y pense pas maintenant. Ni à cette proximité physique, à son odeur, semblable à celle d'autrefois. Elle exploita le seul détail qui ne provoquait pas d'onde de choc en elle.

— Cet hôpital ?

— Oui. C'est drôle comment les choses se passent, parfois.

— Drôle ? fit-elle, déglutissant.

— Je voulais dire étrange…

Soudain, le regard de Gil s'accrocha au sien, un regard qui suggérait toujours qu'elle était la seule personne dans un rayon de trois cents kilomètres à laquelle il s'intéressait. Même maintenant, cela lui donnait des frissons partout.

Au prix d'un gros effort, elle baissa les yeux sur sa main. Un instant, elle ne vit rien, puis sa formation médicale vint à son secours. Cette compartimentation lui permettait de mettre tout le reste de côté et de se concentrer sur un patient.

— Je ne vois pas de verre là-dedans…

Par miracle, sa langue fonctionnait encore et sa voix était à peu près normale. Quant à son cœur, il battait bien trop vite.

— Il n'y a rien, répondit-il. J'ai regardé moi-même.

Elle hocha la tête. C'était Gil tout craché, il ne laissait rien au hasard. Découvrir que la maîtrise de lui-même lui avait été arrachée avait dû être un coup cruel.

Mais elle pourrait éprouver de la compassion pour lui quand il ne serait pas aussi proche, et qu'elle serait en mesure de regarder les choses plus objectivement. Elle s'affaira à nettoyer la coupure, appliqua trois bandes cicatrisantes, puis la recouvrit d'un pansement.

Pourtant, elle ne put s'en empêcher. Elle avait tout assemblé soigneusement dans sa tête, et maintenant, *ça*. La seule information qui ne collait pas et bousculait tout le reste.

— De quand date votre hémorragie cérébrale ?

Elle s'arrangea pour paraître détachée, comme si c'était une question d'intérêt professionnel.

Comme il restait silencieux, elle releva les yeux.

— Si ça ne vous dérange pas que je vous le demande.

— Bien sûr que non, répondit-il en secouant la tête. Cela fera sept ans à la fin du mois prochain.

Le mois prochain. Soudain, elle ne put plus rester en place. Elle se leva d'un bond, attrapa son sac et eut une inspiration.

— Je viens de me rappeler… je dois téléphoner. Un de mes patients… Je dois vérifier qu'il va bien.

— Allez-y. Je vais me changer, ma chemise est trempée.

C'était la goutte de trop. L'idée de Gil déboutonnant sa chemise, et le sourire qui allait avec, c'était trop dur à supporter. Elle marmonna un *merci* et sortit de la pièce en courant.

2.

Gil resta un moment immobile, les yeux fixés sur Clemmie qui quittait la pièce en trombe. Puis il alla verrouiller la porte de son bureau. Le clic de la serrure fut réconfortant, sans être nécessaire car tout le monde savait que quand sa porte était fermée il ne fallait pas le déranger. Peut-être le verrou était-il une manière de contenir quelque chose à l'intérieur. Maintenant que Clemmie était partie et qu'il n'avait plus à maîtriser ses émotions, elles explosèrent dans la pièce en une tornade ravageuse.

Clemmie. Elle s'appelait Clemmie. Gil se donna quelques instants pour savourer ce prénom.

Il sortit son portefeuille et l'ouvrit sur le bureau. Sa manche trempée goutta sur le cuir, et il se débarrassa de sa chemise. De l'autre main, il extirpa la photo soigneusement rangée dans un compartiment secret du portefeuille.

C'était elle. Les mêmes cheveux bruns tombant en cascade sur ses épaules, le même visage ovale, la même peau sans défaut. Il avait reconnu Clemmie dès qu'il l'avait vue, et le choc avait été si profond que ses doigts s'étaient resserrés sur les parois fines du pichet à eau, qui avait éclaté dans ses mains, l'éclaboussant de verre et d'eau. Tout le monde avait dû penser qu'il l'avait laissé tomber, et il n'avait pas rectifié. Clemmie n'avait pas eu l'air de le reconnaître, et là non plus, il n'avait rien manifesté. Cela faisait si longtemps qu'il pensait à ce moment ; maintenant qu'il était arrivé, il ne savait pas quoi lui dire.

Sept ans. Cela paraissait une vie entière. En réalité, c'était le cas, tant il était désormais différent de l'homme qui souriait à Clemmie sur la photo.

Élevé dans une famille de perfectionnistes, il était sorti

major de sa promotion à l'école de médecine et avait décidé que même l'Australie était trop petite pour lui, il voulait le monde. Quatorze pays plus tard, il s'était posé à Londres dans un service d'urgences très animé où il avait gagné le surnom de « mangeur de stress », car il supportait toutes les pressions sans broncher. Il avait travaillé comme un fou et s'était amusé plus encore.

La vie avait été belle. Puis il s'était réveillé dans un lit d'hôpital, étranger parmi des étrangers.

Lentement, il avait retrouvé ses marques. Des amis et des collègues lui avaient rendu visite, certains qu'il avait reconnus et d'autres qui durent lui rappeler qui ils étaient. Il avait réappris à former une phrase, à porter une tasse à ses lèvres quand il avait soif. En faisant deux pas en avant et un en arrière, il avait peu à peu recollé les morceaux.

Mais il restait des trous. Certains sans importance, et la plupart avaient diminué jour après jour, mais quatre semaines demeuraient obstinément vides. Les deux semaines après son hospitalisation n'avaient guère d'intérêt pour lui, et les infirmières qui l'avaient soigné avaient pu répondre à ses questions. Les deux semaines précédentes étaient plus problématiques, surtout parce qu'il n'y avait personne à interroger à leur sujet.

Il savait qu'il avait participé à un congrès, car il se souvenait avoir fait sa valise et vérifié les horaires de train pour Manchester. Qu'il avait dû rentrer à Londres le samedi, puis aller jouer au rugby avec son club à Richmond le dimanche. Il ne se rappelait rien de tout cela, mais ses coéquipiers lui avaient dit qu'il y avait eu une collision, qu'il s'était relevé et avait continué à jouer, apparemment sans séquelles. Quatre heures plus tard, Sam Gordon, une chirurgienne de l'unité neurologique de Barney, l'avait trouvé assis dans la salle d'attente des urgences et avait compris à quel point il était en danger. Les mesures rapides qu'elle avait prises lui avaient probablement sauvé la vie.

Ensuite il avait trouvé la photo dans son portefeuille. Il était dans un Photomaton, assis à côté d'une belle femme dont il ne reconnaissait plus le visage et dont il ne se souvenait plus du prénom. Il avait regardé ses yeux pour ce qui semblait la première fois, même si bien sûr cela ne pouvait pas être le cas. Ils avaient l'air heureux tous les deux, il y avait là une intimité qui lui donnait systématiquement des frissons.

Une des choses qu'il avait dû apprendre était la patience. Il avait guetté la porte de sa chambre, attendant de voir si la femme la franchirait à l'heure des visites. Il avait presque été soulagé qu'elle ne le fasse pas car, même s'il désirait son sourire, il savait qu'il n'avait plus rien à voir avec l'homme de la photo. Il lui avait fallu des mois pour trouver le courage d'appeler le numéro inscrit au dos de la photo.

Trop tard. Le numéro n'était plus en service, et elle était injoignable. Elle l'était restée jusqu'au matin même, où Clemmie était revenue dans sa vie. Toujours aussi séduisante, mais sans donner aucun signe clair qu'elle le reconnaissait.

Il s'essuya d'une main tremblante avec des serviettes en papier. Il déballa la chemise propre qu'il gardait dans son bureau et la boutonna maladroitement.

Il devait prendre un peu de recul. Il avait dû côtoyer Clemmie à peine une semaine. Ils avaient dû se rencontrer au congrès, puis repartir chacun de son côté. Il avait tant de fois fixé la photo en s'efforçant de se rappeler qu'il avait l'impression de connaître la douce courbe de son visage mieux que son propre reflet. Clemmie l'avait probablement oublié depuis longtemps, noyé qu'il devait être dans la mer des visages dont elle se souvenait.

Il prit une pomme dans le sac sur son bureau. Clemmie avait semblé un peu nerveuse, mais qui ne l'aurait pas été dans ces circonstances ? Et quand il avait répondu à sa question, elle n'avait pas mordu à l'hameçon ni fouillé sa mémoire à son propos. Peut-être avait-il perdu ce qui avait déclenché l'alchimie dont la photo portait si clairement la trace. Quand elle l'avait regardé dans les yeux, lui avait cru la ressentir à nouveau, crépitant entre eux, mais peut-être était-ce seulement sa propre réaction, et non celle de Clemmie.

Il n'était pas réellement sûr de vouloir le savoir. Il avait confié tous ses espoirs et toutes ses craintes à la photo, et le sourire de la jeune femme était resté le même, quoi qu'il lui dise. La vraie Clemmie ne serait peut-être pas aussi compréhensive, elle n'avait aucune raison de l'être. S'attendre à ce qu'elle le connaisse comme lui avait l'impression de la connaître était ridicule.

Il croqua dans la pomme et appela la réception.

— J'ai cru comprendre que tu avais été rafistolé. Contrairement à mon pichet, dit Maggie d'un ton sarcastique.

— Désolé, Maggie. Je vais t'en trouver un nouveau.

— Pas grave. J'en ai un en plastique à la maison. Je l'apporterai et tu pourras le jeter par terre tant que tu voudras. Le Dr Francis est sortie, elle a dit qu'elle en aurait pour une demi-heure. Un coup de fil à passer, je crois.

Maggie raccrocha et il se rassit dans son fauteuil, savourant sa pomme. Si l'appel de Clemmie devait durer une demi-heure, il avait le temps de se remettre les idées en place. Le destin lui donnait une chance d'apprendre à connaître la *vraie* Clemmie, et même si c'était intimidant, l'idée faisait battre son cœur.

Il rangea la photo dans son portefeuille. Si Clemmie ne se souvenait pas de lui, c'était probablement pour le mieux. Il avait l'opportunité d'oublier l'homme qui comptait sur une photo pour trouver du réconfort et des encouragements, et de repartir sur de nouvelles bases.

Clemmie avait cru étouffer. Ou vomir. Ou les deux. Elle devait à tout prix s'éloigner de Gil. Elle dépassa la réception en vitesse, lançant au passage à Maggie qu'elle serait de retour dans une demi-heure, puis franchit la porte et sortit au soleil. À défaut de pouvoir se fuir elle-même, elle avait besoin de s'isoler, et tenter d'encaisser ce qu'elle venait d'entendre.

Elle entra dans Richmond Park, ignora le banc sur lequel elle s'était assise le matin pour aller vers un autre plus isolé, caché derrière un arbre.

Réfléchis ! Le congrès où elle avait rencontré Gil était un événement annuel, ils devaient avoir un site web. Une recherche sur son téléphone l'amena aux dates de celui auquel Gil et elle avaient assisté.

Du 13 au 27 septembre. Gil avait failli rater son train car il l'avait embrassée une fois de plus à la gare. Elle l'avait regardé courir sur le quai puis il lui avait crié qu'il avait hâte de lui parler le lendemain. On était aujourd'hui en août et tout collait. Il n'y avait que quatre jours possibles au cours desquels il aurait pu subir son hémorragie cérébrale.

Ou bien Gil mentait. Il l'avait reconnue et avait truqué les dates pour se trouver une excuse pour ne pas avoir appelé, et pour que les six semaines à venir passent plus facilement.

Cette pensée presque réconfortante était-elle une tentative désespérée de s'accrocher au monde qu'elle s'était construit depuis sept ans ? Il y avait très peu de chances que Gil ait menti. Il n'était pas idiot, et il aurait été assez facile de vérifier les dates dans les dossiers de l'hôpital. De toute façon, qui inventerait une chose pareille ?

Sept ans le mois prochain. Il avait dit cela avec une vulnérabilité rapidement masquée. Personne ne pouvait simuler cela. Gil ne mentait pas, ce qui signifiait qu'elle devait réviser son jugement sur lui. Et ajuster de nombreuses autres choses aussi.

À cette idée, le malaise physique la submergea de nouveau. Elle inspira profondément plusieurs fois, la bouffée brûlante de la nausée s'estompa. *Ouf.* Elle n'était peut-être pas capable de gérer ce qui se passait dans sa tête, mais au moins elle contrôlait un peu mieux son corps. Elle resta assise un moment, se concentrant sur sa respiration.

Que s'était-il passé, en somme ? Elle avait découvert pourquoi, sept ans plus tôt, un homme qu'elle avait connu durant moins d'une semaine n'avait pas décroché le téléphone alors qu'elle espérait qu'il le ferait. Ce n'était pas si grave, elle devrait être capable de l'ignorer, maintenant. Peut-être même d'en rire.

Mais aussi brève qu'ait été leur relation, Gil avait été un souffle d'air frais. À l'époque, elle vivait encore dans l'ombre de son enfance, quand la seule personne qui semblait remarquer son existence était sa grand-mère. Puis la démence avait privé sa grand-mère de cette capacité. Gil lui avait accordé son attention pleine et entière, ce qui, si l'on y ajoutait son charme et sa beauté, était irrésistible. C'était un coup de foudre, qu'elle n'avait jamais cru possible dans la vie réelle.

Puis il n'avait pas appelé. Ses appels à elle étaient restés sans réponse. Tout ce que son enfance lui avait appris, qu'elle était la fille qu'on ne voyait pas et qu'on n'entendait pas, était revenu la gifler avec force.

Son cœur brisé avait commis des erreurs. Il lui avait été si facile de croire que Gil pouvait la rejeter comme cela, de ne pas attendre plus de lui car elle ne s'en était pas cru digne. Elle avait haï Gil, pour lui avoir montré que la vie pouvait être différente puis lui avoir tout repris.

Elle s'était raccrochée à ce qu'elle connaissait. Elle avait épousé le mauvais homme et supporté trop longtemps qu'il s'acharne à la rabaisser, à la contrôler, avant d'avoir la confiance en elle nécessaire pour se libérer. Elle s'était concentrée sur sa carrière, réparant les dégâts causés par sa vie personnelle mouvementée. Et maintenant – juste au moment où elle reprenait pied – elle découvrait que Gil ne l'avait sans doute pas quittée, après tout. Que les sept dernières années étaient fondées sur *son* impression à elle. Cette pensée provoqua une nouvelle vague de nausée, plus forte que la précédente.

Respire. Attends que les tremblements cessent.

Elle ne devait pas pleurer. Une promenade de dix minutes, voilà ce qu'il lui fallait. Ensuite, elle pourrait retourner affronter Gil. En se rappelant que si ce qu'elle soupçonnait était vrai, et qu'elle lui avait téléphoné alors qu'il se trouvait dans un état critique à l'hôpital, c'était lui qui était vulnérable.

Elle pouvait le comprendre. Et elle aurait sauté sur l'occasion de l'aider à traverser les jours sombres après une hémorragie cérébrale, que ce soit en tant qu'amie ou plus, mais il aurait eu tellement d'autres choses à penser. Peut-être qu'il n'avait pas été aussi amoureux d'elle qu'elle de lui, mais ce n'était pas un acte de rejet calculé.

Il est temps de retrousser tes manches, Clemmie.

Elle avait retrouvé sa force. Si Gil ne la reconnaissait pas, ce serait facile. Elle pouvait le protéger et se protéger, ainsi que sa carrière, en ne lui faisant jamais savoir à quel point il l'avait blessée. Elle n'était peut-être pas capable de changer le passé, mais elle pouvait changer l'avenir.

3.

Gil bondit de son siège et fit entrer Clemmie dans son bureau. Elle avait marché plus longtemps qu'elle ne le pensait, mais il ne lui demanda pas où elle était allée. Il s'excusa pour son accueil maladroit et l'invita à s'asseoir. Son visage ne trahissait rien.

— Une pomme ? demanda-t-il, poussant le sac vers elle. Elles viennent de mon jardin.

Voilà qui était inattendu. Gil était le même qu'avant à bien des égards, et le long regard qu'ils avaient échangé avait rappelé à Clemmie qu'elle n'était pas si différente de la jeune femme qui était tombée amoureuse de lui. Mais il avait changé également.

— Hum… Vous cultivez des pommes ?

— Oui. Cette variété est précoce et j'en ai en abondance cette année. Le jardinage est ma façon de décompresser, fit-il avec un sourire.

Ah. À l'époque, Clemmie ne connaissait qu'une seule dimension horticole à la méthode de décompression de Gil, les fraises. Avec du champagne et de la séduction ensorcelante. Tout compte fait, mieux valait s'en tenir aux pommes. Elle en prit une dans le sac et la frotta contre sa manche. Le fruit était brillant et dégageait une bonne odeur qui prouvait son origine naturelle.

— Bon, alors, reprit Gil, remuant des papiers sur son bureau, passons aux choses sérieuses. Qu'attendez-vous de votre séjour parmi nous ?

C'était typique de Gil. Poser des questions d'abord et écouter les réponses. Elle évita son regard, au cas où il lui ferait perdre ses moyens.

— L'unité de réadaptation neurologique de Barney a une

réputation d'excellence. Je veux voir tous les aspects de votre travail et apprendre de vous.

— Et nous enseigner quelque chose ?

— L'apprentissage est toujours un processus à double sens, répondit-elle, se risquant à croiser son regard.

Il hocha la tête.

— On m'a dit que vous étiez en lice pour diriger votre propre service à l'hôpital Princesse Victoria.

— Rien n'a encore été annoncé. Le chef de l'unité de réadaptation neurologique doit prendre sa retraite au début de l'année prochaine, il espère une relève en douceur et quelqu'un qui puisse poursuivre le bon travail qu'il a accompli. Nous travaillons ensemble sur quelques nouvelles initiatives qui pourront être pleinement développées après son départ, et… d'où mon stage d'observation ici.

— En d'autres termes, *oui*, fit Gil, un sourire aux lèvres.

Le cœur de Clemmie battit un peu plus vite. À l'époque de leur rencontre, il lui avait dit qu'elle se sous-estimait, et qu'elle ne le devrait pas. Mais aujourd'hui, elle avait la confiance nécessaire pour se défendre.

— En d'autres termes, c'est la position officielle, dit-elle.

Même si Gil avait raison, car le poste lui était déjà promis.

— Eh bien, je suis flatté que vous ayez choisi de venir ici.

Était-il en quête d'informations ? Peut-être l'avait-il reconnue ? L'idée qu'il puisse penser qu'elle était venue là exprès déclencha une alarme en elle.

— C'est mon patron qui l'a suggéré. C'est lui qui a pris toutes les dispositions.

— Dans ce cas, nous verrons si *sa* confiance en nous est justifiée. Il y a trois aspects principaux dans mon travail…

Il sourit, leva la main pour compter sur ses doigts. Il avait déjà fait ça une fois, alors qu'ils discutaient d'une des conférences auxquelles ils avaient assisté, mais il avait compté sur ses doigts à elle. Et son regard avait été si délicieux que la seule conclusion à laquelle ils étaient parvenus, c'était que le travail pouvait attendre et qu'ils voulaient s'amuser un peu.

Elle se renfonça dans son siège. Elle ferait bien de se rappeler que le travail était désormais tout ce qui comptait et que les amusements étaient hors de question.

— D'abord et avant tout, en tant que médecin, je supervise les besoins médicaux de nos patients. Deux autres médecins travaillent avec moi dans l'unité, mais j'ai la responsabilité finale de tout le monde ici.

Clemmie acquiesça.

— Deuxièmement, la rééducation comporte un élément très fort de motivation, et nous travaillons *avec* les gens au sens vraiment réel du terme. Notre psychothérapeute fait beaucoup pour aider les patients à accepter les aspects émotionnels de ce qui leur arrive, et c'est mon rôle de l'aider à consolider cela.

— Vous parlez aux gens, conclut-elle, certaine que le charme de Gil contribuait à inspirer une énorme confiance.

— En résumé, oui. J'écoute en général davantage que je ne parle, j'apprends beaucoup plus de cette façon. Troisièmement, il y a le côté organisationnel. C'est aussi mon rôle d'aider les membres de l'équipe à donner le meilleur d'eux-mêmes. De leur fournir le cadre leur permettant de guider au mieux nos patients.

— Vous allez donc me montrer ces trois aspects ?

— Oui. Ainsi que tout ce qui vous intéresserait d'autre… ?

Elle ne mordit pas à l'hameçon. Si elle avait trouvé difficile d'être professionnelle avec lui en le revoyant, maintenant qu'elle se prenait de sympathie pour lui, tous les vieux souvenirs revenaient. Elle devait être prudente.

Il attendit qu'elle réponde, puis haussa les épaules.

— Bien. Nous accordons aussi de la valeur à nos liens étroits avec le pôle chirurgical, dans le bâtiment principal, en termes de continuité des soins. Sam Gordon est neurochirurgienne et je déjeune habituellement avec elle au moins une fois par semaine, en plus de notre collaboration au quotidien, mais elle est en congé de maternité en ce moment. On pourrait organiser une rencontre dans les prochaines semaines. Je suis sûr que discuter avec elle vous sera utile.

— Je ne voudrais pas interrompre son congé…

Les yeux de Gil s'adoucirent un instant, et l'idée la traversa que cette Sam Gordon pourrait être sa compagne. Que le bébé pourrait être le sien… Elle tenta de dégager la boule qui s'était formée dans sa gorge.

— Ce n'est pas grave, je lui en ai parlé l'autre jour et elle serait très heureuse de vous connaître. Elle me demande déjà comment ça se passe au travail à chaque fois que je la vois. Vous risquez de tomber sur son fiancé à un moment ou à un autre, Yanis est aussi neurochirurgien. Sam vient d'avoir des jumelles, ce sera une bonne excuse pour moi de jouer au parrain pendant que vous parlerez boulot.

Formidable. Se concentrer sur une conversation sensée tandis que Gil jouerait avec deux nouveau-nés. Elle avait un jour osé imaginer un avenir dans lequel il pourrait être le père des enfants qu'elle désirait tant. Qu'elle *avait* tant désiré, avant que la vie lui enlève toute confiance d'être capable d'une relation saine avec quelqu'un qu'elle aimait. Mais cette envie instinctive la tiraillait encore.

— Ce serait très utile. Merci.

Il opina, puis reporta son attention sur son téléphone qui vibrait soudain sur le bureau. Il jeta un coup d'œil au message, et son attitude changea.

Ça, c'était le Gil que Clemmie connaissait. La lueur dans ses yeux quand un défi se présentait. Prêt à tout affronter.

— Quelqu'un est tombé.

Il ne gaspilla pas ses mots, pivota vers la porte vitrée derrière son bureau qui donnait sur un jardin derrière l'unité, et sortit rapidement.

Clemmie le suivit. Participer à des conférences avec lui lui avait montré que Gil était un excellent médecin, du genre que tout le monde voulait avoir à ses côtés en cas d'urgence, mais elle ne l'avait jamais vu gérer de situation réelle. C'était l'aspect de son travail qui la rendait le plus curieuse.

Il traversa en hâte la pelouse et Clemmie le rattrapa à la porte de l'une des serres. Il la poussa à l'intérieur. Entre les rangées de plateaux de semis et de plantes, une femme âgée était allongée sur le sol. Une jeune infirmière agenouillée près d'elle lui tenait la main et l'incitait à rester immobile.

— Elaine… ?

L'infirmière leva les yeux vers Gil.

— Jeannie a glissé de son siège. Je ne l'ai pas vue se cogner la tête…

— Je devrais pouvoir me lever maintenant, si quelqu'un veut bien me donner un coup de main. Pas besoin d'en faire tout un plat, dit la vieille dame, les sourcils froncés, en fixant Gil.

Il sourit et s'accroupit à côté d'elle.

— On n'est jamais trop prudent, Jeannie. Elaine a fait exactement ce qu'il fallait en vous demandant de ne pas bouger jusqu'à mon arrivée.

Gil adressa un signe de tête approbateur à Elaine, dont le visage se détendit.

Il était bon. Très minutieux. Il examina la tête et le cou de Jeannie, jaugeant soigneusement ses réactions et son niveau de vigilance tout en masquant le sérieux de son entreprise par des plaisanteries et des encouragements à la vieille dame.

— Voici Clemmie, fit-il. Elle est médecin et attachée au service pour six semaines, vous la verrez donc un peu partout. Elle voudra peut-être discuter avec vous pour savoir ce que vous pensez de cet endroit.

— Et je suppose que vous voudrez que je fasse un bon rapport.

Jeannie pouvait manifestement en remontrer à n'importe qui, Gil compris.

— Évidemment. Mais juste aussi. Et là, ça vous fait mal ? demanda-t-il, portant son attention sur les jambes de Jeannie.

— Non, fit Jeannie avec un regard impatient avant de tourner la tête vers Clemmie. Et vous, n'écoutez pas ses sornettes, d'accord ?

C'était le meilleur conseil qu'elle ait reçu de toute la matinée. Plus elle trouvait à lui pardonner, plus il était difficile de résister au charme de Gil.

— Merci. Je ne le ferai pas.

Il termina son examen et se rassit sur ses talons.

— Puisque je n'ai rien trouvé d'anormal, on ferait bien de vous relever, hein, Jeannie ? Elaine, tu peux apporter le fauteuil roulant, s'il te plaît ? Et appelle aussi quelqu'un pour ramener Jeannie dans sa chambre.

— C'est pas trop tôt. Je vais être en retard pour le thé si vous ne vous dépêchez pas.

— Vous aurez votre thé, même si je dois le faire moi-même, répondit Gil avec un sourire.

— Je ne crois pas que je voudrais que vous fassiez *ça*.

La taquinerie de Jeannie prouvait qu'elle aimait beaucoup Gil, c'était le genre de relation médecin-patient facile que tous les bons praticiens essayaient de cultiver.

— Clemmie, vous voulez bien m'aider ? demanda-t-il.

Elaine, qui faisait partie du personnel, aurait été la personne la plus indiquée pour soulever Jeannie avec lui, mais elle semblait très secouée par ce qui s'était passé. Clemmie acquiesça.

Les yeux de Gil encore. Vérifiant qu'ils étaient tous les deux stables et prêts à remettre Jeannie à la verticale. Clemmie se sentit rougir et ignora la proximité de Gil. À son signal, ils hissèrent Jeannie en douceur, puis l'installèrent dans le fauteuil roulant qu'Elaine avait placé à côté d'eux.

— À plus tard, Jeannie, dit Gil.

Alors qu'une autre infirmière ramenait la vieille dame dans sa chambre, il appela Elaine d'un geste discret.

— Je suis vraiment désolée, je m'en veux terriblement, dit la jeune infirmière, consternée. J'ai suivi toutes les directives, mais je me suis détournée une minute pour aller lui chercher quelque chose, et elle a glissé de la chaise.

— Tout va bien, répondit Gil, rassurant. On va devoir rédiger un rapport d'incident, mais garde bien en tête que le but est d'améliorer la sécurité du patient, pas de désigner un coupable. Ces rapports m'aident à mieux faire mon travail.

Elaine acquiesça en se mordant la lèvre.

— Va demander un formulaire à Maggie, écris tout de suite ce qui s'est passé pendant que c'est frais dans ta tête puis viens me voir cet après-midi pour qu'on en discute. Et n'aie pas l'air aussi inquiète, hein ?

— D'accord. Merci.

Elaine lui fit un sourire soulagé et sortit rapidement.

Gil la suivit des yeux. C'était un équilibre difficile ; les besoins de ses patients étaient primordiaux, mais en même temps il devait soutenir son personnel. Il faudrait que Clemmie prenne ce même équilibre en considération si elle se retrouvait à la tête de son propre service.

— Qu'est-ce qui se passe ensuite ?

Gil ramassa un des plateaux de plantes qui était tombé et rassembla les semis déracinés. Lisser la terre et les replanter semblait faire partie de son processus de réflexion.

— Les accidents arrivent, on ne pourra jamais les empêcher. Elaine est toute nouvelle ici, mais d'après ce que j'ai vu, elle est très consciencieuse en matière de sécurité et de soins aux patients. On doit discuter honnêtement de ce qui s'est passé et chercher à corriger les erreurs commises. Et la rassurer sur les choses qu'elle n'aurait pas pu prévoir.

— Et Jeannie ?

— Les infirmières vont la surveiller de près. Je vais la laisser prendre son thé puis j'irai lui parler, pour avoir sa version des faits. La confiance est toujours une question importante à aborder, après toute chute.

Il tassa soigneusement la terre autour des plants, s'assurant qu'ils étaient bien droits, puis reprit :

— Je suis passé à côté de quelque chose ?

— Non, je ne pense pas.

Son approche était juste et constructive. Clemmie ramassa une petite plante qui était restée sur le sol.

— À part ça.

Leurs doigts se touchèrent quand il prit la plante, et Clemmie frissonna, même à ce bref contact. Après avoir remis le plateau en place, Gil balaya la terre éparpillée dans l'allée et remit d'aplomb la chaise sur laquelle Jeannie avait été assise. Il se déplaçait lentement, posément, comme s'il était encore en pleine réflexion.

Clemmie se rendit subitement compte que le sol de la serre était constitué de dalles flexibles. Elle dit :

— Ça a dû amortir la chute de Jeannie, non ?

— Ah, fit-il en souriant. Vous avez remarqué. Ces dalles sont faites d'un composé similaire à celui utilisé dans les aires de jeux pour enfants. Elles sont antidérapantes, et plus douces en cas de chute. On fait en sorte que tout soit bien ordonné ici, et d'éliminer les angles durs. Comme cette bande en caoutchouc le long des bancs.

— Impressionnant. Je vais examiner ça de plus près.

De fait, tout était soigneusement pensé. L'espace était aussi très coloré, lumineux et attrayant.

— Faites. On a de la chance d'avoir ce lieu. Le jardinage est notre thérapie la plus populaire. Et le jardin est agréable aussi pour les patients qui peuvent venir s'asseoir dehors.

— Mais cela fait une plus grande étendue à surveiller.

Gil eut ce délicieux sourire releveur de défis.

— Ah oui. Ce serait beaucoup plus facile de les cantonner dans leur lit. Mais ce n'est pas vraiment pour ça qu'on est là, si ? Notre travail consiste à élargir l'horizon des gens.

C'était exactement ainsi qu'elle voyait les choses. Elle se contenta d'un bref signe de tête et suivit Gil hors de la serre.

La journée avait semblé longue, huit heures d'intense concentration à tenter d'analyser chaque mot, chaque geste de Clemmie. Parfois Gil pensait voir dans ses yeux qu'elle le reconnaissait, et parfois non.

Après ses tâches habituelles, il lui avait fait faire le tour du service pour la présenter à tout le monde. Puis elle l'avait accompagné lors de ses visites de l'après-midi, et il l'avait attentivement observée. Elle était formidable avec ses patients, confiante et amicale, écoutant patiemment ce qu'ils avaient à dire. Pas étonnant qu'elle ait obtenu une promotion rapide : elle paraissait avoir toutes les compétences requises pour diriger son propre service. Tout ce dont elle avait besoin, c'était d'un peu plus d'expérience.

Enfin, Gil souhaita une bonne soirée à Clemmie et regagna son bureau. Lorsqu'il ressortit la photo de son portefeuille, il comprit mieux l'expression de son visage. Elle n'était pas seulement belle. Elle était intelligente et gentille et possédait toutes les qualités qui donneraient à un homme l'envie de s'asseoir et l'écouter, jusque tard dans la nuit.

Il cala la photo contre son téléphone et s'adossa à son siège, les pieds posés sur le bureau. Clemmie lui semblait encore plus précieuse maintenant, mais il ne voyait toujours pas comment lui demander si elle se souvenait de l'avoir déjà rencontré. C'était une excursion risquée dans l'inconnu, et si elle se souvenait en effet mais se taisait, cela soulevait toutes sortes de questions embarrassantes.

On frappa à sa porte et il leva les yeux. Anya Whitehead entra, une écharpe violette flottant dans son sillage.

— Tu m'as appelée ?

— Et tu es venue, répondit-il en souriant.

— Bien sûr que je suis venue. Tu as l'air bien songeur.

Anya le fixa avec un de ces regards perspicaces qu'elle maîtrisait si bien.

Il avait connu Anya quand il était un patient ici, après son hémorragie cérébrale. Elle était sa psychologue et avait tout fait pour l'encourager à parler, malgré sa résistance obstinée. Ils étaient parvenus à un accord, lui avouant sa difficulté à admettre qu'il avait des problèmes, et elle le mettant au défi de partir et d'y réfléchir. Lorsqu'il avait commencé à se rétablir et envisagé de faire carrière dans la rééducation plutôt que dans la médecine d'urgence, l'écoute d'Anya l'avait aidé à prendre la bonne décision.

Il reposa les pieds à terre et retourna la photo face contre le bureau.

— Je suis juste en train d'examiner quelques questions embarrassantes.

— Chic. Tu sais comme j'aime les questions embarrassantes.

Elle s'assit et il haussa les épaules.

— C'est rien…

Ce n'était pas rien, mais s'il avait quelque chose à dire, il devait le dire à Clemmie d'abord.

— Évidemment. Eh bien, tu sais où trouver Miss Purple en cas de besoin.

Il rit. Quand il avait connu Anya, il était encore aux prises avec une aphasie expressive et les mots les plus simples lui échappaient. Les noms étaient un problème particulier, et il avait appelé Anya « Miss Purple » parce qu'elle incluait toujours une touche de violet dans sa tenue. C'était devenu une blague entre eux.

— Ce que j'aimerais, c'est que tu aies un peu de temps pour parler au médecin avec lequel je travaille en ce moment, Clemmie Francis. Elle est ici pour six semaines, pour voir comment on fonctionne ; ce serait formidable que tu lui donnes un aperçu de ton travail dans l'unité.

— Bien entendu. Passe-lui mon numéro et nous pourrons fixer un rendez-vous. Autre chose ?

Il connaissait cette ruse, il ne tomberait pas dans le panneau. Il poussa le sac de pommes vers elle.

— Je ne crois pas. Tu veux une pomme ?

— Je peux en prendre deux ? Mes enfants les adorent, elles sont si douces.

— Prends tout le sac. J'en ai une tonne à la maison.

— Merci. Oh ! au fait, le vélo de Jamie est revenu de l'atelier de réparation, et il est partant dimanche si tu veux.

Gil et le mari d'Anya se retrouvaient souvent le dimanche pour une balade matinale autour de Richmond Park.

— D'accord, je l'appellerai. Autre chose ?

Il souligna la plaisanterie d'une grimace.

— Hum. Je suis sûre qu'il y a autre chose. Tes doigts ne mentent pas, Gil.

Elle indiqua sa main et il se rendit compte qu'il massait ses doigts recroquevillés. C'était une réaction au stress, dans l'espoir qu'ils réagissent un peu plus vite. Il ne l'avait pas fait depuis des années.

— Je me suis coupé la main.

Et il avait rencontré Clemmie.

Anya savait que c'était une excuse et n'insista pas, Gil et elle avaient déjà mené cette bataille, elle avait conscience qu'il ne parlerait pas des choses qu'il ne voulait pas dire. Elle prit le sac de pommes et se leva.

— Bon, ne reste pas trop tard, d'accord ? Les questions embarrassantes se débrouilleront toutes seules pendant un moment – elles n'ont pas besoin de ta surveillance constante.

— Tu veux dire que le monde ne va pas s'écrouler si je le quitte des yeux un instant ? dit-il d'un air faussement horrifié qui lui valut un rire sincère d'Anya.

— Rentre chez toi et rapporte-moi d'autres pommes. Respire le parfum de quelques fleurs tant que tu y es, Gil.

Ce n'était pas une mauvaise idée. Il avait probablement repris la vieille habitude de se masser les doigts parce que l'arrivée de Clemmie avait abruptement fait resurgir le dernier fragment non restauré de sa mémoire. Ou peut-être était-ce simplement parce que la situation, comme à l'époque, le perturbait complètement.

Mais il avait encore quelques tâches à accomplir s'il voulait avoir du temps pour Clemmie le lendemain. Et faire en sorte que la journée se déroule avec moins d'anicroches était son seul moyen de contrôler ce qui se passerait par la suite.

Car il ne fallait pas que tout cela le brise comme il avait été brisé auparavant. Il ne laisserait pas ses sentiments compliquer les choses. Il rangea en soupirant la photo dans son portefeuille.

Le trajet pour rentrer chez elle à l'heure de pointe avait été long. Clemmie se fit une tasse de thé et s'affala sur le canapé. La journée ne s'était pas déroulée comme prévu, mais qui aurait pu prévoir une chose pareille ?

Gil se conduisait tout comme avant. Non… En fait, c'était *elle* qui le faisait. Elle l'appréciait. Voulait avoir son opinion.

Le regardait bouger, ce qui provoquait de troublants flash-backs de la façon dont elle avait autrefois répondu à ses caresses. C'était atroce.

Gil était légèrement différent du souvenir qu'elle avait de lui. Plus mesuré et réfléchi, pas aussi avide de tout étreindre de l'instant présent. Peut-être était-ce parce que cette fois elle travaillait avec lui, au lieu d'enchaîner les gestes romantiques qui conduisaient inévitablement à des relations sexuelles frénétiques et merveilleuses.

Elle ne pouvait imaginer le Gil qu'elle avait connu apportant des pommes de son jardin au travail, ni prenant le temps de sauver des plants renversés à terre. Mais c'était toujours le genre d'homme pour lequel une femme pourrait se mettre en danger. Pour lequel *elle* s'était mise en danger. Il ne suffisait pas d'accepter qu'elle avait à tort pensé du mal de Gil puis passer à autre chose. Elle devait se protéger, et le protéger aussi.

Elle saisit le coussin en tapisserie à côté d'elle et le serra très fort. C'était à peu près la seule chose qui lui restait de sa grand-mère, et celle-ci lui manquait vraiment, en cet instant.

Clemmie avait passé la plus grande partie de son enfance chez sa grand-mère. Ses parents travaillaient dur et n'avaient jamais beaucoup de temps à consacrer à leur fille, mais cela n'avait pas eu d'importance car Gran était là. Jusqu'à ce que l'implacable glissement vers la démence l'emporte.

Sa grand-mère était entrée en maison de retraite médicalisée quand Clemmie avait treize ans, et la perte du seul endroit où elle s'était jamais vraiment sentie chez elle avait été douloureuse. Elle lui rendait visite tous les après-midi, après l'école, et regardait la lumière s'éteindre lentement dans les yeux de Gran. Le temps faisait son œuvre, et au moment de sa mort, elle ignorait que la jeune étudiante en médecine assise à son chevet en lui tenant la main était sa petite-fille.

Dans les années qui suivirent, Clemmie se sentit disparaître, sans plus personne pour la voir ou l'entendre. Gil lui avait montré qu'elle ne pouvait pas continuer à vivre dans l'ombre, puis il lui avait été enlevé. Il n'y avait plus de marche arrière possible désormais ; trop de choses s'étaient passées dans sa vie et elle ne pouvait pas simplement appuyer sur un bouton pour tout effacer. Gil ne pouvait pas savoir combien elle avait investi dans leur brève relation. Il avait eu toutes les raisons de ne pas l'appeler, mais le Gil qu'elle connaissait n'était guère indulgent envers lui-même et ne le verrait probablement pas de cette façon.

Et il était toujours dangereux. En le voyant, elle était tombée à nouveau sous son charme. Elle le désirait encore plus qu'avant, car elle savait à présent combien sa réussite avait été difficile à obtenir. Il avait été réduit à néant, et il avait reconstruit sa vie, morceau par morceau.

Il n'y avait qu'une seule chose à faire. Elle allait prendre exemple sur Gil – l'ancien Gil – et saisir toutes les opportunités professionnelles qu'elle pouvait pendant les six prochaines semaines. Puis elle partirait. Elle ne se retournerait pas et il ne saurait jamais à quel point il avait été spécial pour elle.

4.

L'homme qui tint la porte du service pour Clemmie le lendemain matin avait le pas vif et léger. En s'arrêtant pour saluer Maggie, elle vit Gil se précipiter à sa rencontre.

— Yanis ! Qu'est-ce que tu fais là ? Tu en as assez d'être aux petits soins pour Sam ?

Yanis sourit, d'un sourire éclatant d'homme heureux.

— Je ne m'en lasserai jamais. Non, elle a insisté pour que je vienne travailler ce matin.

— Elle doit se sentir mieux, alors. Et comment vont les jumelles ?

— Elles sont magnifiques, répondit Yanis avec un accent français qui rendait ce mot unique. Sam a appris que l'une de ses patientes du pôle chirurgie venait ici, elle m'a envoyé m'assurer que le transfert se passait bien.

— Elle ne t'a pas demandé de l'amener pour s'en charger elle-même ? répondit Gil en riant.

— Elle a essayé, admit Yanis, les yeux pétillants. Je lui ai promis de t'inviter à dîner ce soir, j'ai pour instruction de ne pas accepter de refus.

— Alors ce sera oui. Je n'ai pas encore eu mon content de bébés à bercer. J'apporterai des fraises fraîchement cueillies…

Les deux hommes parlaient toujours, mais l'image de fraises et de champagne bloquait tout le reste dans la tête de Clemmie. Comment quatre courts jours et trois longues nuits pouvaient-ils tout éclipser si complètement ?

Puis Gil la vit, et vint vers elle avec Yanis.

— Clemmie, voici Yanis Baptiste. Je vous ai parlé de Sam

Gordon hier, Yanis est son fiancé. Il travaille dans l'hôpital principal, au service de neurochirurgie.

Yanis était très bel homme, et l'étincelle dans ses yeux bleus prouvait que Sam Gordon était une femme chanceuse. Mais cela s'arrêtait là. Un constat rationnel, loin de la sensation électrique qui la frappait quand elle regardait Gil.

— Enchantée de vous rencontrer.

Yanis hocha la tête et lui serra la main avec un sourire.

— Je remplace Sam en ce moment. Vous savez que nous venons d'avoir des jumelles ?

— Félicitations. Vous avez une photo ?

Aux anges, Yanis sortit son téléphone et le tendit à Clemmie. À la mention des photos, Maggie se leva d'un bond.

— Tu es passé devant moi avec des photos sans me les montrer, Yanis ? Comment as-tu pu faire une chose pareille ?

Maggie se pencha sur le téléphone que tenait Clemmie.

Une femme aux cheveux roux, le visage rayonnant. Manifestement, Yanis avait mitraillé sa compagne et leurs deux minuscules bébés. Cela faisait chaud au cœur et écho à ce que Clemmie avait voulu pour elle-même, avant de comprendre que se trouver elle-même signifiait être seule.

— Superbes ! s'exclama Maggie. Anna, viens voir.

La jeune infirmière qui passait par la réception se précipita pour regarder les photos par-dessus l'épaule de Clemmie. C'était agréable, de faire partie de quelque chose de chaleureux, plein de bonheur, et qui ne tournait pas autour de Gil.

Mais du coin de l'œil, elle le voyait discuter avec Yanis, probablement de leur nouvelle patiente. Clemmie était censée prendre part à cette discussion. À contrecœur, elle passa le téléphone à Maggie et rejoignit les deux hommes.

— Vos photos sont merveilleuses, Yanis, merci.

Yanis hocha la tête en souriant.

— En fait, je suis ici pour remettre quelques notes. Je vais vous amener la patiente dans un instant. C'est une des petites traditions de Sam et Gil. Sam leur dit au revoir là-bas et Gil attend ici pour les accueillir.

— C'est une bonne idée. J'imagine que cela rend le transfert beaucoup moins stressant pour les patients.

Elle s'adressait à Yanis, ignorant complètement Gil.

— Oui, c'est vrai, c'est une des choses qui m'ont impressionné quand je suis arrivé ici. Sam et Gil ont des emplois du temps chargés, mais ils trouvent aussi du temps pour les petites choses.

Yanis semblait tout aussi déterminé à inclure Gil que Clemmie à l'exclure. Gil enchaîna :

— À propos de petites choses, je vais vérifier la chambre qu'on a préparée. Vous voulez accompagner Yanis ?

Même si la question était destinée à Clemmie, il évitait son regard.

— Si vous êtes d'accord… ? demanda-t-elle à Yanis.

— Bien sûr. Dès que j'aurai récupéré mon téléphone.

Clemmie, un peu plus calme maintenant qu'elle était temporairement hors de portée de Gil, marchait à côté de Yanis vers le bâtiment principal de Barney.

Le bâtiment était encore plus impressionnant à l'intérieur qu'il ne l'était de l'extérieur. Non seulement impeccable et fonctionnel, il était tout en hauts espaces et lumière. Un lieu pour élever les esprits, et répondre aux besoins médicaux des patients. Tandis que Yanis la conduisait dans l'atrium, elle leva les yeux vers le plafond de verre, huit étages au-dessus de sa tête, et il s'arrêta un moment pour la laisser apprécier le cadre. La verdure, les allées serpentantes et les bancs donnaient un sentiment de paix à cet espace, pourtant au cœur d'un hôpital très fréquenté. C'était un lieu où le personnel et les visiteurs pouvaient reprendre leur souffle. De chaque côté s'élançaient des ficus géants dont le feuillage offrait une ombre diffuse à qui s'asseyait dessous.

— C'est aussi important que la technologie que nous avons ici, murmura Yanis. D'une manière différente.

— Oui. Le Princesse Victoria est un hôpital vraiment agréable, tout le monde fait de son mieux pour le rendre accueillant, mais cet endroit est… tout à fait singulier.

Yanis la fit monter en neurochirurgie et ils entrèrent dans une chambre individuelle où leur patiente était prête à partir. Une infirmière aidait l'adolescente à s'installer dans un fauteuil roulant. Yanis lui sourit.

— Bonjour, Jahira. Voici Clemmie, l'une des médecins qui s'occuperont de toi dans l'unité de réadaptation.

Jahira fixa Clemmie d'un regard prudent et garda le silence.

— Salut, Jahira. On a hâte de faire ta connaissance.

— Merci.

C'était bref, mais Jahira avait manifestement traversé une période difficile, et sa méfiance était fort compréhensible. Le côté gauche de sa tête avait été rasé et ses cheveux bruns tombaient sur un côté de son visage, plats et mous. Elle avait une main posée sur les genoux et se massait les doigts de l'autre, comme si elle avait un besoin impérieux de les remettre en état de marche. Clemmie se rendit compte que Gil avait eu la même réaction de stress la veille.

— Tes parents vont bientôt arriver. Ils vont t'aider à t'installer dans l'autre service, reprit Yanis.

— Ils… savent où je vais ? bafouilla Jahira, une brusque panique dans les yeux. Parce que moi, je sais pas…

— Ils le savent. Ta maman est déjà allée vérifier ta chambre et t'apporter quelques vêtements, la rassura Yanis.

Jahira secoua la tête. C'était difficile pour elle. De ne rien contrôler, de dépendre des autres pour tout. Clemmie avait vu cela tellement souvent auparavant. Yanis ne semblait pas pressé et elle s'assit sur une chaise à côté de Jahira.

— Avant qu'on parte, il y a quelque chose que tu aimerais faire ici ?

— Sarah. Elle sait aussi comment me trouver ?

Clemmie jeta un coup d'œil interrogateur à Yanis, qui indiqua du menton une carte aux couleurs vives posée sur le meuble près du lit. Elle la tendit à Jahira.

— C'est de Sarah ?

Jahira acquiesça, ouvrit la carte et regarda l'écriture ronde.

— C'est une jolie carte. Ça dit quoi ?

Clemmie laissa à l'adolescente le temps de se concentrer.

— Elle dit qu'elle vient me voir. En rééducation.

— C'est chouette. Je parie que tout le monde t'a manqué. Sarah a l'air vraiment spéciale.

Jahira acquiesça de nouveau, les yeux toujours fixés sur la carte. Clemmie la lui prit des mains et la posa sur ses genoux.

— Range-la là, si tu ne veux pas la perdre. Il y a autre chose que tu dois emporter ?

— Mes photos…, fit Jahira en regardant autour d'elle.

— On les a déjà emballées, avec le reste de tes affaires, dit Yanis en désignant un sac sur le lit.

— Sûr ? insista Jahira, sourcils froncés.

Yanis ouvrit le sac et en sortit un cube porte-photos. Jahira le saisit. Il y avait une photo d'elle avec une jeune fille, enlacées. Une autre de Jahira avec deux chiens, et une troisième d'un homme et d'une femme ensemble, qui devaient être ses parents. Elle les étudia toutes, faisant maladroitement tourner le cube dans sa main, ses doigts caressant les visages souriants avec une expression nostalgique qui déchira le cœur de Clemmie.

— Tu veux que je m'en charge ? dit Clemmie. Ce sera la première chose qu'on mettra dans ta nouvelle chambre.

— Oui, s'il vous plaît.

Jahira donna le cube à Clemmie, et Yanis referma le sac, puis il passa la bandoulière sur son épaule.

— Prête à y aller ?

— Il se passera quoi si je ne m'y plais pas ? demanda Jahira, une nouvelle panique dans les yeux.

— Tu te plais ici ? fit Yanis en souriant.

— Non, pas vraiment. C'est joli et tout, mais…

— C'est pas chez toi, hein ? compléta Yanis, comprenant bien où elle souhaitait être. Mais les chambres de l'unité de réadaptation sont beaucoup plus agréables, tu pourras avoir tes affaires comme tu aimes, et un peu plus de visites. Après ça, tu rentreras chez toi. Ça te paraît bien ?

Jahira soupira, se résignant clairement à l'inévitable.

— Oui. Ça a l'air pas trop mal.

Yanis avait poussé le fauteuil roulant en laissant à Jahira le temps de faire ses adieux au personnel de neurochirurgie. Clemmie avait porté le cube de photos pour que Jahira voie qu'il ne restait pas derrière. Lorsqu'ils entrèrent dans l'unité de réadaptation, Gil les attendait à la réception.

— Salut, tu es Jahira ? Moi c'est Gil.

L'adolescente le regarda avec attention, s'efforçant visiblement d'associer le nom au visage.

— Gil. Vous êtes qui ?

— Je suis médecin, tu me verras tous les jours. Je suis aussi le responsable ici, alors s'il y a quoi que ce soit qui ne te plaît pas, je veux que tu m'en parles, et je ferai de mon mieux pour arranger les choses.

Jahira hocha pensivement la tête. Gil essayait de créer un contact avec elle, et il s'y prenait bien. Se présenter comme le responsable était en outre important pour quelqu'un qui manquait de confiance et de maîtrise de soi.

— Mes photos. Et ma carte…

— Viens avec moi. On va mettre ça en lieu sûr.

Gil savait manifestement à quel point ces petites choses comptaient pour Jahira, elles la reliaient à sa maison et aux personnes qu'elle aimait. Yanis se retira, et Gil fit rouler le fauteuil jusqu'à une porte ouverte au fond d'un couloir. Clemmie les suivit à l'intérieur.

Jahira examina la pièce en silence. Les chambres avaient encore les attributs d'un hôpital, un lit médicalisé et un fauteuil électrique, mais tout avait été fait pour les rendre plus accueillantes, avec des rideaux à la fenêtre, une armoire et une petite table pour écrire. Le lit était couvert d'un tissu coloré et de quelques coussins apportés par la mère de Jahira.

— Fait chaud ici…

— Oui, tu as raison, dit Gil, qui alla ouvrir la fenêtre. C'est mieux ?

Jahira acquiesça.

— Et ta carte, et tes photos ? Tu les veux où ?

— Là.

Jahira désigna le petit meuble à côté du lit et tendit sa carte à Clemmie, qui la disposa avec le cube porte-photos de manière qu'ils soient visibles du lit et du fauteuil.

— C'est bon ?

— Oui, merci.

— Tu veux tester le fauteuil ? demanda Gil.

— Ma grand-mère en a un comme ça, fit Jahira avec une moue dépitée. Ça l'aide pour se lever.

— Ah oui ? Alors tu vas savoir t'y prendre avec les commandes. C'est juste pour t'aider pendant quelque temps, ne t'inquiète pas.

La main de Jahira agrippa un accoudoir du fauteuil roulant, et ses yeux se remplirent de larmes. Elle tenta maladroitement de les essuyer de son autre main. Clemmie fit un geste pour la réconforter mais Gil tirait déjà la chaise rangée sous le bureau et s'asseyait face à Jahira.

— Qu'est-ce qu'il y a ?

— Vous allez tout me réparer ?

La question de Jahira ressemblait beaucoup à un défi, dont Gil raffolait. Clemmie se figea alors que les souvenirs de tous les défis qu'elle lui avait lancés, et qu'il avait relevés avec délice, l'assaillaient à nouveau.

— Il y a des choses que je ne peux pas réparer. Mais si je le peux, je le ferai pour toi. Crois-moi.

— Je veux rentrer à la maison.

Des larmes commencèrent à rouler sur les joues de Jahira.

— Moi aussi je veux que tu rentres chez toi. Je ne veux pas de toi ici.

Il lui tendit un mouchoir en papier, et attendit que ses mots fassent effet. Jahira le fixa d'un regard incertain.

— Alors voilà. Tu vas quitter ce fauteuil roulant et sortir d'ici toute seule. Tends ce bras…, dit-il, indiquant le bras gauche de Jahira, inerte sur ses genoux, ouvre la porte et pars.

C'était pour son bien, mais un peu dur. Et risqué. Clemmie sentit les cheveux sur sa nuque se hérisser d'inquiétude.

— Je les ferai à la maison… Les… trucs… Les exercices.

Jahira le suppliait à présent, l'expression de son visage aurait fait fondre le cœur de n'importe qui.

— Peut-être que tu les ferais. Mais je peux t'aider à récupérer mieux et plus vite. On te demandera beaucoup ici, et parfois tu n'en verras pas l'utilité. Mais ça marche.

— Vous ne savez pas…, fit Jahira, le regard noir.

Clemmie espérait que Gil savait ce qu'il faisait, car il semblait pousser Jahira dans ses limites.

— Je sais que tu as peur et que tu te demandes si tout redeviendra comme avant. Tu fais semblant que tout va bien, mais en fait tu veux juste t'enfuir.

La voix de Gil était tendre, et Jahira l'étudiait en silence maintenant. Il avait réussi à instaurer un dialogue entre eux.

— Je l'ai déjà fait. Je sais que je peux t'aider à courir si tu me laisses faire. Ta mère m'a dit que tu voulais aller à l'école vétérinaire. J'aimerais t'aider à ce que ça arrive aussi.

Silence.

— On est d'accord, Jahira ? Tu n'es pas obligée d'aimer ça, et tu ne m'aimeras probablement pas trop quand je te demanderai des choses dont tu te croiras incapable. Mais je te promets que je ne te laisserai pas tomber.

— D'accord, dit Jahira. Marché conclu.

— Super. Quoi d'autre ? La première chose sur ta liste, pour prendre le chemin du retour et ensuite de l'école vétérinaire.

— Euh… Mes affaires. Je veux les ranger.

— Bonne idée. Ta maman sera bientôt là. Tu veux qu'une infirmière les déballe, de manière que tu sois installée quand elle arrivera ?

— Je vais rester, dit vivement Clemmie.

Gil avait visiblement décidé que Jahira avait bravé autant d'épreuves qu'elle le pouvait pour l'instant et qu'il devait la laisser prendre tranquillement ses marques. Clemmie aussi avait besoin d'un peu de temps loin de Gil.

— Si tu veux, je peux t'aider à tout arranger comme tu le souhaites, Jahira.

— Oui. Merci.

Le regard de Gil se posa brièvement sur Clemmie, puis il se leva.

— Bien. Je vous laisse vous occuper de ça, alors.

Il avait fait du bon travail. Le sentiment d'impuissance et d'incapacité à communiquer était courant chez les patients souffrant de lésions cérébrales traumatiques, et Gil avait donné à Jahira un peu de la réassurance nécessaire. Mais mieux valait ne pas penser à la façon dont il avait réussi à entrer dans sa tête, ni si la réaction de Jahira était due au fait qu'elle voyait qu'il comprenait. Clemmie se sermonna. Elle était ici pour apprendre, et une partie de cet apprentissage allait consister à résister à la tentation de retomber amoureuse de Gil.

Gil aida Jahira à faire quelques pas lents et hésitants, et l'installa dans le fauteuil. Puis il plia le fauteuil roulant, et l'emporta avec lui. Clemmie souleva le sac de Jahira, le posa sur le sol à ses pieds et se pencha pour l'ouvrir.

— Bon, alors. Qu'est-ce qui va où ?

Gil regagna son bureau, pensif. Clemmie faisait exactement ce qu'il attendait d'elle, s'impliquant et utilisant ses compétences pour s'intégrer au processus et voir comment cela fonctionnait. Il n'en était pas aussi heureux qu'il l'aurait voulu.

Il avait décidé d'arrêter de regarder la photo de façon aussi obsessionnelle. Mais avant de pouvoir s'en empêcher, il la sortit de son portefeuille et la replaça contre le téléphone.

Comment pouvait-on regarder quelqu'un comme Clemmie le regardait, et l'oublier ? Il s'était penché à maintes reprises sur la question. Certes, il y avait les blancs causés par sa commotion cérébrale, mais il ne pensait pas qu'une personne puisse simplement sortir ainsi de sa tête.

Mais il avait la photo. Elle était plus qu'une énigme, elle lui rappelait son passé, la façon dont il avait changé et la façon dont il était resté le même. Il était toujours ambitieux et voulait toujours être le meilleur dans ce qu'il faisait. Il avait seulement appris à gérer cela autrement.

Arrête-toi et respire le parfum des fleurs.

Quelle ironie, que ce soit littéralement devenu un de ses moyens de s'en sortir. Le lent processus consistant à préparer la terre et à regarder les choses pousser avait commencé ici, quand il avait mendié quelques outils à un jardinier de l'hôpital et était parti à l'assaut d'un terrain vague. C'était difficile et laborieux, et il était tombé plus d'une fois. Il avait griffé la terre, rageant contre sa propre incapacité à la transformer aussi rapidement qu'il le voulait.

Mais le personnel l'avait laissé faire. Cela lui avait permis de repousser ses limites et de passer ses frustrations sur Mère Nature. Et il avait appris à apprécier son rythme lent et à être fier des nouvelles pousses vertes qu'il avait fait grandir.

Et maintenant Clemmie. La femme qu'il avait eu peur d'appeler, parce qu'il enrageait contre ses propres faiblesses. Quand il en avait finalement trouvé le courage, il était trop tard. En y repensant maintenant, il n'était même pas sûr de vouloir qu'elle le reconnaisse, il avait travaillé si dur pour laisser derrière lui l'homme qu'il était alors. Bien qu'il ne puisse s'empêcher parfois d'espérer qu'elle se souviendrait de l'expression de ses yeux écarquillés sur la photo.

Arrête ça. Il semblait de plus en plus probable que Clemmie ne *voulait* pas se souvenir et il devait le respecter. Faire son possible pour que les six prochaines semaines lui soient profitables, et ensuite dire adieu à l'image qui l'avait soutenu les sept dernières années.

Gil commençait tout juste à comprendre à quel point cela allait être difficile.

5.

Clemmie avait suivi les instructions de Jahira pour ranger ses affaires. Lorsque ses parents arrivèrent, ils la trouvèrent bouillonnante d'excitation et désireuse d'explorer le reste du service avec eux. Clemmie alla chercher un fauteuil roulant, y installa Jahira, et les laissa à leurs occupations.

Entre-temps, Gil avait tenu sa promesse de lui organiser des rencontres avec les thérapeutes de l'unité. Maggie avait donc plusieurs messages pour elle. Anya Whitehead, l'une des psychologues de l'hôpital, avait un peu de temps libre dans l'après-midi et comme Gil était introuvable, Clemmie le prévint par un petit mot qu'elle allait retrouver Anya dans son bureau du bâtiment principal.

Son travail lui avait appris l'importance de l'aide psychologique, mais elle semblait ici plus intégrée aux autres thérapies proposées par l'unité. Anya évoqua les nombreux et divers problèmes auxquels les patients de neurologie étaient confrontés, puis elle détailla la façon dont elle collaborait avec Gil pour accompagner ses patients.

— D'après ce que j'ai vu, il semble très bien cerner ce qui leur est nécessaire, dit Clemmie.

— En effet, répondit Anya. Avoir expérimenté les deux côtés du processus n'est pas anodin.

— J'imagine que l'hémorragie cérébrale qu'il a subie doit beaucoup l'aider dans son travail.

— Oui et non. Son empathie pour ses patients est extraordinaire, mais vous savez combien il est difficile de se remettre complètement d'un traumatisme crânien.

— Gil a parlé de ses doigts…, hasarda Clemmie, curieuse.

— Je pense plutôt aux effets psychologiques. Gil ne s'en cache pas, tout le monde ici est au courant. Il souffre d'amnésie rétrograde.

Quoi ? Clemmie se figea. En général, l'amnésie rétrograde couvrait une période de temps juste avant un traumatisme.

— L'amnésie rétrograde m'intéresse particulièrement, je l'ai observée chez certains de mes patients, dit-elle.

Elle ne précisa pas que ce qui l'intéressait vraiment dans ce cas, c'était de découvrir si l'amnésie rétrograde de Gil couvrait les deux semaines du congrès auquel ils avaient assisté ensemble.

— Oui, c'est un phénomène captivant. Vous devriez interroger Gil là-dessus. Il dit toujours que ça a presque été le plus difficile à accepter. Je le laisserai vous raconter nos petites bagarres à ce sujet, dit Anya en souriant.

— Vous étiez sa thérapeute ?

Cela n'avait pas dû être facile. Le Gil qu'elle avait connu n'était pas très doué pour attendre son tour et respecter les limites. Il l'avait emmenée bien au-delà de ses limites à *elle*…

— Oui. Il est assez généreux pour dire qu'il a beaucoup appris de moi, mais en fait j'ai beaucoup appris de lui.

Clemmie aussi aurait bien voulu en apprendre davantage. Anya n'avait parlé que de ce dont Gil ne faisait pas mystère, et l'interroger plus avant aurait été une faute en termes de confidentialité. Elle devait savoir, cependant. Et elle devait le découvrir sans trop trahir Gil. S'il ne se souvenait pas d'elle, inutile de revenir dessus. Son stage ici signifiait beaucoup pour elle, et la dernière fois qu'elle s'était impliquée à un niveau personnel avec Gil, son travail en avait pâti. Il n'était pas question que cela se reproduise.

Anya consulta sa montre et se leva.

— J'ai un patient dans une demi-heure. Vous êtes déjà allée dans notre merveilleux café ? Il est splendide.

— Non, je n'en ai pas encore eu l'occasion. Cet hôpital a l'air réellement très bien conçu.

— En effet. Le rôle de l'environnement dans la guérison

me passionne. C'est un point sur lequel Gil et moi avons inlassablement discuté. Venez, je vous offre un café.

Sachant Clemmie dans le bâtiment principal avec Anya, Gil avait pu respirer un peu. Il avait même trouvé sa routine habituelle étonnamment reposante.

Et puis, alors qu'il pensait venue l'heure à laquelle elle quittait le service, et donc qu'il ne la reverrait pas avant le lendemain, elle entra dans son bureau. Apportant tout le déchirement et le plaisir tourmenté qu'engendrait toujours le fait d'être dans la même pièce qu'elle.

— Salut. Désolée de ne pas avoir été dans les parages. Anya m'a présentée à l'un des autres thérapeutes. Ils ont tous les deux été très serviables.

— Ne vous excusez pas. C'est pour ça que vous êtes là. Je n'attends pas que vous me suiviez partout tout le temps.

Elle hocha la tête, manifestement hésitante.

— Je… Hum… Anya a mentionné quelque chose sur lequel j'aimerais vous interroger. À un moment ou à un autre…

— Pourquoi pas maintenant ? Asseyez-vous.

Elle prit son temps pour accrocher son sac au dossier de la chaise, puis y ranger le bloc-notes qu'elle avait à la main. Cette conversation ne nécessitait ni papier ni crayon, mais paraissait lente à démarrer.

— Anya a mentionné que vous souffriez d'amnésie rétrograde.

Un nœud se serra soudain dans l'estomac de Gil.

— Oui, c'est exact.

— C'est un sujet qui m'intéresse. Je me demandais si je pouvais en savoir un peu plus sur ce qui vous est arrivé.

Elle avait le bout des oreilles tout rouge. Cela paraissait avoir une certaine importance pour elle.

— Bien sûr.

Il se cala dans son siège et rassembla ses pensées. Il ne s'attendait pas à cette discussion, et préférait dans ce genre de situation être préparé, mais autant voir où cela mènerait.

— J'ai subi une commotion en jouant au rugby. Je ne me souviens pas de ce qui s'est passé, mais j'ai apparemment percuté un autre joueur, puis je me suis relevé et j'ai continué à jouer. J'ai quitté le club après le match et, quatre heures plus tard, Sam Gordon m'a trouvé assis aux urgences, ici à Barney. Je ne m'étais pas enregistré et personne ne savait que j'étais là, jusqu'à ce que Sam tombe sur moi.

Clemmie lui jeta un regard horrifié et Gil se sentit rougir.

— Admettre que j'avais besoin d'aide n'était pas mon point fort et j'étais probablement en pilotage automatique à ce moment-là. J'imagine que j'avais l'air assez sinistre ; comme Sam est neurochirurgienne, elle connaissait bien les symptômes. J'ai eu de la chance qu'elle ait été appelée pour un patient et me découvre là. On m'a dit que, sur le moment, je n'ai pas exprimé beaucoup de gratitude et que j'ai protesté avec virulence quand elle a essayé de m'examiner.

— Elle vous a probablement sauvé la vie.

— C'est certain. Après cela, elle s'est particulièrement intéressée à mon cas, et c'est ainsi qu'on est devenus amis.

— Et vous ne vous souvenez de rien.

Elle semblait se focaliser sur ce dont il se souvenait et ne se souvenait pas.

— La première chose que je me rappelle est de m'être réveillé en neurochirurgie, deux semaines plus tard. J'étais très désorienté, je savais à peine qui j'étais. J'ai retrouvé la plupart de mes souvenirs assez rapidement, mais il y a un vide complet qui commence deux semaines avant mon hémorragie et court sur les deux semaines suivantes.

— Et vous n'avez aucun souvenir de ce que vous avez fait durant tout ce temps ?

— Rien. On m'a raconté les circonstances de ma commotion et ce qui s'est passé après, mais personne ne peut me parler des deux semaines qui ont précédé.

— Pourquoi ?

— J'étais à un congrès, à Manchester. Loin de chez moi, et aucun de mes amis n'a pu me dire quoi que ce soit à ce propos.

— Vous avez une théorie ? Sur la raison pour laquelle vous auriez pu oublier ces deux semaines ?

Elle lui jeta un bref regard. Mais ce seul regard en disait long. Il y avait un motif derrière ses questions.

— Le stress est souvent considéré comme un facteur favorisant l'amnésie rétrograde. J'avais un travail très stressant et je le gérais en évitant de trop y penser.

Clemmie hochait lentement la tête, et ne donnait rien en retour. Il ne pouvait pas continuer ainsi, et cela n'augurait rien de bon pour leur relation de travail. Savoir qu'elle devait se souvenir de lui mais le taisait délibérément n'était pas une base à la confiance nécessaire pour s'occuper des patients. Il attendit qu'elle dise quelque chose. Puis il prit son portefeuille dans le tiroir de son bureau.

— Donc je ne me souviens pas du congrès auquel j'ai assisté. Mais environ un mois plus tard, j'ai trouvé cette photo dans mon portefeuille.

Il posa le cliché sur son bureau et Clemmie se pencha pour l'examiner. Il avait attendu sept ans de découvrir ce que cette photo signifiait, mais cet instant lui semblait bien plus angoissant que tout le reste. Lorsqu'elle leva enfin les yeux vers lui, ils brillaient, comme si elle refoulait des larmes.

— Je pensais t'avoir reconnu. Je n'étais pas sûre.

— Je suis un peu différent maintenant. S'il y a quelque chose dont je dois m'excuser, Clemmie…

— Non, dit-elle, secouant rapidement la tête. Rien.

— Je ne savais pas si je devais en parler ou pas. Je ne me rappelle rien de cette période-là, et… Tu aurais pu me trouver atrocement casse-pieds, fit-il.

Les yeux de Clemmie s'adoucirent soudain.

— Non. Non, je n'ai jamais pensé ça. On était amis.

Passer de penser qu'elle le reconnaissait au fait qu'ils avaient été amis constituait un sacré bond. Le regret de ce qui avait été perdu en fut presque ravivé.

— Cool. Je suis désolé qu'on n'ait pas gardé le contact.

Il en serait resté là, mais Clemmie se livra alors. Elle prit la photo, la retourna et jeta un coup d'œil au dos avant de la reposer sur le bureau. Elle savait ce qui y était écrit…

— Je t'ai appelé, avoua-t-elle, comme à contrecœur. Je sais maintenant pourquoi je n'ai pas eu de réponse.

Et d'un coup, cela fit tilt. Rencontrer quelqu'un, devenir amis ou peut-être plus. Puis ignorer ses appels. Elle avait dû croire qu'il l'avait volontairement fuie.

Et… Quand il y pensait, c'était exactement ce qu'il avait fait. Des semaines avaient passé avant qu'il demande à une infirmière de l'aider à récupérer son téléphone dans le tiroir et à le charger, puis il avait maladroitement supprimé les appels et messages manqués, les regardant à peine. Ceux qui étaient au courant de son hémorragie cérébrale n'attendaient pas de réponse et ceux qui ne l'étaient pas… Il ne pouvait se résoudre à leur expliquer que l'homme qui les rappelait n'était pas celui dont ils voulaient des nouvelles.

Si seulement il avait su que viendrait le temps où il pourrait à nouveau se reconnaître. Si seulement il avait gardé la liste des appels et y avait cherché le numéro au dos de la photo. Il aurait pu appeler Clemmie plus tôt, et lui parler.

— Je suis vraiment navré, Clemmie.

C'était tout ce qu'il trouvait à dire.

— Pour quoi ?

Pour la façon dont elle pétrissait ses mains aux jointures blanches sur ses genoux. Pour son expression crispée. Pour tout ce qu'il avait peut-être fait, mais dont il ne se souvenait pas.

— Je ne sais pas.

— Tu n'as pas à t'excuser, Gil.

Il n'en était pas si sûr. Mais que ce soit à tort ou à raison, elle semblait déterminée à ne rien raconter. Puisque le destin semblait dressé contre eux, cette conversation n'avait sans doute pas été une bonne idée.

— Je vais te libérer. Tu dois avoir un train à prendre.

Elle regarda sa montre, et acquiesça.

— Oui, j'attraperai celui de 17 h 40 si je me dépêche. On pourrait peut-être en discuter un peu plus une autre fois.

Elle essayait de faire comme si tout allait bien. Il pouvait le comprendre, il faisait pareil. Mieux valait en rester là et voir comment ils se sentaient tous les deux le lendemain matin.

Ils se souhaitèrent une bonne soirée, et Clemmie se leva d'un bond pour sortir presque en courant de son bureau.

Il se frotta le visage. Cela faisait longtemps que le monde n'avait pas été aussi incontrôlable, des pensées confuses dansaient dans sa tête comme des étrangers à une fête dans laquelle il se serait égaré par erreur.

Il espérait avoir crevé l'abcès avec Clemmie. Le temps le dirait. Mais il était certain qu'il y avait quelque chose qu'elle ne lui disait pas. Quelque chose qui l'avait blessée, et qu'elle n'avait pas été capable de mettre de côté et oublier.

Quelque chose dont elle se souvenait, et pas lui.

6.

Cela deviendrait plus facile, se répétait Clemmie chaque matin en s'extirpant du lit, et chaque soir en rentrant, avant de se faire couler un bain dans l'espoir que l'eau fumante et parfumée ferait disparaître la douleur.

Et cela devenait plus facile. S'assurer que ses problèmes personnels n'interfèrent pas avec son travail signifiait éviter Gil autant que possible. Ce n'était pas compliqué. Il avait dressé une liste de personnes avec lesquelles elle devait passer du temps pendant la première semaine de son séjour. Des kinés, des psychologues, l'infirmière en chef et l'équipe de l'administration. Les deux heures aux côtés de Maggie pour apprendre comment elle jonglait avec les appels, les fiches d'inscription et les personnes qui avaient toutes sortes de questions, furent une révélation. Clemmie avait aussi, tôt le matin, passé un moment à écouter une des femmes de ménage, intarissable sur les aspects cocasses de son travail. Clemmie pensait savoir comment s'emboîtaient tous les rouages d'une journée à l'hôpital, mais ce n'était pas du tout le cas.

Elle prenait aussi le temps de s'asseoir pour discuter avec les patients, et apprenait tout autant d'eux que du personnel. Le courage de Jeannie, qui mettait de côté sa peur de retomber. La vitalité de Jahira, qui surmontait ses difficultés de communication. Chacun avait quelque chose à apporter.

La communication avec Gil se réduisait à une succession de notes laissées à Maggie. Elle demanda plusieurs fois si elle ne pouvait pas lui *parler* réellement. Mais c'était un soulagement, car même le croiser dans un couloir faisait bondir son cœur et asphyxiait sa tête de souvenirs de ses caresses. Le voir s'approcher d'elle, le corps comme surligné de joie, était purement délicieux. Puis le voir s'éloigner laissait la rancœur revenir. Comment avait-il pu oublier qu'il était tombé amoureux, alors que c'était censé être une expérience qui changeait chaque fibre de votre être ?

Puis un soir, Clemmie était en train de saluer Maggie à la réception quand Gil surgit en trombe. Il lui adressa son bref sourire habituel et continua, malgré le fait que Maggie ait attrapé ses messages et les brandisse.

— Désolé, Maggie. Je dois aller voir Jahira…

Avant de pouvoir jauger la pertinence de sa démarche, Clemmie lui emboîta le pas. Si Jahira avait des problèmes, elle voulait être là pour elle.

— Qu'est-ce qui se passe, Gil ?

— C'est Jahira, répondit-il sans ralentir. Quelque chose la perturbe. Tu n'es pas censée rentrer chez toi ?

— Non, je suis censée observer et apprendre. Et même aider, si ce n'est pas trop demander.

Il lui jeta un regard interrogateur. Elle aurait pu omettre cette dernière remarque ; qu'elle n'ait pas échangé plus de deux mots à la fois avec Gil au cours des derniers jours était autant sa responsabilité à elle que la sienne.

— Bien sûr que non. Je crois t'avoir donné accès à tout ce qu'on fait ici.

— C'est juste.

Il était peut-être temps de lâcher un peu de lest et de lui montrer qu'elle savait travailler en équipe. En approchant de la chambre de Jahira, ils perçurent des éclats de voix.

Jahira était assise sur la chaise à côté de son lit, le visage baigné de larmes. Une infirmière tentait de la calmer mais la jeune fille semblait inconsolable. Elle leva le bras, et frappa la tablette roulante de toutes ses forces.

Gil se précipita, attrapa un oreiller et le posa sur la tablette avant que Jahira puisse cogner son bras une seconde fois.

— Si tu veux te défouler, tu peux cogner bien plus fort que ça sans te faire mal.

Jahira le foudroya d'abord du regard, puis parut un peu s'apaiser face au ton détendu de Gil.

— Ça fait même pas si mal que ça.

— Hum. Sauf quand tu ne le cognes pas, hein ?

— Oui. C'est là que ça me lance et que ça me pique comme des aiguilles.

— Je peux t'expliquer pourquoi, si ça t'intéresse.

— Non, pas vraiment, répondit Jahira en secouant la tête.

L'atmosphère dans la pièce était comme pacifiée désormais. L'infirmière s'était éclipsée et Clemmie s'était assise dans un coin. Gil voulait peut-être qu'elle se tienne à l'écart mais elle était déterminée à rester. Gil prit la deuxième chaise.

— Alors, qu'est-ce qui se passe ?

— Tout est… différent. *Je* suis différente.

— Différente comment ?

Silence. Il essaya encore.

— Tu sais, c'est facile de se sentir différent quand on ne peut plus compter sur ses bras et ses jambes pour faire les mêmes choses qu'avant. Je ne suis pas sûr que ça fasse de toi une personne différente, pourtant.

— Vous ne comprenez pas…

Une larme coula sur la joue de Jahira.

— Alors explique-moi. Tu as raison, je ne comprends pas tout, mais je vais t'écouter.

— Sarah est venue cet après-midi. Vous savez que c'est ma petite amie ?

— Oui, ta maman me l'a dit. Tu étais contente de la voir ?

— J'ai détesté quand elle est venue à l'hôpital. Je voulais pas qu'elle me voie comme ça, mais… ici c'est pas si mal.

— C'est bien que vous passiez du temps ensemble. Sarah est toujours la bienvenue ici, et elle peut apporter une boisson ou des sandwichs achetés au café. Passer prendre une pomme dans mon bureau.

Encore des pommes. Clemmie fut tentée de lever les yeux au ciel, mais cela fit sourire Jahira.

— Vous avez combien de pommes ?

— Beaucoup trop à cette époque de l'année. Je suis toujours à la recherche de quelqu'un pour m'en débarrasser.

Jahira poussa un soupir.

— Je sais même pas si Sarah va revenir. On s'est serrées dans les bras et embrassées et… elle a dit que j'étais différente. Pas comme avant…

— On a parlé de se *sentir* différent, rappela Gil.

— Oui, mais… Je pensais pas que *ça* serait différent. Pour vous aussi, c'était différent ?

— Je n'étais pas en couple quand j'ai eu mon hémorragie cérébrale, répondit Gil avec une petite moue de regret.

Clemmie l'était. Avec lui. Il avait fallu du temps pour qu'elle accepte que Gil ait disparu. Mais les complications de son cas à lui ne réconforteraient pas une Jahira de dix-sept ans.

— Gil n'est peut-être pas la personne à qui tu dois demander, fit-elle presque sans réfléchir.

Il se tourna vers elle. D'après son expression, il était reconnaissant de l'intervention, et elle se rappela qu'elle faisait cela pour Jahira, pas pour lui.

— J'imagine, répondit Jahira en haussant les épaules. Vous allez me dire de parler à Sarah, pas vrai ?

— Parler de ce que tu ressens est toujours une bonne idée, si tu t'en sens capable. Parfois, c'est difficile.

— Je sais même pas quoi lui dire. Je l'aime, et… – les yeux de Jahira se remplirent de larmes – elle m'a demandé si elle me plaisait toujours. Supposons que je ne…

— Et si on discutait un peu de tout ça ? dit Clemmie.

Gil se leva et lui fit signe de prendre son siège.

— Je vais vous laisser toutes les deux.

Clemmie lui fit un sourire qui n'était pas destiné uniquement à Jahira. Il faisait preuve d'une marque de confiance qu'elle n'avait pas fait grand-chose pour mériter.

— Merci.

Ces derniers jours, Gil marchait sur des œufs. Il avait reconnu la nécessité de laisser un peu d'espace à Clemmie, et peut-être d'en prendre un peu lui-même, mais il se languissait d'elle.

De plus, il était conscient que leurs besoins personnels de distance commençaient à interférer avec son objectif professionnel, offrir à Clemmie une compréhension complète du fonctionnement de l'unité. La veille, elle avait manqué la réunion du personnel, qui faisait partie intégrante de la communication interne du service. Elle aurait vraiment dû venir à cette réunion.

Il attendit presque une heure à l'extérieur de la chambre de Jahira, réussissant à feindre de faire quelque chose. C'était aux antipodes de son métier de médecin urgentiste, dont le but principal était de s'occuper de tout le monde aussi vite que possible.

Il entendait des rires derrière la porte close et devinait qu'il s'y déroulait une « discussion de filles ». Aucune importance. Si ça marchait, tant mieux.

Et apparemment, ce fut le cas. Clemmie quitta la pièce avec un grand sourire, qui s'évanouit un peu quand elle le vit.

— Jahira va bien ? demanda-t-il.

Voilà ce qu'il avait *réellement* besoin de savoir.

— Oui. C'est déjà assez difficile de comprendre qui on est à dix-sept ans sans avoir en plus à gérer une lésion cérébrale. On en a discuté, et j'ai convaincu Jahira que sa condition avait beau avoir changé, elle est toujours la même personne, avec les mêmes envies et les mêmes besoins.

Et les mêmes désirs. Lui avait l'impression que son désir pour Clemmie, né sept ans plus tôt, était resté en sommeil, attendant le moment où il poserait à nouveau les yeux sur elle pour resurgir plus puissant encore dans sa vie.

— Et Sarah ?

— D'après Jahira, Sarah voudrait que les choses redeviennent comme avant, elle a juste du mal à l'exprimer. J'ai promis que je leur parlerais à toutes les deux lors de la prochaine visite de Sarah.

Tout cela paraissait positif. Clemmie le fixait, il devait dire quelque chose.

— Merci. Je suis heureux que tu aies pu prendre le temps de lui parler.

— Normal. C'est une chouette gamine.

Et Clemmie était une femme bien. Lui aussi faisait de son mieux pour être un homme bien, et cette situation ne pouvait plus durer. Le conseil de Clemmie à Jahira était parfait.

— Je crois que *nous* aussi, il faut qu'on parle.

— Ce serait bien. Dans ton bureau ?

Gil referma la porte. Il supposait qu'il s'agissait d'une discussion professionnelle, même s'il soupçonnait fort que ce qui embêtait Clemmie n'avait pas grand-chose à voir avec leur travail.

— J'ai… hum… l'impression que travailler avec moi te pose problème, dit-il d'entrée de jeu. Si c'est à cause de notre conversation de l'autre jour…

Les yeux de Clemmie s'assombrirent. Il y avait quelque chose dans son passé oublié, et il voulait qu'elle le dise.

— Si j'ai fait quelque chose de mal, j'ai besoin que tu m'en parles parce que je ne m'en souviens pas.

— Non, il n'y a rien. On était de simples connaissances.

À présent, il en était sûr. D'abord, c'était une rencontre à moitié oubliée. Puis une amitié. Maintenant, on revenait à une vague relation, mais chaque fibre de son corps lui disait que c'était davantage. Si son esprit conscient ne pouvait pas se rappeler, peut-être son instinct le pouvait-il.

— Il y a quelque chose, Clemmie. Je le sens. On laisse nos sentiments personnels entraver notre travail, et c'est inacceptable. C'est ma faute, mais tu n'aides pas – tu n'es même pas venue à la réunion du personnel hier.

— J'étais…, fit-elle en rougissant. Peu importe ce que je faisais, en réalité. Tu as raison, je sais que la réunion du personnel est importante et j'aurais dû venir.

— Ce n'est pas grave. Je te ferai parvenir le compte rendu.

— Merci. Bon, ce n'est pas le vrai problème, hein ?

— En effet, dit-il, et il attendit.

La pièce parut soudain très calme. Loin de l'agitation d'un hôpital. Il imaginait entendre le chant des oiseaux, flottant par la porte ouverte sur le jardin. C'était agréable. Même le silence de Clemmie semblait nourrir son âme.

— Très bien. On s'est rencontrés au congrès et on a beaucoup parlé. On est devenus amis et… il y avait une vraie complicité. Tu semblais comprendre ce que je disais.

Il sentit une boule se former dans sa gorge. Il comprenait aussi ce qu'elle disait maintenant ; tout lui paraissait logique.

— Une rencontre des esprits ?

— Oui. J'avais vraiment espéré qu'on pourrait continuer, et quand tu n'as répondu à aucun de mes appels ou messages, j'ai cru que tu m'avais larguée. Je pensais mériter un peu plus que ça et j'étais très en colère contre toi.

Il s'était fait à l'idée de ne pas se souvenir, mais tout à coup, c'était une perte terrible. Il choisit ses mots avec soin.

— Tu méritais plus.

— Je sais maintenant pourquoi tu n'as pas décroché le téléphone et je suis désolée d'avoir été en colère.

— Ce n'est pas grave. Tu es arrivée à la conclusion évidente. J'ai dit que je t'appellerais ?

Puisqu'elle se montrait honnête, il pouvait s'y risquer également.

— Oui. Apparemment, tu ne le pouvais pas…

Elle rougit un peu. Elle *avait* été en colère contre lui.

Il prit une profonde inspiration. L'aveu s'avérait difficile.

— J'ai effacé tous les appels manqués de mon téléphone, sans les regarder. J'avais ton numéro au dos de la photo, mais je ne savais pas qui tu étais et j'ai mis du temps à trouver le courage de t'appeler.

— Pourquoi ?

Il faillit répondre qu'il l'ignorait, mais l'ardeur dans les yeux de Clemmie l'arrêta. C'était peut-être son unique chance de lui dire ce qu'il avait ressenti, et c'était visiblement important pour elle.

— Je voulais t'appeler. Mais je n'avais rien à t'offrir, ni à personne d'autre qui m'avait contacté. Je n'étais plus le même homme que celui de la photo.

Elle lui lança un regard de doux reproche.

— Tu as ressenti ce que Jahira ressent maintenant ?

— Oui. Un peu, en fait. Je me demandais parfois si je serais capable de redevenir celui que j'étais avant l'hémorragie cérébrale. Je me considérais juste comme le gars avec des troubles de l'élocution et une main inutile, qui tombait souvent et oubliait le nom de tout le monde. J'ai eu ma part de moments d'apitoiement sur moi-même.

— C'est humain, dit-elle d'un ton indulgent. J'aurais compris.

— Je sais que tu aurais compris. C'est moi qui n'ai pas compris, et j'en suis désolé.

— Excuses acceptées. Je suis désolée d'avoir été en colère contre toi et d'avoir laissé cela obscurcir ma pensée…

Elle se tut tandis qu'il fronçait les sourcils.

— Excuses *non* acceptées. Ma mère n'était pas très portée sur les conseils, mais le seul truc qu'elle a dit à mes sœurs, c'est : « Si vous appelez quelqu'un trois fois et qu'on ne vous rappelle pas, laissez tomber. »

Le conseil portait sur le fait d'appeler un *gars* trois fois, mais suggérer que Clemmie et lui avaient été plus que des amis le mettait mal à l'aise. Même si son aveu de colère lui disait très clairement qu'elle avait été blessée.

Elle semblait pourtant avoir saisi son propos.

— C'est un bon conseil. Que tout le monde devrait suivre. Alors je peux dire que je regrette ce qui s'est passé ?

— C'est de bonne guerre. Moi aussi.

C'était étonnamment bon de parler. Un grand poids parut se détacher de ses épaules, et peut-être qu'un dernier aveu ferait aussi du bien à Clemmie.

— Je… J'ai essayé de t'appeler. Beaucoup plus tard. Ton numéro n'était plus en service.

Elle le regarda, soudain figée.

— Quand ?

— Je ne me rappelle pas très bien… Ça devait être au nouvel an. J'avais pris une résolution.

Soudain, elle secoua la tête, les joues toutes rouges.

— J'ai eu un nouveau téléphone pour Noël. Mon numéro a changé…

— Chouette cadeau.

— Hum. Pas tant que ça… L'ancien était meilleur, finalement.

Le cœur de Gil se réchauffa, elle laissait entendre qu'elle aurait gardé son vieux téléphone si elle avait su qu'il appellerait. Qu'elle aurait été là pour lui, bien qu'il l'ait blessée et ait mis plus de trois mois à trouver le courage de l'appeler. Il semblait inconcevable qu'ils aient pu être simplement amis, mais il n'avait rien de concret sur quoi s'appuyer pour suggérer le contraire. Simplement un sentiment, après avoir fixé la photo tant de fois.

La voix de Clemmie l'arracha à ses pensées.

— C'est bon ? Je ferais bien d'aller prendre mon train.

— Oui. C'est bon.

Du moins l'espérait-il. Ils se souhaitèrent une bonne soirée et il la laissa partir. Clemmie avait probablement autant de mal que lui à assimiler toutes ces nouvelles informations. Mais il gardait le sentiment tenace qu'il ne savait pas encore tout. Peut-être qu'il ne le saurait jamais. Il aspirait seulement à ce que Clemmie ne le voie pas comme un ennemi.

On frappa à la porte et il sursauta. Clemmie se tenait dans l'embrasure, une pêche à la main.

— Je n'ai pas mangé ça à midi. Je te l'échange contre une pomme ?

Tout à coup, le monde parut plus heureux. Le sourire éclatant de Clemmie était tout ce dont il avait besoin pour raviver sa conviction que rien n'était impossible. Il lui sourit.

— Ne le dis à personne, mais je commence à en avoir marre des pommes.

7.

Maudit téléphone ! Harry le lui avait offert à Noël, un nouveau smartphone haut de gamme. Clemmie avait été touchée par le geste ; il savait qu'elle pensait s'acheter un modèle qui fasse un peu plus que juste téléphoner, et celui-ci était vraiment très beau. Il avait ajouté que l'abonnement était payé pour deux ans…

Clemmie frémit à cette pensée. Elle avait beaucoup utilisé ce téléphone, pour parler à ses amis et leur envoyer des SMS. Au bout de deux ans, elle avait voulu le conserver et avait décidé de renouveler le contrat. Harry était parti pour le week-end, et elle savait qu'il n'aimait pas être dérangé, aussi s'était-elle rendue sur le site Internet pour obtenir un nouveau mot de passe d'accès à la ligne.

C'était là qu'elle s'en était rendu compte. Des numéros avaient été bloqués. Des SMS envoyés. Les amis qui avaient semblé s'évaporer après ses fiançailles avec Harry l'avaient appelée et elle ne l'avait jamais su. Et Harry avait été en mesure de voir qui elle avait contacté et quand.

Ce téléphone avait été son pire ennemi et voilà qu'il était son meilleur ami car il lui montrait la vérité sur Harry. Clemmie avait fouillé la maison et trouvé une liste de tous ses noms d'utilisateurs et mots de passe Internet, cachée au fond de son armoire. Le contrôle subtil qu'il exerçait sur elle était subitement devenu clair. La façon dont il banalisait ses sentiments et la faisait douter de son propre jugement et de ses souvenirs. La façon dont être avec lui quand il était d'humeur changeante était comme marcher sur des œufs. Ce n'étaient pas seulement les symptômes d'un mariage qui aurait pu être meilleur si elle avait fait un peu plus d'efforts, ils constituaient une violation délibérée et systématique.

Clemmie avait passé l'après-midi à changer tous ses mots de passe. Puis elle avait fait ses valises et était partie le lendemain matin, s'arrêtant au Tower Bridge. En poussant ses valises jusqu'au centre du pont et en attendant qu'il n'y ait plus de bateaux dessous, elle avait eu l'impression de participer à une cérémonie privée qui avait trop tardé. Elle avait balancé le téléphone par-dessus le parapet, et, en le lâchant, avait dit adieu à Harry pour de bon.

Et à présent, Gil lui avait dit qu'il avait essayé de la contacter. Son appel aurait pu tout changer, son passé et son avenir. Peut-être était-ce encore possible.

En arrivant à l'hôpital le lendemain matin, Clemmie ne savait pas à quoi s'attendre. Elle était restée éveillée une bonne partie de la nuit, puis elle avait rêvé de Gil. La conversation de la veille lui avait donné l'impression qu'il était possible d'avancer avec lui, malgré toutes ses craintes et ses doutes, mais cela pouvait évoluer.

Cependant Gil avait manifestement abandonné toutes ses incertitudes au profit de l'action. Quand elle se présenta à son bureau, il triait des documents en piles et les agrafait.

— C'est l'heure de l'examen budgétaire, annonça-t-il sans même un banal *bonjour*.

— Je vois que tu es occupé. Tu veux que je te laisse ?

Peut-être voulait-il s'assurer qu'ils ne passent pas trop de temps ensemble.

— Non, au contraire, j'espère que tu vas m'aider.

Il rassembla les liasses agrafées et les déposa de l'autre côté de son bureau, face à la chaise du visiteur.

— Mais je n'ai aucune expérience des budgets.

— Exactement. C'est pourquoi tu dois apprendre. Tu veux peut-être un café avant de t'installer.

— Je pense que oui. Tu en veux un aussi ?

Il était manifestement là depuis un bon moment et la tasse sur son bureau était vide.

— Merci, ce serait super.

Comme il retournait à son travail de tri et d'agrafage, elle prit sa tasse et se dirigea vers le distributeur de boissons.

Elle s'était toujours figuré que les budgets étaient d'un ennui mortel. Mais le sourire de Gil, ses yeux brillants, ajoutaient un indéniable magnétisme aux chiffres. Et ses budgets portaient, plutôt que sur ce qui n'était *pas* possible, sur tout ce qui pouvait être fait si on sortait des sentiers battus. Les coûts de personnel et d'équipement étaient assez standard, mais les innovations étaient un univers à part, teinté par le charme ingénieux de Gil. Elle parcourut la liste des activités offertes par le service.

— Vous faites tout ça… avec *ça* ?

Le chiffre en bas de la liste semblait très bas.

— C'est l'essence d'un bon budget. Faire en sorte qu'il soit extensible. Par exemple, la bibliothèque. Ce montant ne concerne que les étagères.

— Alors d'où viennent tous ces livres ?

— Il y a une caisse où les patients déposent les livres qu'ils ont déjà lus et ne veulent pas garder, et on peut persuader de nombreux visiteurs d'en apporter de chez eux. L'avantage d'être une unité de séjour relativement long, c'est qu'on apprend à connaître les patients et leurs familles ; ils sont souvent désireux d'aider.

Son sourire fit presque fondre Clemmie. L'incarnation du sexe. Cela rendait les colonnes de chiffres bien plus fascinantes. Mais le travail passait avant tout, elle se tiendrait à cette résolution. Elle se concentra sur le budget.

— D'accord. Donc l'idée est de tirer le maximum du minimum. Comment assurez-vous la thérapie de jardinage avec si peu ? J'aurais pensé que le jardin serait très coûteux à entretenir.

— On compte sur un peu d'aide des jardiniers de l'hôpital, mais on a aussi une équipe de bénévoles qui vient donner un coup de main une fois par mois. Ce sont eux qui font le gros du travail. Les serres étaient gratuites, même si on a dû dépenser un peu d'argent pour le revêtement du sol et autres éléments de sécurité.

— Où as-tu trouvé des serres gratuites ? Elles sont belles.

— Ce sont des modèles d'exposition qui nous ont été donnés par une jardinerie locale. On les a démontées, apportées ici, on a mis un panneau disant qui les avait données et tout le monde était content.

— Quelqu'un a téléphoné ici pour offrir des serres ?

— Euh… non. J'ai passé deux jours à rouler dans le coin pour trouver quelqu'un qui veuille bien nous aider.

Elle s'autorisa un sourire. Elle se doutait bien que les serres n'étaient pas tombées du ciel, mais comment résister au charme de Gil ? Son enthousiasme évident pour étirer un budget minuscule bien au-delà de ce qu'elle aurait pu imaginer faisait déjà battre son pouls un peu plus vite.

— Alors, qu'est-ce que tu en penses ? Si tu veux, on peut travailler là-dessus ensemble, ça te donnera un bon aperçu de ce qu'il faut faire et comment ça fonctionne.

— Parfait. Ça m'aidera pour l'avenir.

Gil semblait satisfait. Il tourna l'écran de son ordinateur vers elle puis vint s'asseoir à côté d'elle. Lorsqu'elle se pencha sur l'écran, un soupçon de l'odeur de Gil lui parvint. Savon et sexe allaient vraiment bien ensemble…

— Bon. Qu'est-ce que je regarde ?

Gil aimait penser que, lorsqu'il s'attelait à un problème, il trouvait généralement un moyen de le résoudre. C'était aussi l'approche de Clemmie, elle cherchait toujours des façons de dire oui au lieu de raisons de dire non, et cela faisait d'eux une excellente équipe. Travailler ensemble se révélait plus agréable qu'il ne l'aurait cru, mais cela n'avait rien de surprenant, en fait. Clemmie lui avait dit qu'ils s'étaient compris dès leur première rencontre, et cela n'avait pas changé. Pourquoi aurait-ce été autrement ? La chimie, c'était la chimie, dont le principe était de mettre deux éléments en présence, lesquels réagissaient toujours de la même façon.

À partir de maintenant, Clemmie allait avoir le meilleur de

lui. Il lui donnerait tous les éclairages qu'il pourrait sur le fonctionnement de l'unité, lui proposerait la moindre expérience qui pourrait l'aider à faire avancer sa propre carrière. Il lui devait bien ça, après l'avoir laissée tomber ainsi sept ans plus tôt.

Et ça marchait. Clemmie avait relevé le défi avec un tel enthousiasme qu'il risquait d'être dépassé. Il n'était pas sûr qu'elle lui ait pardonné, et doutait qu'elle ait oublié, mais à en croire son sourire, elle faisait autant d'efforts que lui pour accepter la façon dont il l'avait blessée, et aller de l'avant.

Deux jours plus tard, elle entra dans son bureau d'un pas alerte, même si elle avait dû se lever très tôt pour arriver à cette heure. Les tenues sombres qu'elle portait jusqu'à présent au travail semblaient appartenir au passé. La veille, elle avait un haut de couleur vive, et ce matin, elle était en robe, ses cheveux ramassés sur le côté et ondulant sur son épaule gauche. L'asymétrie lui allait vraiment bien.

— J'ai additionné tous ces chiffres de trois manières différentes hier soir, et ils ne s'équilibrent toujours pas.

Elle posa la feuille de calcul sur son bureau et il détourna le regard des plis souples du tissu qui recouvrait le haut de ses bras pour se concentrer sur les marques au crayon à côté de chaque total.

— Bonjour.

— Oui, aussi, répondit-elle en souriant.

Il aimait que quelques mots entre eux suffisent à mettre la journée sur la bonne voie. Quelques mots et un sourire.

— Tu n'as pas ajouté la provision pour les imprévus.

— Ah ! Oui, bien sûr, je l'ai aussi oubliée la dernière fois. Il faut toujours s'attendre à l'inattendu, hein ?

C'était une des blagues de Clemmie, et qu'elle trouve enfin de l'humour dans leur situation s'avérait réconfortant.

— Parfois, l'inattendu n'est pas si mal.

Elle prit une pomme dans le sac sur son bureau et mordit dedans. Ces petits signes d'amitié commençaient à compter beaucoup pour lui. Parce que Clemmie comptait beaucoup pour lui. Elle était la réalité derrière la photo, une femme vivante, imprévisible et fascinante. Chaque jour, elle lui en demandait davantage, attendant qu'il se pardonne son attitude passée et qu'il mette ses doutes de côté. C'était une vraie remise en cause, mais son sourire lui donnait la force de réaliser l'impossible.

Ils travaillèrent deux heures, puis elle déclara :

— Tout colle, maintenant. On arrête là ?

— Oui, c'est l'heure de ma tournée du matin. Tu as un rendez-vous, ou tu m'accompagnes ?

— Je viens, si tu es d'accord.

Il acquiesça, rassembla les documents sur lesquels ils avaient travaillé et ferma son ordinateur.

— On a bien avancé. Tu ne voudrais pas revenir m'aider à faire les comptes l'année prochaine, par hasard ?

— Peut-être, répondit-elle en riant. Mais seulement si tu me soudoies avec des pommes.

— D'accord. J'élaguerai les arbres de manière à avoir une très grosse récolte l'année prochaine. Et je rajouterai des fraises pour faire bonne mesure.

— Tu sais que je ne peux pas dire non aux fraises.

Non, il ne savait rien de tel. Mais cela n'avait en fait subitement plus beaucoup d'importance. Si elle était désormais assez à l'aise pour évoquer des souvenirs qu'il n'avait pas, sans même se rendre compte qu'elle le faisait, c'était sûrement de bon augure.

Il se leva, étirant les muscles noués de ses épaules.

— On y va ?

Les tournées de Gil consistaient généralement à vérifier les résultats des évaluations et des bilans effectués, à lire les rapports de thérapie et les fiches de médicaments, et surtout à voir les patients. Clemmie savait qu'il y avait beaucoup à gagner d'une conversation de cinq minutes avec quelqu'un, et Gil était l'un de ces médecins qui observaient attentivement et remarquaient tout. C'était un aspect de sa personnalité qu'elle avait aimé, et qu'elle redécouvrait à présent.

Il referma la porte de Jeannie derrière eux.

— Voilà. Je suis heureux de voir que la confiance de Jeannie grandit, après sa chute. Bravo pour ça.

— Merci, dit Clemmie.

Il semblait toujours remarquer ses succès à elle aussi, et c'était gratifiant. Mais elle ne devrait pas s'emballer, c'était juste un truc qu'il faisait avec tout le monde, même si cela lui donnait le sentiment d'être importante.

— J'ai dit à Kami que j'allais passer à sa séance de kiné avec Dave Newman. Il a des crampes à la jambe qui inquiètent un peu Kami.

La liste des personnes qu'il devait voir et des choses qu'il devait faire était sans fin, et bien qu'il ne semblât jamais pressé, ses journées de travail étaient extrêmement remplies.

Son téléphone sonna, sans doute quelqu'un d'autre qui le réclamait. Mais son visage s'assombrit aussitôt.

— On a besoin de nous. À la réception.

Ils s'y précipitèrent tous deux. Maggie était agenouillée auprès d'un vieil homme assis dans un des fauteuils, et Clemmie reconnut Joe, le mari de Jeannie. Il venait voir sa femme tous les jours, et tout le monde l'appréciait.

— Je n'arrive pas à le stimuler, Gil. Il a une mine affreuse.

— Merci, Maggie, on va l'examiner.

Gil se pencha sur Joe et Maggie recula.

— Oh ! mon Dieu. J'espère qu'il va bien. Il a dit qu'il voulait juste s'asseoir une minute avant d'aller voir Jeannie. Qu'est-ce que je peux faire ?

— Répondre au téléphone…

Le téléphone de la réception sonnait avec insistance, et Gil pouvait se passer de ce bruit. Maggie se sentirait probablement mieux si elle aussi avait quelque chose à faire. Elle s'éloigna à la hâte, et Clemmie observa Joe.

Gil avait réussi à le ranimer, et Clemmie comprit immédiatement quel était son diagnostic initial.

— Vous pouvez lever votre autre bras, Joe ?

Joe tenait son bras gauche au-dessus de sa tête, mais son bras droit restait inerte sur le côté.

— Naan.

— Bien. Pas de souci. Vous pouvez baisser le bras.

Gil se tourna vers Clemmie. Le vieil homme présentait les trois principaux symptômes d'un AVC : le côté droit de sa bouche s'affaissait vers le bas, il ne pouvait pas lever le bras droit et son élocution était brouillée. Elle hocha la tête.

— J'appelle un brancardier ?

À l'évidence, Joe avait besoin d'être emmené dans le bâtiment principal, où se trouvaient scanner et matériel adéquat.

— Non, ça ira plus vite si je l'y conduis moi-même en fauteuil roulant. Il faut quelqu'un pour garder un œil sur Jeannie. Elle doit s'attendre à la visite de son mari.

— Ne bouge pas d'ici. Je m'en occupe.

Aucun conflit ni remise en question, preuve qu'ils étaient des professionnels se faisant confiance et œuvrant ensemble pour faire le nécessaire. Comment en était-elle arrivée là avec Gil après tout ce qui s'était passé entre eux ?

Ce n'était pas le moment d'y penser, il fallait agir.

Parler à l'infirmier en chef et aller chercher un fauteuil roulant ne prit que quelques minutes, mais le temps qu'elle revienne, Joe avait repris des couleurs. Il semblait se sentir mieux car il se disputait avec Gil.

— Ce n'est pas la peine. Je dois vraiment aller voir Jeannie. Je suis déjà en retard et elle va se demander où je suis.

— On devrait d'abord vous faire examiner, Joe.

— Mais ça va mieux, maintenant, objecta ce dernier, en essayant de se lever.

— Je viens de parler à James, l'infirmier en chef, dit Clemmie en lui souriant. Il est avec Jeannie, il va lui dire que vous avez été retardé. Tout ira bien pour elle, et on veut s'assurer que pour vous aussi.

Joe secoua la tête.

— C'est juste un petit malaise… J'en ai déjà eu, ça va toujours très bien après.

L'inquiétude brilla dans les yeux de Gil. Clemmie savait ce qu'il pensait. Si Joe avait connu cela auparavant, il était probable qu'il avait subi une série de mini-attaques. Gil ne connaissait que trop bien les conséquences qu'il y avait à ignorer les signes d'alerte et continuer comme si de rien n'était. Il parla doucement mais fermement.

— On va y aller maintenant, Joe.

L'idée n'enchantait visiblement pas ce dernier, mais il acquiesça. Clemmie et Gil l'aidèrent à se lever et à s'installer dans le fauteuil roulant, puis elle le poussa vers le passage couvert qui reliait l'unité de réadaptation et le bâtiment principal tandis que Gil, devant eux, prévenait le service des urgences par téléphone.

On leur fit signe de passer la réception, et un médecin vint immédiatement voir Joe. Tout ce qu'il avait à faire était de signer quelques formulaires et obtenir un créneau immédiat pour une IRM, car Gil observait Joe attentivement, lui parlait et jaugeait toutes ses réactions.

Ils sortirent du box pendant qu'une infirmière revêtait Joe d'une blouse médicale, et le jeune médecin des urgences vint annoncer à Gil qu'un brancard allait arriver pour emmener le vieil homme à l'IRM. Il était clairement conscient de la position de Gil à l'hôpital, et s'en remettait à lui pour tout.

— Parfait. Je vais rester ici et lui expliquer ce qui lui arrive, allez vous occuper de votre prochain patient.

— Merci. On est très occupés ce matin.

Le jeune homme repartit rapidement.

— Tu veux que je reste ? demanda Clemmie. Tu peux aller parler à Jeannie et lui faire savoir ce qui se passe.

— Ça ne te dérange pas ?

— Bien sûr que non. Jeannie a confiance en toi, c'est beaucoup mieux que ce soit toi qui lui apprennes la nouvelle.

Une lueur s'alluma dans ses yeux. Encore ce mot. Deux semaines plus tôt, il aurait été inimaginable qu'elle utilise le mot *confiance* dans une phrase se rapportant à Gil, mais là, il avait franchi ses lèvres sans hésitation. Et Gil l'avait entendu, comme il entendait tout ce qu'elle disait.

— Merci.

C'était un peu succinct, mais elle savait exactement ce qu'il voulait dire, il ne la remerciait pas de rester ici avec Joe. Elle lui fit un sourire embarrassé.

— On ferait mieux d'aller parler à Joe.

Il hocha la tête. Son regard soutint le sien plus longtemps que nécessaire. La douce exaltation qui l'envahit ressemblait étrangement à ce qu'elle avait ressenti avant que toutes les erreurs ruinent le lien précieux qui les unissait. Puis il se retourna et entra dans le box. Elle le suivit, les genoux tremblant un peu sous l'effet de cette prise de conscience. Gil et elle étaient en train de réécrire le passé et de construire une nouvelle relation ensemble.

— Tout ça, c'est beaucoup d'histoires pour rien. Je me sens bien, maintenant, protesta Joe, sourcils froncés. À mon âge, il faut un peu plus de temps pour se réveiller.

— Joe, quand je vous ai vu tout à l'heure, vous étiez vraiment mal en point. Vous présentiez tous les symptômes d'un accident ischémique transitoire. On appelle ça un mini-AVC. Ça peut passer très vite, et vous vous sentez bien après. Mais on doit vous examiner et nous assurer que cela ne se reproduira pas.

— Laissez-moi ici, alors. Je vais me débrouiller…

Pour Joe, se débrouiller signifiait clairement persuader tout le monde qu'il allait bien, afin qu'on le laisse partir. Il n'y parviendrait pas, mais mieux valait qu'il consacre son énergie à quelque chose de plus constructif.

Le regard de Gil s'adoucit. Peut-être se disait-il, comme Clemmie, que ce serait chouette d'avoir quelqu'un qui se soucie autant de vous que Joe de Jeannie.

— Je comprends, Joe. On a tous vu à quel point vous vous occupez bien de Jeannie, mais il est temps de nous laisser prendre le relais un petit moment. Allongez-vous, d'accord ?

Les propos de Gil avaient du sens, mais ce fut la conviction qu'il y mettait qui persuada Joe. Il poussa un soupir.

— Je suppose que ça ne fera pas de mal de vérifier ça.

— Non, ça ne fera pas de mal. Clemmie va rester ici avec vous et je veux que vous lui disiez combien de fois cela s'est produit auparavant, et tous les autres symptômes que vous avez eus. Quant à moi, je vais retourner dans mon service et garder un œil sur Jeannie pour vous.

— Oui. Merci, docteur.

Joe tendit la main, et Gil la lui serra.

Il partit, adressant un sourire à Clemmie et lui rappelant de l'appeler dès qu'elle aurait du nouveau, probablement afin de rassurer Joe. Elle prit les fiches au bout du lit et s'assit pour l'interroger sur ses précédentes attaques.

Joe fut transporté au service IRM vingt minutes après son malaise à la réception. C'était un délai d'intervention rapide et adéquat qui avait de bonnes chances d'éviter la catastrophe d'un AVC complet. Clemmie s'autorisa un sourire. Peut-être une amitié avec Gil n'était-elle pas si dangereuse pour son travail, après tout.

8.

Quelque chose s'était produit. Peut-être la même chose que ce qui s'était passé sept ans auparavant. Clemmie semblait le comprendre d'une manière dont Gil était incapable.

Mais il lui faisait désormais confiance. Il n'avait jamais très bien accueilli l'idée de mettre son destin entre les mains de quelqu'un d'autre mais, s'il devait le faire, alors c'étaient les mains de Clemmie qu'il voulait.

Jeannie avait versé quelques larmes au sujet de Joe, mais Gil lui avait assuré qu'il ne souffrirait pas des mêmes séquelles dévastatrices qu'elle après sa propre attaque, et qu'il allait s'en sortir. Clemmie était restée auprès de Joe qui avait été transféré pour observation dans une chambre, et après le déjeuner Gil avait emmené Jeannie le voir en fauteuil roulant. Joe sourit à sa femme.

— Ben alors. C'est toi qui me rends visite, maintenant ?

— Espèce de gros bêta. Je devrais te passer un savon.

Il était évident qu'elle ne ferait rien de tel. Gil fouilla dans la pochette à l'arrière du fauteuil roulant et lui tendit les achats qu'elle avait effectués en chemin à la boutique de l'hôpital. Elle posa le sac sur ses genoux, sortit ses cadeaux un par un et les donna à Joe.

— Des raisins. Tu vas m'en éplucher un ? demanda Joe, taquin.

— Ça suffit, Joe. Je t'ai apporté les magazines de jardinage que tu aimes, ils devraient te faire tenir tranquille un moment.

Jeannie sourit tandis que Joe les feuilletait rapidement.

Clemmie se leva de son siège et jeta un regard à Gil. D'un commun accord, ils laissèrent Joe et Jeannie seuls.

— C'est gentil de t'être arrêté à la boutique.

— Jeannie n'allait pas arriver les mains vides.

L'envie soudaine de passer son bras autour des épaules de Clemmie était presque irrésistible. Simplement pour transformer la proximité du matin en réalité physique.

— Je dois aller voir Sally. C'est une de nos bénévoles, elle nous amène ses chiens une fois tous les quinze jours. Tu veux prendre un café à emporter ?

— Oui. Bonne idée.

Ils traversèrent l'atrium et se mirent dans la queue pour le café. Puis ils regagnèrent lentement l'unité, savourant le soleil d'une journée chaude et lumineuse.

— Ça te manque, le travail aux urgences ?

— Tu penses qu'il vaudrait mieux que j'y sois encore ?

Elle avait dû percevoir ce qu'il ressentait à l'époque. La montée d'adrénaline qui le faisait se sentir brusquement plus vivant.

Elle s'arrêta un instant pour siroter son café.

— Tu as fait de l'unité de réadaptation l'une des meilleures du pays. Il serait fou de suggérer que tu devrais être ailleurs. Mais tu m'as dit que tu aimais l'effervescence de la médecine d'urgence.

C'était vrai. Mais c'était le genre d'amour qui ne lui avait rien apporté de bon.

— Mon hémorragie cérébrale m'a obligé à reconsidérer beaucoup de choses. Je pensais que le stress me réussissait, en fait il a failli me tuer.

— Tu crois que le stress a un rapport avec ton hémorragie ?

— Non, probablement pas. Je ne me souviens pas de ce qui s'est passé, mais je sais que j'ai toujours joué pour gagner, alors je ne serais pas étonné d'avoir fait un placage audacieux au cours du match…

Il leva un sourcil car Clemmie éclatait de rire.

— Un placage audacieux, hein ? Tu étais connu pour ce genre d'action ?

— Je ne te l'avais pas déjà dit ? demanda-t-il, prudent.

— Non. Mais j'avais l'impression que tu avais beaucoup… d'élan.

C'était bien qu'ils puissent parler de leur première rencontre. Il y avait tant de choses qu'il voulait savoir et, à présent, ce n'était plus un sujet tabou entre eux.

— J'avais un peu trop d'élan, à l'époque. Je ne savais même pas comment m'arrêter… Je me demande souvent si le stress n'a pas contribué à ma perte de mémoire.

— Ah ? Alors tu penses qu'il s'est passé quelque chose de stressant pendant le congrès ?

C'était curieux qu'elle saute à cette conclusion alors qu'elle devait savoir comme lui que le stress ne fonctionnait pas toujours ainsi. La discussion devenait très intéressante. Il ralentit le pas pour lui donner plus de temps.

— Non. Je pense que mon mode de vie me mettait constamment sous pression. J'avais l'air stressé, au congrès ?

Elle réfléchit à la question et secoua la tête.

— Non, tu avais l'air heureux. Plutôt détendu parfois.

Il y avait quelque chose qu'elle ne lui disait pas, mais il laissa courir. Il s'agissait de ses souvenirs et elle semblait plus à l'aise en les partageant un petit morceau à la fois.

— Alors tu as dû me surprendre dans l'un des meilleurs moments de ma vie.

Cette idée parut la rendre heureuse.

— Donc ton boulot te mettait beaucoup sous pression ?

— Oui, mais la pression était déjà une habitude de vie pour moi. Je viens d'une famille de gagneurs.

— Qu'est-ce que ça veut dire ?

— Ça signifie que… mes parents travaillaient dur et avaient de bons emplois, épanouissants. Ils ont appris à leurs enfants à faire de même. À l'époque, je ne voyais que les avantages – on vivait dans une belle maison, mon père avait un bateau. Je voulais être comme eux, quelqu'un qui obtenait tout ce qu'il voulait. Mais mes parents ne nous ont pas appris à gérer les conséquences de cette attitude.

— Est-ce qu'ils le savaient seulement ?

Elle posait la question cruciale.

— Non, je ne pense pas. Mon oncle est mort d'une crise

cardiaque alors qu'il n'avait que quarante-sept ans, et maman a commencé à trop boire parce qu'elle ne pouvait pas dormir sans ça. Elle a fini par se faire aider, mais c'est resté un sujet dont on ne parlait jamais, et je ne savais pas comment gérer la faiblesse ou l'échec.

— Ils t'ont imposé des exigences trop élevées ?

— Non. Ce serait la réponse facile, mais en vérité, ils n'ont pas fait ça. Ils ont juste montré l'exemple et je l'ai suivi sans me poser de questions. Quand j'ai eu mon hémorragie cérébrale, je n'ai tout simplement pas su comment le leur annoncer, parce que j'étais incapable d'admettre que je me sentais diminué. Je ne les ai pas appelés pendant des mois.

Peut-être qu'il n'aurait pas dû dire cela, car il ne l'avait pas non plus appelée, elle, Clemmie. Elle parut un instant bouleversée, puis elle afficha un sourire de regret.

— De même que tu ne m'as pas appelée ? C'est presque rassurant. Je me sens moins personnellement visée.

Il commençait à saisir les conséquences de ses actes.

— Ça m'attriste que tu ressentes ça, Clemmie. C'était uniquement de mon fait, ça n'avait rien à voir avec toi. Je ne peux pas dire à quel point je suis désolé…

Elle leva la main, posa un doigt sur ses lèvres. Il eut un mal fou à ne pas mimer un baiser.

— Tu t'es déjà excusé. On passe à autre chose ?

— Je ne commettrai plus ces erreurs.

Il était sincère. Des excuses ne signifiaient pas grand-chose si elles n'étaient pas accompagnées de changement.

— C'était ta décision, de quitter la médecine d'urgence ?

Il sourit.

— Si tu te demandes si j'ai changé de cap pour des raisons médicales, la réponse est non. J'aurais pu reprendre mon ancien travail mais je me suis rendu compte que j'y étais pour de mauvaises raisons. À l'hôpital, on m'appelait le « mangeur de stress » ; en réalité, je ne faisais que l'intérioriser. J'étais fier de ne pas avoir besoin d'en parler et je ne voyais pas que les collègues qui le faisaient étaient ceux qui s'en sortaient vraiment bien.

— Tout le monde a besoin de parler.

— Oui. Il a fallu que je perde les capacités les plus élémentaires, comme me nourrir et traverser une pièce sans aide, pour m'en rendre compte.

Il avait fallu l'arrivée de Clemmie pour qu'il comprenne qu'il avait encore quelques problèmes en suspens et que, même aujourd'hui, il ne parlait pas assez.

— La fierté est difficile à abandonner, dit-il.

— Tu n'es pas fier de ce que tu as accompli ici ? Tu devrais l'être.

— Eh bien… si, répondit-il avec un petit rire. C'est différent, cependant. Je gère aussi le stress autrement. J'ai appris que je ne peux pas travailler comme un dingue et tout évacuer avec un match de rugby le week-end. Ce genre d'attitude macho ne me rend pas service, et ne rend pas non plus service à mes patients.

Elle sourit.

— Alors tu as trouvé le lieu qui te convient.

— Oui, je crois.

Ils approchaient du chemin qui contournait l'arrière de l'unité de réadaptation, et Gil se demandait si Clemmie allait faire demi-tour pour entrer dans le bâtiment. Mais elle le suivit en direction du petit jardin clos situé sur le côté des serres.

C'était l'un de ses endroits préférés. Financé par une dame âgée qui avait séjourné dans l'unité après une attaque, il donnait une impression de paix et de tranquillité, loin de l'activité de l'hôpital. Des parterres surélevés sur trois côtés permettaient aux patients de toucher les fleurs et les herbes aromatiques, et la partie centrale offrait trois zones distinctes où des groupes pouvaient s'asseoir et discuter.

Sally était déjà là, avec ses deux chiens. Les gentilles bêtes avaient l'habitude d'être caressées, et le gigantesque bouvier bernois était allongé au soleil, tandis que Zaffie, le golden retriever, se faisait dorloter par Jahira et Sarah.

— Tout va bien, Sally ? lança Gil.

— Oui. D'autres personnes vont bientôt arriver. J'ai prévenu les infirmières que j'étais ici. Comment va Joe ? demanda-t-elle en baissant la voix.

Gil avait beau savoir que l'unité était une communauté très soudée, il était toujours surpris par la rapidité à laquelle les nouvelles circulaient.

— Il va bien. J'ai emmené Jeannie le voir, elle ne viendra pas s'asseoir parmi vous aujourd'hui.

— Eh bien, transmets-lui mes amitiés, d'accord ? Dis-lui que je suis contente qu'il aille bien.

— Compte sur moi. Merci d'être là aujourd'hui, Sally.

— Tout le plaisir est pour moi, Gil. Surtout par un si beau temps.

Gil se retourna, heureux que Clemmie soit toujours avec lui malgré toutes les occasions qu'elle avait d'aller faire autre chose. Il n'avait pas encore fini son café et se dirigea donc vers le banc à l'extérieur de la serre. Une onde de plaisir et de chaleur l'enveloppa quand Clemmie s'installa à côté de lui.

— Bon, et toi ? Qu'est-ce qui t'a poussée vers la réadaptation neurologique ?

C'était le genre de question à laquelle elle pouvait répondre comme elle le souhaitait, mais il espérait qu'elle lui en dirait davantage sur elle.

— Mes raisons n'ont pas changé.

— Euh… On a déjà eu cette conversation, c'est ça ?

— Oui, mais ça ne me dérange pas de me répéter.

Une fois de plus, il eut le sentiment qu'elle revenait en arrière. Peut-être pour éprouver chaque souvenir avant de le partager, voir s'ils étaient encore entachés par ces appels téléphoniques non passés. Il espérait qu'ils ne l'étaient plus.

— Ce sera la dernière fois. Je vais m'assurer de ne pas oublier *cette* conversation-*ci*.

Comment le pourrait-il ? La douceur d'un après-midi tiède et odorant, avec Clemmie à ses côtés.

Elle sourit. Cela acheva de rendre l'après-midi délicieux.

— J'ai passé l'essentiel de mon temps avec ma grand-mère quand j'étais petite. Des parents qui travaillaient…

Elle s'interrompit, un soupçon de nostalgie dans le regard.

— Beaucoup de gens travaillent et ont encore du temps pour leurs enfants, dit-il.

Elle pouffa.

— C'est nouveau. Tu n'as pas dit ça la dernière fois.

— On est en train d'innover, alors. Peut-être que j'ai un peu plus changé que je ne le pense.

C'était grâce à elle. Au fait de devoir se remettre en question pour pouvoir communiquer avec elle.

— Possible, oui, admit-elle avec un petit coup de coude pour signifier qu'elle appréciait ce changement. Tu as raison, beaucoup de parents travaillent, mais les miens étaient… absorbés. Ils ne semblaient pas s'intéresser à moi, et je n'avais pas l'impression qu'ils me voyaient vraiment.

— Dommage pour eux.

Et pour Clemmie aussi, qui avait grandi avec un manque pareil d'attention affective.

— Ma foi, ma grand-mère a compensé tout ça. Mais quand j'avais treize ans elle a développé une démence et a dû partir en maison de retraite médicalisée. Je lui rendais visite tous les jours après l'école, j'ai fini par connaître la plupart des résidents.

— Et tu t'es habituée à parler avec des personnes souffrant de ce type de problèmes ?

— Oui. J'ai appris à ne pas m'inquiéter lorsque Gran ne se souvenait pas de quelque chose, ou qu'elle ne savait pas qui j'étais. Elle savait que j'étais quelqu'un et que j'étais là et ça suffisait. Et quand elle me reconnaissait, c'était vraiment une très bonne journée pour nous deux.

— Tout le monde n'a pas la patience d'attendre ces bons jours. Surtout les adolescents.

Cela paraissait une vie bien solitaire, surtout pour quelqu'un de si jeune et sans guère de soutien parental.

— Quand cela arrivait, ça en valait la peine. Gran a toujours été celle qui me voyait telle que j'étais.

Elle avait déjà dit quelque chose de ce genre. Que le courant était aussitôt passé entre eux, qu'elle avait senti qu'il la comprenait.

Il commençait à comprendre l'importance que cela avait dû présenter pour elle, dans sa vie. Et combien elle avait dû être blessée quand il avait semblé l'abandonner.

Pas seulement à l'époque, mais aussi aujourd'hui. Il l'avait laissée faire à sa guise ici, passant le plus clair de son temps à parler à toute l'équipe de l'unité, sauf à elle. Il avait pensé que c'était ce qu'elle voulait et y avait souscrit, mais peut-être était-ce justement ce qu'elle craignait. Elle s'était retirée de son orbite avant qu'il puisse la rejeter à nouveau.

Il résista à la tentation de s'excuser une fois de plus, car elle ne l'accepterait pas, il le savait.

— Et tu as donc décidé de te spécialiser dans les problèmes neurologiques.

— Oui. Je voulais donner aux gens une chance de reprendre leur vie en main. La société a tendance à tourner le dos à ceux qui ne peuvent pas communiquer comme tout le monde. Ou qui ne se souviennent pas. Tu comprends ça, n'est-ce pas ?

— Bien sûr. J'ai longtemps eu l'impression d'une barrière entre moi et les autres, que j'étais trop lent, et incapable de me rappeler les bons mots. Le monde allait trop vite pour moi, et beaucoup de gens ne s'arrêtent pas pour attendre.

— Invisible et inaudible, murmura-t-elle.

Un sourire triste planait sur ses lèvres. Si seulement il avait pu l'effacer d'un baiser…

— On ne devrait jamais être ni l'un ni l'autre.

— J'ai appris que parfois il faut faire un peu plus de bruit, répondit-elle avec un sourire.

Il mit sa main en cornet derrière son oreille, espérant lui faire ainsi comprendre qu'il l'écoutait à présent. Et il l'écouterait aussi longtemps qu'elle le lui permettrait, parce que chaque jour le temps passé avec elle devenait plus précieux.

Elle comprit. Elle éclata de rire, une douce complicité dansant dans ses yeux. Gil était de plus en plus certain qu'ils avaient passé du temps ensemble au congrès. Qu'il avait ressenti ce qu'il ressentait maintenant. Que lorsqu'ils avaient discuté, c'était plus qu'une manière agréable d'occuper une soirée autour d'un dîner. Et si c'était lui le coupable d'avoir mis tout cela en pièces, il pouvait aussi être celui qui le réparerait.

Clemmie en avait révélé plus qu'elle ne voulait. Mais ce n'était pas si grave, car Gil comprenait, et parvenir à une entente avec lui était devenu important pour elle.

Ils restèrent assis en silence tandis qu'elle finissait son café. Il était presque froid à présent, mais elle ne voulait pas que des moments comme celui-ci se terminent trop tôt. Soudain elle vit James, un infirmier, pousser le fauteuil d'un patient sur le chemin qui menait au jardin clos.

— Ah, super. Je suis contente qu'Edward soit venu. Je lui ai dit qu'il y aurait des chiens ici cet après-midi.

Gil rit doucement.

— Tu as encore bavardé avec mes patients, n'est-ce pas ?

— Pas plus que toi.

— Pas de souci, alors. Edward aime les chiens ?

— Oui, il est promeneur de chiens bénévole pour le refuge de son quartier. L'autre jour, il a interrogé Jahira sur son projet de devenir vétérinaire.

— Vraiment ?

— Oui, ils sont devenus très amis. Aussi improbable que cela puisse paraître.

Gil acquiesça.

— Les lésions cérébrales mettent souvent les gens au même niveau. C'est bien qu'Edward se fasse des amis. Il a beaucoup de mal à gérer les séquelles de son attaque.

Edward était un septuagénaire, veuf et soldat de carrière. Cela l'irritait que son dos ne soit plus aussi droit qu'avant et de devoir être poussé d'un endroit à l'autre en fauteuil roulant, mais il le supportait avec une résignation silencieuse. Quand aucune des infirmières n'avait réussi à nouer sa cravate comme il l'aimait, c'était Jahira qui était venue à la rescousse, insistant pour que Sarah essaie. Il avait fallu quelques tentatives et un flot de conseils avant que Sarah obtienne l'effet désiré, mais

Edward avait été heureux que son apparence soit enfin de nouveau à la hauteur.

Clemmie et Gil se levèrent en même temps. Elle savait que Gil était rarement trop occupé pour saluer un patient, et Edward fit un petit signe joyeux à leur approche.

— Comment vous sentez-vous aujourd'hui, Edward ? demanda Gil.

— Beaucoup mieux, merci. Je n'ai pas à me plaindre.

C'était la réponse habituelle d'Edward, indépendamment de la manière dont il se sentait réellement.

— Vous allez au jardin clos ?

— Oui, Jahira m'a dit que je devais venir aider avec les chiens.

Clemmie vit Gil réprimer un sourire. Depuis sa discussion avec Jahira et Sarah sur leur ressenti mutuel, leur relation s'était améliorée. Jahira avait encore beaucoup de mal, mais elle commençait à prendre ses marques et devenait redoutable. À l'évidence, elle s'était rendu compte qu'Edward aimait se rendre utile et lui avait demandé de donner un coup de main.

— Je peux vous accompagner ? demanda Clemmie.

— Avec plaisir, répondit Edward, ses yeux bleus pétillant d'un charme désuet.

— Alors je vous laisse tous les deux, dit Gil.

Clemmie poussa le fauteuil roulant dans le jardin, et Sarah se leva d'un bond à leur approche, faisant de la place à Edward entre Jahira et elle. Sentant la possibilité de caresses, le bouvier bernois se dirigea vers lui, et le vieil homme tendit la main vers l'animal en souriant.

9.

Clemmie était restée dans le jardin clos, discutant avec Sally des chiens visiteurs et des activités du service et de son propre hôpital, confrontant leurs impressions. Gil avait été occupé tout l'après-midi, mais cela ne posait aucun problème. Elle avait une liste de personnes à voir, et cette séparation n'était due qu'à l'obligation d'être à deux endroits différents, pas au fait d'être terrifiée à l'idée d'être trop près de lui.

Elle se rendait à son bureau pour lui faire part d'une idée quand elle le vit dehors, en train de creuser un des parterres de fleurs. Il s'était changé et portait à présent un jean usé. Elle s'arrêta un moment à la fenêtre pour le regarder. De nombreux lavages avaient adouci le denim, désormais plus moulant. Lorsque c'était combiné à une activité physique et à un corps splendide, comment une femme aurait-elle pu ne pas prendre le temps d'observer ?

Juste un instant, toutefois. Clemmie sortit rejoindre Gil en essayant de ne pas penser à son superbe corps, car elle devait prendre son train et ne pouvait pas emmener Gil avec elle.

Il se redressa à son approche, enfonçant la bêche dans la terre fraîchement creusée.

— Ça y est, ta journée est finie ? Tu rentres chez toi ?

— Oui, mais j'ai une idée que je voudrais te soumettre d'abord. Je vois que tu as encore trouvé une nouvelle chose à faire.

— C'est un loisir, répondit-il en riant.

— Tu es sûr ? Pour moi, ça ressemble à du travail.

Un travail physique peut-être dur, même. Mais Gil était souriant et détendu.

— Alors, c'est quoi, ton idée ?

L'attention pleine et entière de Gil la rassérénait toujours. Comme si ses idées valaient la peine d'être entendues.

— Je voudrais faire un album de souvenirs pour Jahira et Sarah…

— Jahira *et* Sarah ?

Il releva aussitôt son intention. Les albums de souvenirs et les photos étaient un moyen d'encourager les familles à aider les patients de l'unité de réadaptation, mais d'ordinaire, ils étaient faits pour une seule personne.

— Oui, pour les deux. Je leur parlais aujourd'hui et Jahira s'est souvenue de quelque chose que Sarah ne se rappelait pas. Elles en ont ri, mais j'ai vu que Sarah était déconcertée.

Gil hocha la tête.

— L'oubli n'est pas limité aux patients souffrant de lésions cérébrales. Mais ça peut être un processus différent.

— Exactement. La différence entre oublier où vous avez mis vos clés de voiture et oublier que vous *avez* une voiture.

C'était l'analogie qu'avait utilisée le directeur de la maison médicalisée où se trouvait sa grand-mère pour lui expliquer la démence, lorsqu'elle était adolescente.

— Cela donne une responsabilité aux proches d'un patient atteint d'une lésion cérébrale. Ils sont les dépositaires de leurs souvenirs, mais toute mémoire est subjective.

— Tu veux dire que Sarah peut raconter les faits à Jahira, mais aussi omettre des choses importantes pour cette dernière, et que ses sentiments à l'égard de ces faits seront nécessairement légèrement différents.

Il s'interrompit pour réfléchir un moment, puis ajouta :

— Et tu ne parles pas que de Sarah et Jahira, n'est-ce pas ?

Gil était bien trop perspicace. Mais là où elle voulait en venir, c'était que la mémoire était parfois un processus à double sens.

— Pas entièrement, admit-elle.

L'expression de Gil se radoucit.

— Je ne veux pas te mettre la pression, Clemmie. Si tu veux me raconter des choses qui se sont passées et dont je ne me souviens pas… Ce n'est que du bonus.

Il y avait des choses qu'elle ne voulait *absolument* pas dire à Gil. Elle se sentait coupable de les lui cacher, mais mieux valait qu'il ne sache rien de leur brève histoire d'amour. Cela aurait créé trop de tension dans leur relation de travail, et dans l'amitié qu'elle commençait à tant apprécier.

— Ce n'est pas toi, Gil. C'est la situation qui me met la pression. Je voudrais t'expliquer des choses et je sais que je ne le peux pas parce que je les regarde avec mes yeux et pas avec les tiens. On peut emmagasiner des faits, mais les souvenirs sont une chose très différente. Sarah lutte contre le même problème – elle peut dire à Jahira ce qui s'est passé un jour donné, mais elle ne peut pas lui dire ce que Jahira a ressenti ou le voir à travers ses yeux.

Gil caressa le dos de sa main. Ce petit geste disait tout. À quel point il luttait maintenant, et l'importance de tout cela pour lui.

— Donc l'album de souvenirs de Jahira sera consacré à la façon dont elle s'intègre. Avec Sarah, avec sa famille…

— Oui. Les souvenirs qu'il contiendra seront les leurs, et Jahira pourra y ajouter les siens. Peut-être que ça l'aidera à résoudre ses problèmes.

Gil hocha la tête.

— C'est une idée géniale. Un angle intéressant sous lequel aborder quelque chose qu'on fait si souvent qu'on ne réfléchit pas toujours à la façon dont ça pourrait vraiment fonctionner. Est-ce que je peux aider d'une manière ou d'une autre ?

Elle éclata de rire.

— Tu ne parles pas seulement de Jahira et Sarah, hein ?

Son regard se fondit dans le sien.

— Non. Moi aussi, je peux avoir des arrière-pensées.

Cela ressemblait tellement à l'une des invitations souriantes de Gil dans sa chambre à l'hôtel du congrès. Ses souvenirs changeaient tout, transformant le charme naturel de Gil en quelque chose de perturbant.

— C'était une bonne discussion, Gil. Je te remercie. Je vais proposer l'idée à Jahira et les sonder, Sarah et elle.

— Je n'ai pas besoin de te dire d'y aller doucement. Tu as un talent pour ça.

Il se retourna brusquement, ramassa une bouteille d'eau posée dans l'herbe, en but une gorgée, et lança :

— Si tu as un moment, j'ai quelque chose à te montrer.

Toujours. Ces jours-ci, elle avait toujours un moment pour lui, même si cela signifiait rater son train. Il y en aurait un autre après, et sa peur de passer trop de temps avec lui diminuait.

Elle le suivit derrière les serres jusqu'à une parcelle qui contenait quatre grandes cloches de verre. Gil en souleva une et sépara délicatement les feuilles pour révéler une grosse fraise rouge. Il lui sourit.

— Notre première fraise. Elles arrivent à maturité un peu plus tard que les miennes à la maison.

— Merveilleux ! fit Clemmie, s'accroupissant à côté de lui pour examiner les plants. Tu en auras bientôt beaucoup plus. Il y a plein de petites pousses ici.

Il acquiesça et cueillit la fraise.

— Tends ta main.

La fraise avait l'air très alléchante.

— Non… Gil, tu devrais la garder pour quelqu'un d'autre…

— Trop tard, je l'ai déjà cueillie. Quand les autres seront mûres, je demanderai à tout le monde de venir les ramasser et on les partagera, mais tu ne peux pas faire ça avec une seule. Et d'ailleurs, personne ne le verra, fit-il avec un geste vers le bâtiment.

Ils étaient dissimulés derrière les serres et cela donnait une délicieuse impression de secret. Elle tendit la main et il versa un peu d'eau de sa bouteille sur la fraise pour la nettoyer. Clemmie la saisit et croqua dedans.

— Hum… C'est si bon. Goûte-la.

Elle lui offrit la moitié restante de la fraise.

— Mes mains sont sales…, fit-il avant de sourire. Et je suis plutôt content de voir la tête que tu fais.

— Et tu ne vas pas partager ? Allez, goûte.

Elle tendit la fraise et il en croqua un petit bout. Soudain, elle ressentit un rappel puissant d'eux se donnant mutuellement des fraises par une chaude journée. Mais à l'époque, ils étaient allongés sur le lit de Gil.

— Ça ira, dit-il. Finis-la.

Son regard était rivé sur sa bouche, et elle frissonna en prenant le dernier morceau. Ce serait un souvenir qu'ils pouvaient conserver tous les deux, et qui faisait écho aux souvenirs qu'elle seule avait. Ça ne pouvait pas faire de mal, ici, dehors…

Elle ne pouvait détacher le regard de son visage, et lorsqu'il se releva lentement, elle fit de même. Ils étaient proches, mais cette proximité physique était toutefois moins intense que l'expression qu'il avait dans les yeux.

Il murmura son nom, et soudain, elle n'eut plus le choix. Elle leva la main, attira sa tête en avant pour pouvoir déposer un baiser sur ses lèvres.

Un seul ne suffisait pas. Bien sûr que non. Les mains de Gil se posèrent sur sa taille, frôlant à peine le tissu de sa robe. Elle se fichait qu'il la macule d'un peu de terre, elle voulait simplement être contre lui. Que leurs corps se touchent quand ils s'embrasseraient à nouveau.

Et cela se produisit, même si elle n'avait pas conscience de s'être avancée vers lui. Son baiser était aussi intense que la dernière fois, et toujours aussi différent de tout ce qu'elle avait pu connaître. C'était parce que c'était Gil qui l'embrassait, et son regard dans lequel elle semblait tomber.

Mais c'était déplacé. Elle pouvait être honnête avec lui, jusqu'à un certain point, s'ils étaient amis. Elle pouvait garder cette indépendance durement gagnée. Mais s'ils allaient plus loin, elle devrait admettre les choses qu'elle n'avait pas dites, leur relation et les erreurs qu'elle avait commises en conséquence. Elle devait être prête à se donner entièrement à lui, car elle ne savait pas faire autrement avec Gil.

Lorsqu'elle s'écarta, il la lâcha aussitôt. Il hocha la tête, mais ses yeux étaient emplis de questions. Alors elle comprit.

C'était la première fois pour lui. Il ne se souvenait pas de l'avoir embrassée auparavant, et il ignorait combien elle aimait ça. Elle effleura sa joue du bout des doigts.

— C'était bien meilleur que des fraises.

Il sourit, une expression de soulagement sur le visage.

— Des fraises ? J'ai oublié un truc à propos de fraises ?

Elle lui pinça le bras par jeu et il éclata de rire.

— Je vais devoir te refamiliariser avec les fraises, Gil. Personne ne devrait les oublier.

Il la regarda dans les yeux, puis hocha de nouveau la tête. Il avait compris. Il savait que leur histoire ensemble l'emportait sur tout ce qu'ils pouvaient faire maintenant, même s'il en avait oublié la majeure partie.

— Tu as raison, Clemmie. Ce ne serait pas malin d'aller plus loin.

— Aussi agréable que cela ait été.

— *Agréable* est très en dessous de la vérité, répliqua-t-il en poussant un gros soupir. Tu n'as pas un train à prendre ?

La bonne vieille excuse du train venait cette fois à leur secours, car si elle restait plus longtemps, elle ferait fi de toute prudence et l'embrasserait encore.

— Oui, je crois. Tu as fini ta journée, toi ?

Peut-être la raccompagnerait-il ? Elle ne pouvait toujours pas se résoudre à le quitter.

— Non, j'ai encore à faire. Mais tu me manques déjà.

Il la poussait doucement dans la bonne direction.

— Alors à demain.

Il manquait aussi à Clemmie, tout comme lui manquait le moindre détail de ce qui avait suivi leur tout premier baiser.

Alors qu'elle s'éloignait, elle entendit la bêche s'enfoncer dans la terre. Cet exercice de jardinage n'était sans doute pas si fou, après tout. Elle-même aurait bien eu besoin d'un peu d'activité, pour vider son esprit des frissons de plaisir qui la parcouraient encore. Si elle allait à la gare en courant, elle pourrait peut-être attraper son train.

Ni Clemmie ni lui n'avaient mentionné leur baiser de la veille, et Gil pensait que c'était mieux ainsi. Que cela reste un incident isolé, sans promesse et qui ne créait pas de précédent. Néanmoins, cela les avait subtilement changés tous les deux.

On aurait presque dit qu'ils étaient en couple quand, à l'heure du déjeuner, ils sortirent ensemble de l'unité de réadaptation pour passer à la cafétéria acheter du café et des sandwichs, puis aller retrouver Sam au parc. La jeune mère était assise sur un banc, déplaçant la poussette double d'avant en arrière. Comme ils se rapprochaient, il entendit les jumelles qui pleuraient.

— Où est Yanis ? Tu n'es pas venue ici toute seule, si ?

Gil posa le café sur le banc, avec les sandwichs et le sac de pommes qu'il avait apporté.

— Non, il a fait un saut en neurochirurgie pour des trucs urgents. Je ne suis même pas autorisée à entrer dans le bâtiment, dit Sam avec un soupir.

— Tu es en congé de maternité.

Il sourit. Lorsqu'il avait proposé cette rencontre à Sam, elle s'était déclarée ravie de venir à Barney, et Gil avait suggéré le parc comme compromis.

L'une des jumelles s'était calmée, l'autre pleurait toujours. Gil se pencha et, comme sa grimace n'avait aucun effet, il la prit dans ses bras et se mit à marcher en rond en la berçant doucement. Elle cessa miraculeusement de pleurer, et quand il leva les yeux, Sam et Clemmie le fixaient, médusées. Sam lui adressa un immense sourire.

— Tu es l'homme qui murmure à l'oreille des bébés ! Ou c'est juste ton charme naturel ?

Clemmie souriait aussi et il évita son regard, se concentrant sur le bébé dans ses bras. Un baiser était une chose. Il ne s'attendait pas à ce que la proximité de Clemmie *et* des jumelles fasse fondre son cœur à ce point.

Mais quoi que pense ou ressente Clemmie, elle le garda pour elle. Elle s'assit sur le banc, prit deux gobelets de café dans le support en carton et en passa un à Sam. Les deux femmes se présentèrent sans que Gil ait à intervenir.

— Je les emmène faire un tour ? suggéra-t-il. Euh… Aurélie a l'air un peu plus heureuse maintenant.

Il s'était penché avec le bébé pour le remettre dans la poussette.

— Bien tenté, Gil, dit Sam d'un ton moqueur, mais c'est Charlotte. Si ça ne te dérange pas, oui, se promener les apaise toujours. Ne sois pas trop long, ou je risque de manger tes sandwichs. J'ai vraiment très faim.

— Sers-toi. Ne te gêne pas.

Il sourit aux deux femmes et se dirigea avec la poussette vers la large allée qui bordait le parc. Tout en marchant, il se pencha sur Charlotte et Aurélie.

— Qu'est-ce que vous en pensez, mesdemoiselles ? Clemmie saura se débrouiller toute seule ?

Bien sûr que oui. Il avait la même confiance en Clemmie qu'en Sam, et quand il jeta un coup d'œil en arrière, toutes deux étaient déjà en pleine conversation. Tout se déroulerait parfaitement sans lui, il se rendait bien plus utile en gardant les jumelles.

Il nomma les arbres et arbustes qu'ils croisaient et ajouta quelques conseils de jardinage pour faire bonne mesure. Charlotte – ou était-ce Aurélie ? – commençait à s'agiter, et il accéléra le pas.

— Hey, pas de ça. J'aimerais que tu réfléchisses à quelque chose pour moi. Il s'agit de cette personne que je connais…

La petite se calma et il continua de parler. Les jumelles ne pouvaient pas focaliser leur regard sur lui à cette distance, mais le son de sa voix paraissait retenir leur attention. Pour Gil aussi c'était apaisant de pouvoir enfin dire ce qu'il n'avait pas dit même à ses amis les plus proches.

— Elle est belle et gentille, et bonne dans son travail. Elle a un grand sens de l'humour – vous verrez combien c'est important chez un compagnon le moment venu.

Il espérait qu'Aurélie et Charlotte prenaient note. C'étaient des informations très utiles pour elles.

— Mais on a un passé. Ce n'est pas une bonne chose, au cas où vous vous poseriez la question. Et c'est déroutant pour moi parce que je ne m'en souviens pas. C'est une très longue histoire, alors je vous l'épargne. Mon principal souci est que je ne veux pas la blesser. Je sais que je l'ai déjà blessée et je ne crois pas qu'elle m'ait tout raconté, encore maintenant.

Il sentit ses yeux s'embuer de larmes, et battit farouchement des cils. Il y avait quelque chose dans le fait de parler à un bébé qui vous mettait en émoi. Parler à deux à la fois doublait la puissance du sentiment.

— Mais je suis incapable de m'éloigner d'elle. Je... Hum.

Aurélie et Charlotte n'avaient pas besoin de connaître les détails de ce qu'il ressentait pour Clemmie.

— Pour être honnête avec vous, je l'ai embrassée hier. Je n'en avais pas l'intention, c'est arrivé comme ça, mais c'était le meilleur des baisers...

Il se tut un instant, revivant ce moment tout en marchant.

— Je ne veux pas commettre les mêmes erreurs que la première fois. Même si ça signifie que l'on ne sera jamais que des amis, je crois qu'il vaut mieux prendre ce qu'on a et en être reconnaissants. Qu'est-ce que vous en pensez ? demanda-t-il en regardant ses deux confidentes.

Charlotte et Aurélie semblaient d'accord. Du moins n'exprimèrent-elles aucune objection. Il leur sourit.

— Merci, mesdemoiselles. Chouette brin de causette, je vous en sais gré.

Il vit deux paires d'yeux se fermer et estima avoir donné aux jumelles assez de matière à réflexion pour l'instant.

— Gil ! fit la voix de Yanis derrière lui. Où est Sam ?

— Je l'ai laissée avec Clemmie, sur le banc. Sam s'intéresse aux sandwichs, si on se dépêche il en restera peut-être.

Yanis rit, et regarda ses filles dans la poussette.

— Beau travail. Maintenant qu'elles sont endormies, on va voir si on peut récupérer de quoi déjeuner ?

Les deux hommes se dirigèrent vers Clemmie et Sam.

— Sam avait hâte de rencontrer Clemmie. Elle a l'air sympa..., fit Yanis d'un ton léger.

Gil ne mordit pas à l'hameçon. Sam était l'une de ses amis

les plus chers, et il était aussi devenu proche de Yanis, même s'il ne le connaissait que depuis peu. Mais il avait obtenu sa réponse des jumelles, qui étaient très à l'écoute et moins difficiles à aborder que nombre de gens. Même Anya aurait pu prendre exemple sur elles.

— C'est un médecin formidable. Elle a un tas de bonnes idées, je pense que cette relation de travail nous sera bénéfique à tous les deux.

Yanis acquiesça, saluant Sam d'un geste quand elle les vit. Clemmie leva les yeux du bloc-notes qu'elle avait sur ses genoux, son sourire semblait plus chaud que le soleil.

C'était agréable. Un après-midi d'été dans le parc, et des amis avec qui le partager. Même si ce n'était pas tout ce que Gil attendait de sa relation avec Clemmie, il était déterminé à ce que ce soit suffisant.

10.

Décontracté. Pas trop, parce qu'elle allait travailler. Pas trop chic parce que c'était samedi, et qu'elle n'allait pas à l'hôpital. Chic/décontracté. Ou décontracté/chic. Après une demi-heure de recherche dans sa garde-robe, Clemmie n'était pas tout à fait sûre de la différence.

Ça n'aurait pas dû être aussi difficile. Gil et elle allaient passer un après-midi à examiner une dernière fois les propositions budgétaires, sans être interrompus par de nombreux appels téléphoniques, ce qui rendait la tâche plus aisée chez lui qu'au bureau. Ce qu'elle portait n'aurait aucune conséquence. Elle prit la robe rouge foncé qui était son incontournable du moment et l'enfila avant de changer d'avis.

Peut-être aussi parleraient-ils un peu. Gil lui avait promis un déjeuner, et elle commençait à apprécier le temps qu'ils passaient à réapprendre à se connaître. Mais au pire l'après-midi ne serait pas complètement perdu car les budgets seraient terminés et prêts à être envoyés. Elle comprenait désormais leur fonctionnement, et comment tirer le meilleur parti de l'argent disponible, ce qui était une réussite en soi.

— Laisse-toi porter, Clemmie, murmura-t-elle en étudiant son reflet dans le miroir.

Il ne s'agissait plus du bras de fer qu'elle avait dû endurer avec son ex-mari, qui décidait ce qu'il voulait de chaque transaction et s'y tenait coûte que coûte. Il était parfaitement possible de passer un après-midi avec Gil sans s'armer de mille réponses à des questions qu'il ne poserait probablement pas.

Elle prit sa sacoche et ses clés de voiture, ainsi que les noix de macadamia qu'elle avait achetées. Elle espérait qu'il aimait toujours ça, sinon elle pourrait les manger elle-même. Car cet après-midi, elle allait vraiment se laisser porter.

C'était juste un déjeuner. Rien de bien compliqué. Quelqu'un cuisinait, on s'asseyait, on prenait un couteau et une fourchette et on mangeait.

Mais Gil voyait chaque jour comment les choses les plus simples de la vie pouvaient soudain devenir des montagnes à gravir. Combien de fois avait-il patiemment ramassé un couteau ou une fourchette tombés et encouragé quelqu'un à réessayer ?

Ce n'est pas pareil, Gil. Il n'y a aucune raison que tu n'y arrives pas, alors fais-le, point barre.

Il déplaça rapidement son doigt avant qu'il subisse le sort du concombre qu'il tranchait. La sonnette de la porte abrégea son angoisse, la remplaçant par une vague d'excitation. Ce sentiment l'envahissait chaque fois qu'il voyait Clemmie, venait à la rescousse et le propulsait dans l'action. Comment cette femme parvenait-elle à faire cela ? C'était la question qui lui venait aussi chaque fois à l'esprit.

Clemmie se tenait sur le seuil, mélange d'une femme ordinaire qu'il aurait connue toute sa vie, et d'une nouvelle maîtresse envoûtante. Belle sans effort. Certes, son apparence avait dû lui en demander quelques-uns – ses cheveux brillaient comme s'ils avaient été brossés cent fois, et ses yeux étaient encore plus lumineux avec un peu de maquillage. Elle lui sourit.

— Tu comptes me laisser entrer ? Sinon, apporte-moi une chaise, que j'attende confortablement ici.

Il s'écarta, muet d'admiration. Soit Clemmie ne le remarquait pas, soit elle aimait l'effet qu'elle produisait sur lui. Il l'aimait beaucoup aussi, c'était donc un point commun.

C'était une invitée charmante. Lui fourrant un sachet dans les mains, elle regarda autour d'elle avec une évidente curiosité. Elle jeta un coup d'œil par la porte ouverte du salon, puis lui fit un petit sourire, comme si elle prenait plaisir à découvrir à quoi ressemblait sa maison. Quand il lui montra la cuisine, elle vit les bols prêts sur le comptoir.

— Miam. De la sauce aux cacahuètes et une marinade pour le poulet. Ce n'est pas difficile à deviner, on va manger du poulet satay ?

— Oui. C'est la version malaise.

— Bien sûr. Tu as appris à le faire en Malaisie ?

Il avait dû mentionner qu'il était allé en Malaisie mais ne se souvenait pas l'avoir fait, contrairement à Clemmie, et cela ne le perturbait plus autant qu'avant.

— Non, la cuisine ne m'intéressait pas beaucoup quand j'y suis allé. J'ai pris la recette dans un livre, mais ça a quasi le même goût que là-bas.

— J'ai hâte, alors. Si le goût est aussi bon que l'odeur de la marinade, il faudra que tu me donnes la recette.

Elle sourit encore, et cette fois il pensa à en faire autant.

— Tu peux m'aider, si tu veux.

Il décrocha un tablier à l'arrière de la porte, et elle dut le replier à la taille pour qu'il lui aille, mais elle était ravissante dedans.

Le poulet satay que Clemmie avait grillé était exquis. La même recette avait bien meilleur goût quand elle la cuisinait, ou peut-être était-ce sa compagnie qui faisait la différence. Gil baissa l'auvent pour ombrager la zone pavée à l'arrière de la maison et ils déjeunèrent dehors. Du café, des noix de macadamia et les deux premières poires de l'arbre qui avaient obligeamment mûri ce matin constituèrent le dessert. Puis ils se mirent au travail.

Il leur fallut tout l'après-midi pour vérifier les budgets et préparer les documents qui devaient être envoyés le lundi. Finalement, ils se sourirent, le paquet emballé posé sur la table entre eux.

— Voilà. C'est la première année que je les termine si tôt.

— Merci, Gil. Ça m'a énormément appris.

— Un autre café ? Ou tu penses qu'un verre est un peu plus approprié pour fêter ça ?

Les lampes solaires qu'il avait plantées parmi les arbustes

commençaient à scintiller faiblement dans le crépuscule naissant ; il ramassa les feuilles de brouillon et alla les jeter dans la poubelle de recyclage. Quand il se retourna, Clemmie se tenait juste derrière lui.

— Tu as les ingrédients pour ce cocktail au cappuccino que tu faisais ? Mais doucement sur l'alcool, je conduis plus tard.

Il lui avait fait des cocktails au cappuccino. Et il avait partagé sa recette secrète, très spéciale, avec elle. Cette pensée frappa Gil comme un coup dans la poitrine, car il savait exactement ce que cela signifiait…

Les échos du choc qu'il ressentit s'inscrivirent dans les yeux de Clemmie, et sa main vola vers sa bouche.

— J'ai dit ce qu'il ne fallait pas ? Je suis désolée…

Il sourit, essayant de le prendre à la légère.

— Ce n'est pas grave. Je ne faisais des cocktails au cappuccino que pour les personnes très particulières.

Elle rougit un peu.

— Particulières comme… de bons médecins ? Des collègues appréciés ?

Elle savait que ce n'était pas ce qu'il voulait dire. Et finalement il songea que ce ne serait pas si mal de demander, même d'une manière détournée.

— Des gens que j'aime bien. Mon frère et moi avons lu un article là-dessus quand on était enfants ; on a essayé avec du café instantané et du vin qu'on avait chipé dans la cuisine.

— Berk ! fit-elle en grimaçant. Ça a l'air horrible.

— Ça nous a rendus malades tous les deux. On a passé une bonne partie de notre adolescence à perfectionner la recette et j'ai fini par la réussir pour son vingt et unième anniversaire. Je ne me souviens pas avoir partagé cette recette avec quelqu'un d'autre. Ça a toujours été notre truc.

— Je suis honorée, alors.

Soudain, leurs regards se croisèrent. Elle semblait l'attirer, et avant qu'il ait pu s'en empêcher, il fit un pas en avant.

— Il y avait autre chose que juste des cocktails au cappuccino, Clemmie ?

Elle réfléchit un instant. Elle devait connaître la réponse, et se demander s'il était judicieux de la lui dire. Puis elle se rapprocha.

— Oui, il y avait autre chose.

L'expression de son visage le mit presque à genoux. Elle posa une main sur son épaule, comme pour le tester, et il sourit. Puis elle se hissa sur la pointe des pieds, plantant un baiser sur le côté de sa bouche.

— Il y avait ça aussi.

Pas seulement ça. Le feu semblait danser entre eux, suivre le chemin de ses doigts tandis qu'elle caressait sa joue. Il l'enlaça, et quand il posa délicatement la main sur son dos, il n'eut pas besoin de l'attirer vers lui, son corps parut de lui-même se fondre contre le sien.

— Et ça ?

Elle acquiesça.

— Je ne sais pas comment j'ai pu oublier…

En cet instant, il semblait que ce moment-ci resterait gravé dans sa mémoire pour toujours.

— Je… ne savais pas comment te le dire.

Elle leva les yeux vers lui, avec une petite moue désolée. Non. Il voulait ne jamais la faire regretter quoi que ce soit. Il se pencha, déposa un baiser sur le côté de sa bouche, et effaça son froncement de sourcils. Elle se déplaça entre ses bras, leva la tête et l'embrassa.

Cette fois, il ne supporterait pas de la lâcher. Elle était si tendre, et pourtant si passionnée, remuant les échos de ce qui semblait être un souvenir perdu depuis longtemps, mais qui en vérité n'était qu'une partie d'un rêve. Un de ces rêves de la femme idéale que personne ne croyait jamais trouver. D'une certaine manière, il avait réussi à trouver Clemmie deux fois.

Puis elle s'écarta. Avait-il eu tort de faire cela ?

— Que dirais-tu de ces cocktails au cappuccino ? On peut toujours reprendre ça plus tard…

À en croire son sourire, l'embrasser avait été exactement la chose à faire.

Et maintenant, elle aussi faisait ce qui convenait. Cela lui donnait un peu de temps pour intégrer le changement soudain de leur relation, et ce qu'il en pensait. Et quelque chose à faire pendant qu'il réfléchissait…

Il se dirigea vers le buffet de la cuisine, ouvrit le placard du haut et attrapa les bouteilles d'alcool.

— Tu te souviens des proportions ? demanda-t-il.

— Je crois que oui. Toi, fais le café, et on verra si je m'en sors bien. Je sais que le Kahlúa est l'ingrédient principal.

Il acquiesça, actionna la cafetière électrique et prit de la glace dans le congélateur pour refroidir le mélange. Il la regarda examiner les bouteilles et les aligner par ordre d'importance sur le plan de travail. L'ordre, au milieu de tout le chaos qui cognait dans son cœur.

— Ne me dis rien…

Elle lui sourit en étudiant attentivement les bouteilles, puis les réorganisa. Gil secoua la tête et elle regarda à nouveau les bouteilles, intervertissant deux d'entre elles.

— Intéressant.

Elle s'était souvenue que le Kahlúa était l'ingrédient principal, mais avait mélangé les autres.

— Ça veut dire que ce n'est pas tout à fait la même recette que la tienne.

— Peut-être que ce sera mieux.

— On va voir, d'accord ?

Il lui tendit le shaker. Elle mesura soigneusement les alcools, puis versa le café glacé sur le mélange, dont elle remplit les verres, ajoutant le lait glacé qu'il avait fait mousser. Ensuite il la ramena à l'extérieur, pour s'asseoir dans l'air tiède et embaumé du soir.

Elle fit tinter son verre contre le sien et prit une gorgée.

— Pas mal.

Il goûta le sien.

— Pas mal du tout. En fait, avec un peu plus de Kahlúa, je pense qu'il est meilleur que le mien.

Elle sourit.

— Il faudra qu'on essaie une autre fois.

Une autre fois… Elle venait de tout élargir, de manière à

ce que la suite ne dépende pas de ce moment. De cette soirée. Elle lui laissait le temps d'accepter une relation avec quelqu'un qu'il connaissait si peu, mais qui en savait tellement sur lui.

— Une autre fois. Oui…

Soudain, il n'avait pas besoin de plus de temps. Il pouvait faire confiance à Clemmie pour lui dire tout ce qu'il avait besoin de savoir. Il s'adossa à son siège, savourant l'instant dans l'obscurité croissante.

Mais l'instant s'éloignait. Clemmie avait fini son verre et ils étaient restés assis, profitant du silence chaleureux du soir, mais maintenant elle glissait vers le bord de son siège, utilisant ce langage corporel qui annonçait qu'elle était sur le point de partir et de le laisser seul avec ses pensées. Celles qui ne contenaient qu'elle.

— Ça a été une bonne journée, Gil. J'espère qu'on pourra recommencer.

Il devrait peut-être attendre. Mais être avec Clemmie chez lui semblait si différent d'être avec elle au travail. Il n'arrivait pas à cerner pourquoi…

Puis il comprit. Tout ce qu'ils avaient fait et dit au travail avait été centré sur ce qu'ils avaient ressenti sept ans plus tôt. Ici, entourés par le quotidien et sans les rappels constants des conséquences de son hémorragie cérébrale, tout était centré sur ce qu'ils ressentaient maintenant.

Lorsque Clemmie se leva, il vit du regret passer fugacement sur son visage. Elle la ressentait aussi, cette liberté par rapport aux chaînes du passé. C'était tout ce qu'il avait besoin de savoir. Il se leva à son tour, et la prit dans ses bras.

Ce qui aurait pu être un baiser de bonne nuit se mua en quelque chose de beaucoup, beaucoup plus intense. Quelque chose brûla en lui, un commencement plutôt qu'une fin.

— J'aimerais que… tu restes un peu plus longtemps.

Il tenta de ne pas mettre trop d'attentes dans ses paroles.

Elle sourit, les yeux assombris dans la lumière déclinante.

— En tant que notre premier rendez-vous ?

C'était le cœur du problème.

— *Mon* premier. Je peux l'assumer si tu le peux.

— Comme ce n'est pas mon premier, je peux faire une exception. Pas d'attentes, hein ? fit-elle en caressant sa joue.

— Je n'ai pas grand-chose sur quoi baser des attentes.

Elle l'embrassa à nouveau, et fit de lui un menteur. Son baiser lui apprit exactement ce qu'il devait attendre de cette soirée, et c'était très bien.

Clemmie avait résisté si longtemps. Pourtant, à présent que le moment était venu, c'était tellement facile. Peut-être qu'ils pouvaient briser cette dernière limite et être ensemble. Non pas se contenter d'ignorer les secrets du passé, mais les accepter…

Elle frissonna soudain à cette pensée et Gil s'arrêta. Il attendait qu'elle dise quelque chose, mais elle ne savait pas bien quoi. Elle le désirait tellement, mais le regard honnête de Gil méritait qu'elle soit honnête en retour.

— Tout va bien. Quoi que tu sois en train de penser, dit-il tout bas.

Ces mots lui donnèrent de la force. Peut-être avait-il raison. Elle prit une inspiration et le regarda dans les yeux.

— Il… y a eu quelqu'un d'autre. Après t'avoir rencontré…

— Tu ne me devais rien, Clemmie. Tu pensais que je t'avais abandonnée.

N'empêche, elle devrait lui dire maintenant. Peut-être laisser de côté les parties qui indiquaient qu'elle était tombée dans les bras de Harry à cause de Gil…

— Tu dois savoir que…

Elle se tut quand il posa un doigt sur ses lèvres.

— Laisse-moi te dire ce que je dois savoir. Il y avait quelqu'un d'autre quand on était ensemble ?

Elle faillit éclater de rire.

— Sérieusement, Gil ? Il n'y avait de temps pour rien ni qui que ce soit d'autre.

— Donc nos priorités semblaient claires. Il y a quelqu'un d'autre aujourd'hui ? demanda-t-il avec un sourire malicieux.

— Non.

— Pareil pour moi. Il n'y avait personne à l'époque, et il n'y a personne maintenant. Sinon, quelques brefs flirts entre les deux, qui ne sont jamais allés nulle part.

— Je n'ai pas besoin de le savoir. Je suis contente que tu n'aies pas été solitaire.

— Je me sentais seul. Quand je t'ai retrouvée, j'ai compris pourquoi. Je pense que, même si je ne me souvenais pas de toi, j'ai toujours su qu'il me manquait quelque chose.

C'était plus d'informations qu'il n'en fallait. Elle l'embrassa et il répondit avec une soif nouvelle. Cette fois, ses mains ne tremblaient pas quand il la toucha. Il semblait avoir accepté tout cela un peu plus vite qu'elle ne l'avait imaginé, et exactement de la façon dont elle le voulait.

Pas d'attentes.

C'était difficile, car elle ne pouvait s'empêcher de vouloir que ce soit aussi merveilleux que la fois précédente. Mais Gil était un homme différent, à bien des égards. Il n'était plus aussi déterminé et n'avait plus cette confiance effrontée qui lui avait permis de la défier si délicieusement.

Et puis il fit *ce* geste. Celui qu'elle avait tant aimé, celui qui lui donnait l'impression d'être la seule et unique personne dans son monde. Vue et entendue, et capable de tellement plus qu'elle ne le pensait. Un bras enroulé autour de sa taille, la serrant contre lui, il la regardait fixement, les doigts de son autre main caressant son visage, ses baisers suivant leur parcours. Il l'observait attentivement, ses lèvres se recourbant en un sourire lorsqu'elle poussa un soupir d'approbation. Tout à elle…

Et elle savait exactement ce qu'il voulait. Il n'avait jamais semblé se lasser d'explorer son corps, la façon dont il s'adaptait au sien et chacune des manières dont elle réagissait à ses caresses. Quand elle s'écarta, elle vit le doute sur son visage, mais lorsqu'elle prit sa main dans la sienne et le guida par la porte ouverte dans le salon plongé dans la pénombre, il sourit.

— Clemmie… ?

Elle le poussa sur le canapé, le faisant taire d'un doigt sur ses lèvres. Deux silhouettes, prenant leur temps pour renouveler ce qui avait été autrefois.

Alors qu'elle commençait à déboutonner sa robe, il se pencha pour allumer la lampe.

— Tu es bien trop belle pour faire ça dans le noir.

C'était l'impression qu'il lui donnait, c'était ainsi que son regard la faisait se sentir, en suivant chacun de ses mouvements. Il faisait trembler ses mains quand elle laissa glisser le tissu souple de ses épaules. Il lui donnait toute la confiance dont elle avait besoin pour s'avancer lentement vers lui, monter sur ses genoux, les jambes de chaque côté des siennes.

— Clemmie… S'il te plaît, parle-moi…

— Tu ne sais pas ce qui va suivre ?

Elle déboutonna sa chemise et il sourit.

— J'ai une petite idée. J'imagine que tu sais déjà que j'aime jouer un peu avant.

Elle se pencha pour embrasser sa joue.

— Moi aussi, j'aime ça. Je vais trop vite ?

— Non. Ton rythme est parfait. Mais j'ai besoin que tu me parles. Dis-moi ce que tu ressens.

Ce qu'elle ressentait avait toujours été si important pour lui, et c'était ce qui les avait liés, d'une manière qu'elle n'avait connue avec personne d'autre. Il avait paru le savoir d'instinct, mais bien sûr, c'était le résultat de l'observation et de l'écoute. Il le faisait si bien et sans effort.

— Prends tout le temps qu'il te faut pour rattraper notre retard. En fait, j'insiste pour que tu le fasses, murmura-t-elle, effleurant son oreille. Je veux en voir un peu plus de toi.

Il était toujours là. Le Gil qui ne savait que faire d'autre d'un défi sinon le relever. Il se courba en avant pour qu'elle lui enlève sa chemise, puis il se redressa, les doigts parcourant légèrement son corps. *Maintenant*, elle pouvait le dire. Dans la fièvre d'une nuit chaude, elle pouvait lui dire toutes les choses qu'elle préférait, les murmurer à son oreille, sans retenue. Et il suivit, faisant tout ce qu'elle lui demandait.

— Tu as déjà fait ça avant ? Me dire exactement ce que tu veux ? demanda-t-il, dégrafant son soutien-gorge.

— Non. Tu aimes ça ?

— Beaucoup. Surtout les détails subtils. Et toi ?

Sa main couvrit son sein, le pouce en frôlant la pointe d'une manière qui lui était propre.

— Tu n'as pas besoin de me poser la question, si ?

Elle lui avait déjà montré à quel point cet échange intime lui plaisait.

— Je suppose que non.

— Alors recommence…

— Comme ça ?

La voix lui manquait maintenant, mais son soupir constituait une réponse suffisante. Il la redressa contre lui, embrassa ses seins jusqu'à ce qu'elle gémisse.

— Arrête… S'il te plaît. Tu vas me faire jouir…

— Ce serait une mauvaise chose ?

— Ça le serait, si je ne t'ai pas en moi.

— J'espérais que tu dirais ça.

Il l'embrassa, puis la souleva dans ses bras.

— Tu veux monter à l'étage ?

— Oui.

Ce qu'elle voulait à présent, après ces longs et délicieux préliminaires, c'était se passer de mots. Qu'il la prenne de toutes les façons dont il l'avait déjà prise auparavant.

La chambre n'était éclairée que par le clair de lune, qui pénétrait par les fenêtres et illumina son corps lorsque Gil l'allongea sur le lit. Il ferma rapidement les rideaux, laissant la porte ouverte pour laisser entrer la lumière du couloir.

Elle le regarda se déshabiller. Son corps était toujours le même. Fort et d'une beauté incommensurable. Pourtant il hésita un instant, une main sur le torse comme s'il doutait qu'elle aimait ce qu'elle voyait. Il avait fait ça la fois précédente, ne prenant rien pour acquis.

— Viens ici, Gil.

Il prit le temps d'ouvrir un tiroir de la commode et d'en sortir un paquet de préservatifs, puis il la rejoignit. Elle cria quand il glissa doucement en elle. Puis à nouveau quand il souleva une de ses jambes, s'enfonçant plus loin. Elle ferma les yeux, serra les dents, essayant de faire durer ce moment juste un peu plus longtemps.

Il s'arrêta soudain, la laissant dans une frustration atroce.

— Ouvre les yeux, Clemmie.

Alors elle vit que lui aussi était tout proche de l'aboutissement. Mais même là, ce qui comptait le plus pour lui était qu'ils gardent le lien qui avait grandi à nouveau si naturellement entre eux, et qu'ils fassent l'amour en se regardant dans les yeux.

— Maintenant, laisse-toi aller. Lâche prise.

Oserait-elle ? Après tout ce qui s'était passé ? Elle n'avait pas vraiment le choix, car son instinct lui disait qu'elle voulait sentir ce qu'il sentirait quand elle le ferait.

— Emmène-moi avec toi, Gil. Où que tu veuilles aller.

Il hocha la tête, les faisant rouler tous deux sur le côté. Puis il la pénétra selon un angle différent, plus en profondeur, sa main libre d'atteindre n'importe quelle partie de son corps.

Gil était mesuré et précis. Il fit durer jusqu'à ce qu'il lui ait dit tout ce qu'il pensait, combien elle était belle et combien il aimait tout ce qu'ils faisaient. Il fit monter son plaisir afin que, quand l'orgasme survint, il soit si puissant qu'il aurait pu les séparer s'il ne l'avait pas serrée si fort contre lui.

Ensuite vint le sien. Elle le sentit se raidir et gonfler en elle, puis s'abandonner avec un grognement impuissant. C'était encore meilleur qu'avant, parce qu'à présent ils se connaissaient autrement que lors de leur première rencontre. Ils n'étaient plus seulement des amants charmés… Ils avaient dû se pardonner mutuellement et construire cette nouvelle relation sur les ruines de l'ancienne.

Elle se blottit dans ses bras, et il les recouvrit de la couette légère qui traînait au bout du lit. Elle s'accrocha à lui pour, peut-être, figurer dans ses rêves.

— Tout va bien ?

Il l'embrassa sur le sommet de la tête.

— Non. Beaucoup mieux que ça.

— Moi aussi.

Il l'enlaça et elle s'allongea tranquillement à côté de lui. Ses doigts effleurèrent son épaule et il se rapprocha un peu plus.

— Tu es sûre que ça va ? Tu es très silencieuse…

— Tu ne… ? Tu n'as pas envie de dormir, n'est-ce pas ?

— Ce n'est pas la priorité numéro un sur ma liste. Pourquoi… ? Oh ! tu es en train de me dire que la dernière fois je me suis retourné et je me suis endormi, c'est ça ?

— Tu étais très fatigué. Tu as dit que tu avais fait de longues journées de travail avant d'arriver au congrès.

— Ne me cherche pas d'excuses. Tu es en train de me dire que je me suis endormi.

— Ça m'était égal. J'ai aimé te regarder dormir.

Elle se redressa sur un coude et vit la peine sur son visage. Elle déposa un baiser sur son nez.

— Je n'arrive pas à croire que tu ne m'aies pas viré du lit.

— On était dans ta chambre d'hôtel, ça aurait été difficile. De toute façon, tu es très mignon quand tu dors.

— C'est toujours bon à savoir.

Il se retourna, couvrant son corps du sien. La tenant si tendrement qu'elle avait l'impression de se fondre à nouveau en lui. Il poursuivit :

— Et peut-être que tu acceptais un peu mieux le mauvais comportement des autres à l'époque.

Il y avait des choses que Gil n'avait pas besoin qu'on lui dise, il les voyait tout simplement, et les comprenait. Mais il avait tort sur ce point.

— Cela ne me surprenait pas que les gens ignorent ce que je voulais. C'est toi qui as remis cette idée en cause, et qui m'as appris ce que c'était que d'être vue. On a changé tous les deux, Gil.

— Je ne suis plus aussi stressé et fatigué, et tu es désormais à l'aise pour me dire ce que tu veux.

À l'aise n'était pas le terme juste. Dire à Gil ce qu'elle voulait et qu'il y réponde avait été grisant.

— J'ai adoré ça aussi, reprit-il en l'embrassant. Tellement que je vais exiger que tu le refasses. Tu veux dormir, ou… des fraises peut-être ? Un massage du dos ?

— Je peux avoir les deux ?

— Tout le plaisir sera pour moi, répondit-il en souriant.

Il se leva. Il essayait si fort de se faire pardonner. C'était inutile, tout ce dont il avait besoin en réalité, c'était d'être le même homme qui l'avait vue et entendue, et dont elle était tombée amoureuse du premier coup. Ils pouvaient laisser toute la souffrance entre eux là où elle devait être, dans un passé dont il ne se souvenait pas.

11.

Clemmie était restée jusqu'au dimanche soir. Ça avait été merveilleux, une expérience que jamais Gil n'aurait cru pouvoir se produire un jour. Et pourtant, si, et c'était meilleur que tout ce qu'il aurait pu imaginer. Ils étaient allés à pied déjeuner dans un petit restaurant, en terrasse. Les tables et les chaises étaient installées sur la rue pavée, fermée à la circulation le dimanche pour en faire une allée piétonne frémissant de vie. Puis ils étaient rentrés et avaient refait l'amour. Gil commençait à se demander si ce n'était pas tout ce qu'il voulait de la vie. De la bonne nourriture, la chaleur du soleil, et Clemmie. Les deux premiers lui rappelaient l'Australie, et Clemmie lui rappelait tout ce qui allait de soi dans le monde.

Sans surprise, cela ne pouvait pas durer. Après qu'elle était rentrée chez elle pour se préparer à la semaine de travail à venir, il s'était assis seul dans le jardin. Dans le calme du soir, les doutes bourdonnaient autour de lui comme autant de moustiques.

Il y avait tant de choses qu'elle ne lui avait pas dites. Aurait-elle jamais admis qu'ils avaient couché ensemble sans les cocktails au cappuccino ? Ces informations au compte-gouttes ressemblaient à un robinet qui fuit. On pouvait rester éveillé toute la nuit en attendant le prochain *ploc*.

Il savait combien cela avait été dur pour Clemmie. Et il ne la blâmait pas de garder des éléments pour elle ; elle s'était retrouvée dans une situation impossible. Ce qui l'inquiétait le plus, c'était qu'elle avait tu les choses dont elle savait qu'elles le blesseraient. Les choses qu'il avait faites et qui faisaient palpiter sa tête et son cœur de culpabilité.

Mais il ne pouvait pas la laisser partir maintenant. Quand

ils faisaient l'amour, il savait qu'elle ne lui cachait rien. Avec le temps, le reste suivrait.

Il se coucha tôt, et l'odeur de Clemmie sur l'oreiller suffit à l'immerger doucement dans un sommeil profond et sans rêves. Le matin, il sortit son vélo de l'appentis. Cela faisait deux semaines qu'il n'avait pas fait un long tour, et cela lui vidait toujours la tête. Il avait largement le temps de se rendre au travail en prenant les pistes cyclables de Richmond Park.

— Vous êtes allé nager ?

Les cheveux de Gil étaient encore humides lorsque Jahira apparut dans l'encadrement de la porte de son bureau.

— J'ai pris une douche. Je suis venu à vélo ce matin. Qu'est-ce que tu fais là, Jahira ?

Les patients étaient libres d'aller et venir dans l'unité, mais ils venaient rarement dans la partie qui abritait les bureaux.

— J'ai une question à vous poser.

— D'accord. Prends un siège.

Jahira s'accrochait à la poignée de la porte pour se stabiliser et il se leva pour lui offrir son bras. Elle lui jeta un regard féroce.

— À quoi ça sert que j'aie marché jusqu'ici toute seule, si c'est pour que vous gâchiez mes efforts ?

— Désolé, fit-il avec un petit rire. Tu as fait le trajet de ta chambre à ici sans ton déambulateur ?

— Ouais.

Elle traversa la pièce d'un pas chancelant et se laissa tomber sur une chaise avec un bruit sourd.

Ce n'était probablement pas le moment de lui conseiller de ne pas trop en faire pour ne pas risquer une chute. Gil s'assit sur l'autre chaise et sourit.

— Bravo. Je suis très impressionné.

— Bon, je suis un peu essoufflée, maintenant.

— Comment avance ton album de souvenirs ?

Clemmie lui avait montré diverses bricoles, des étoiles et des cœurs scintillants, et une feuille de très beau papier imprimé à la main, et Jahira lui avait expliqué exactement ce que contiendrait l'album encore vide sur son bureau.

— Bien. Sarah est en train d'apprendre des trucs sur moi. Ma mère a apporté un tas de photos de quand j'étais petite.

Jahira était encore une enfant, elle n'avait que dix-sept ans. Mais elle réapprenait à façonner sa propre vie, et à voir où elle se situait par rapport aux gens qu'elle aimait. C'était un processus qui ne manquait jamais d'inspirer Gil, car chacun le faisait différemment.

— Génial. Tu me le montreras quand il sera terminé ?

Jahira acquiesça.

— Alors, pourquoi tu es venue me voir ? demanda-t-il. En supposant que ce n'était pas juste pour me montrer les distances que tu peux désormais parcourir, bien sûr.

— Oh. Non, pas du tout. J'ai un problème. C'est Edward.

— D'accord. Raconte-moi ça.

— Il a… une petite amie. Enfin, une copine.

— Une copine ?

— Oui. C'est une personne âgée. Et Edward l'aime beaucoup. Sa femme est morte, vous savez.

— Oui, je suis au courant. Comment tu sais tout ça, toi ? demanda-t-il malgré lui.

— Parce qu'il me l'a présentée quand elle est venue. Il avait sorti son plus beau gilet, et je suis sûre qu'il avait mis de l'après-rasage. Je sais qu'il veut sortir avec elle, mais il ne peut pas. Il est trop fier.

Jahira faisait clairement de grands progrès avec l'orthophoniste. Un instant, Gil souhaita que la jeune fille ait décidé de s'exprimer sur un autre sujet, puis il chassa cette pensée. Il avait vu Edward aider Jahira dans le jardin, lui parler lorsqu'elle s'énervait de ses efforts pour ramasser les petites graines qu'elle avait renversées sur la table. Jahira essayait de faire quelque chose de gentil pour son nouvel ami, et c'était exactement le genre de choses qu'il encourageait ici. Tout le monde aidait tout le monde.

— D'accord. Tu as quelque chose en tête ?

— On pourrait mettre une table dans le jardin et leur faire du thé et des gâteaux. Comme un rendez-vous galant.

Ce n'était pas une si mauvaise idée. Le jardin clos serait parfait. Même si Edward mettait un point d'honneur à ne jamais se plaindre, il ressentait vivement la perte de son indépendance. Faire plaisir à son amie en l'invitant à goûter pourrait lui faire le plus grand bien.

— C'est très sympa, Jahira, mais il faut être sûr qu'Edward veut vraiment qu'on fasse quelque chose comme ça, tu vas donc devoir lui demander. Emmène Clemmie avec toi.

— Oui, Clemmie saura quoi dire. Je peux faire un gâteau si vous voulez. Ma mère a plein de recettes.

— C'est gentil. Mais on doit d'abord demander à Edward, d'accord ?

— D'accord. Merci.

— Avec plaisir. Tu veux retourner dans le salon, maintenant ? Je demanderai à Clemmie de venir te voir dès qu'elle sera là.

Jahira acquiesça, se leva et prit le bras de Gil. L'effort pour arriver jusque-là l'avait visiblement éprouvée – elle s'appuyait sur lui. Il allait devoir signaler au kiné que l'enthousiasme de Jahira dépassait parfois ses capacités.

— Vous avez un vélo, alors. J'espère que vous portez un casque.

Les mots de Jahira avaient surgi de nulle part. Sa propre lésion avait été causée par une collision avec une voiture alors qu'elle se rendait au lycée à vélo. D'après ses parents, c'était le seul matin où elle n'avait pas de casque.

— Oui, j'en porte un. Mais merci de me le rappeler.

— Je peux le voir ? Votre vélo.

— Tu ne peux pas monter dessus, si c'est ce que tu demandes. Ton équilibre n'est pas encore assez bon.

Et remonter sur un vélo pourrait être plus difficile que Jahira ne l'imaginait. Gil comprenait son impatience, il avait ressenti cela lui aussi, mais il était important qu'elle n'essaie pas d'en faire trop, trop tôt.

— Je ne veux pas monter dessus, répondit Jahira avec une petite moue. J'aimerais juste le regarder.

— Pas de problème. Je suis un peu débordé aujourd'hui,

mais je viendrai avec demain, et tu pourras le regarder autant que tu voudras.

— Merci. Edward dit que lorsqu'on rate quelque chose il faut respirer un coup et réessayer.

C'était un bon conseil, même si Edward parlait probablement à ce moment-là de graines renversées. Peut-être Gil devrait-il en tenir compte lui-même. Il devait faire face à ses propres erreurs et défauts, et les gérer.

— Oui, il a raison. Mais parfois, avec les grandes choses, il faut se donner un peu de temps.

Lorsque Gil revint dans son bureau, Clemmie était assise sur l'une des chaises. Il referma la porte, passa derrière sa table de travail et s'installa dans son fauteuil. Il n'osait pas s'approcher trop près. Même la surface plane entre eux devenait rapidement une tentation irrépressible…

Il devait se ressaisir. Clemmie avait ce sourire espiègle qu'il adorait et qu'il ne pouvait s'empêcher de lui rendre.

Il tint aussi longtemps qu'il put, la regardant fixement dans les yeux, et finalement elle craqua. Sa main vola à sa bouche, elle se mit à rire, et il s'esclaffa aussi.

— On l'a fait, alors, dit-elle enfin.

Son expression ne laissait aucun doute sur ce qu'elle ressentait à ce sujet. Gil sentait encore le contact de ses lèvres sur les siennes.

— Oui, on l'a fait. Tu es magnifique, aujourd'hui.

— Toi aussi. Pardon de ne pas te l'avoir raconté, dit-elle, baissant soudain les yeux.

Il mourait d'envie de lui prendre la main, mais quand elle le regarda à nouveau, ce fut inutile, le lien était intact.

— Hé. Je sais pourquoi tu t'es tue. Tu ne voulais pas que je sache à quel point je t'avais fait du mal.

— Tu ne l'as pas fait exprès, Gil.

— Non, en effet. Ça ne me console pas pour autant, mais c'est à moi de le gérer.

Maintenant qu'elle était là, il n'avait plus envie de parler de la culpabilité qu'il ressentait. Il voulait juste la voir sourire, encore et encore.

— On peut mettre ça derrière nous ?

Il ne pouvait rien lui refuser.

— Oui. L'avenir est un endroit plus agréable que le passé.

— Merci.

Elle sourit, et il oublia tout le reste.

— Il y a un nouveau salon de thé dans le centre-ville. Tu veux venir l'essayer avec moi à l'heure du déjeuner ?

— Un rendez-vous galant ?

— Plutôt un déjeuner de travail. Je pensais qu'on pouvait attendre ce soir pour le rendez-vous galant.

Le sourire de Clemmie s'élargit.

— C'est parfait, Gil. J'ai hâte d'y être.

Ils n'avaient plus besoin de précipiter les choses. Ils avaient une seconde chance et il voulait faire en sorte que cela marche.

— Bon, quel est le programme d'aujourd'hui ? Alors qu'on est tous deux impatients de notre rendez-vous de ce soir ?

— Eh bien, un autre rendez-vous galant, tu le crois ? Je viens de parler à Jahira, et elle a eu une idée…

Clemmie avait dû jongler avec divers projets au cours de la semaine, mais elle avait tout organisé. Edward attendrait dans le jardin son amie Caroline, dont Maggie devait guetter l'arrivée. On s'activait également en cuisine, et Jahira bouillonnait d'excitation. Clemmie avait veillé à ce qu'Edward soit très élégant, et poussé son fauteuil sous un grand parasol, devant une table drapée d'une nappe blanche. Elle avait même, Dieu sait où, emprunté des couverts en argent.

— Je ne suis pas sûr de tout ça, grommela Edward.

Gil avait décidé de lui tenir compagnie pendant qu'il attendait, et le vieil homme semblait à fleur de peau.

— Elle va adorer.

Edward fixa la table en face de lui.

— Je n'ai pas grand-chose à lui offrir.

Il n'était pas très bavard, se concentrant généralement sur la tâche à accomplir. Là, il était clairement très nerveux.

— Je comprends ce que vous ressentez, vous savez.

Edward leva les yeux vers lui et hocha la tête.

— Jahira m'a dit que vous étiez ici, il y a quelque temps. Avec une lésion au cerveau comme la sienne.

— Oui, c'est vrai.

— Un jeune gars comme vous ne devrait pas avoir de problèmes avec les femmes, pourtant.

— Là n'est pas la question. Je regardais ce que j'étais avant ma commotion et je me figurais que je ne serais plus jamais le même.

Clemmie serait-elle gênée qu'il en dise un peu plus ? Il décida qu'elle serait fâchée s'il ne le faisait pas.

— Pendant longtemps, j'ai pensé qu'aucune femme ne m'accepterait tel que je suis. Mais j'ai rencontré quelqu'un, et elle m'a fait comprendre qu'elle m'aurait accepté à l'époque, comme elle le fait maintenant.

Edward sourit. Le même genre de sourire bancal par lequel Gil était passé, et dont il voyait à présent que c'était suffisant. Edward était perspicace et gentil, il pouvait parler de toutes sortes de choses et d'endroits qu'il avait vus au cours de sa carrière, et c'était un gentleman. Il avait beaucoup à offrir.

— Bien joué. C'est une chose qu'on peut dire à propos des femmes. Aucun de nous n'est assez bien pour elles, mais ça n'a pas l'air de les déranger.

— C'est vrai, dit Gil en riant.

— C'est pas plus mal, j'imagine.

Edward semblait un peu plus détendu à la perspective de son goûter. Ils n'eurent pas à attendre longtemps. Caroline arriva à l'heure prévue. Gil vit Maggie, qui avait pour une fois déserté son poste, à la porte, en train d'indiquer le chemin du jardin. Portant un sac sans doute rempli de choses pour Edward, Caroline avança vers eux.

— Bon. Advienne que pourra, murmura Edward.

Gil se leva, le laissant affronter seul ce qui s'avérait probablement l'un des plus grands défis de son séjour dans l'unité. Bien que ce fût contraire aux habitudes, Clemmie avait insisté pour qu'Edward accueille Caroline sans leur présence.

Jahira était cachée derrière un gros rhododendron près du mur extérieur. Elle semblait aussi nerveuse qu'Edward.

— Et si je faisais une erreur ? Et si elle veut juste être son amie ?

— Alors ce sera un bon thé par un après-midi ensoleillé. En quoi est-ce désagréable ? Tout est prêt. Tu ferais mieux d'appeler Clemmie pour la prévenir.

— Qu'est-ce que… ?

Une voix de femme s'éleva de l'autre côté du mur, et Jahira se figea. Gil se hissa sur la pointe des pieds et sourit.

Edward avait réussi à se mettre debout à l'arrivée de Caroline, et Gil félicita mentalement le kiné d'avoir autant travaillé avec lui pour rendre cela possible. Caroline, visiblement ravie, avait les mains sur la bouche. Edward indiqua la chaise qui avait été installée en face de lui et attendit que Caroline s'asseye avant de se rasseoir dans son fauteuil.

— C'est bon. Elle a l'air très contente, dit Gil, en qui l'excitation commençait également à monter.

— Qu'est-ce qu'ils disent ? demanda Jahira.

— Je n'entends pas. Allez, à toi de jouer.

La jeune fille lui fit une grimace, saisit son déambulateur, et se dirigea vers le jardin. Clemmie l'avait aidée à choisir une tenue branchée, et à tresser ses cheveux en un motif compliqué qui donnait au côté rasé de sa tête l'apparence d'une déclaration de mode.

Comme prévu, Jahira abandonna le déambulateur dès l'entrée du jardin et parcourut les derniers mètres toute seule. Puis elle remit les menus à Caroline et Edward, tandis que Clemmie arrivait avec la cuisinière, chacune armée d'un plateau. Le cœur de Gil bondit, comme toujours, en voyant Clemmie. Il alla à leur rencontre et déchargea la cuisinière du plateau supportant deux jolies tasses en porcelaine et une théière assortie, avec un couvre-théière. Sur le sien, Clemmie avait disposé des sandwichs et des scones, ainsi que deux tranches du délicieux gâteau que Jahira et sa mère avaient préparé ensemble. Il y avait des petits pots de crème et de confiture pour les scones, et une bonne quantité de serviettes, au cas où la main tremblante d'Edward ferait des dégâts.

— Comment ça se passe ?

— Bien pour l'instant. Elle semble ravie.

— Oh ! eh bien, c'est un bon signe, hein ?

Ils portèrent les plateaux au jardin. Caroline s'exclama :

— C'est merveilleux. Merci beaucoup !

— Edward est notre ami, alors on l'a aidé à faire ça pour vous, expliqua Jahira en souriant.

Gil avait espéré que Jahira ne dirait rien d'inconvenant, mais il l'avait sous-estimée. C'était exactement la bonne chose à dire, et Caroline adressa un sourire rayonnant à Edward.

Clemmie fit le service et laissa son téléphone à Edward pour qu'il appelle quand ils auraient fini. Il lui lança un regard éloquent, qui prouvait que tout cela valait la peine, puis Gil et Clemmie s'éloignèrent, entraînant Jahira avec eux.

— Tu penses qu'ils vont s'en sortir ? demanda Clemmie.

— Avec la moitié de l'unité qui surveille par les fenêtres, et Jahira qui monte la garde dehors ? Je ne vois pas ce qui pourrait leur arriver.

— Ce n'est pas ce que je veux dire, protesta-t-elle, faussement irritée. Où est passé ton sens du romantisme ?

— J'avais compris, répondit-il en riant. Tout ira bien pour eux, tu verras.

12.

Clemmie était restée tard pour échanger avec la mère de Jahira. Le goûter s'était déroulé comme elle l'avait espéré, et Edward lui avait ensuite confié qu'il avait suggéré à Caroline qu'ils se voient davantage, lorsqu'il quitterait l'unité de réadaptation. À sa grande surprise, et à son aussi grand soulagement, elle avait répondu par l'affirmative, demandant même pourquoi diable il avait mis si longtemps à le demander.

Clemmie se rendit chez Gil à pied. Il était déjà rentré, emportant de la paperasse à terminer en toute tranquillité. Clemmie espérait qu'il aurait fini et qu'ils pourraient profiter du reste de la soirée.

Il était dans le jardin, regardant fixement les pommiers. Elle s'assit à côté de lui et il lui sourit.

— Tu mets l'élagage au point dans ta tête ?

— Ce ne sera pas avant février. Ça leur permet de pousser une fois le bois mort coupé.

Mais quelque chose le tracassait manifestement.

— Alors, qu'est-ce qu'il y a ? Edward est aux anges. Quand je suis partie, il finissait le reste du gâteau avec Jahira et sa mère.

— C'est chouette.

Il y avait une combinaison étrange dans ses yeux. Un désir qui correspondait au sien, ainsi que du regret.

— Gil ? Qu'est-ce qui ne va pas ?

Il poussa un soupir.

— Tu te demandes parfois ? Ce qui aurait pu se passer si je n'avais pas eu d'hémorragie cérébrale. Si je t'avais appelée comme promis.

Ces sept années étaient lourdes de tristesse et d'erreurs.

— Oui, je me le demande, fit-elle, hochant la tête.

— Je sais que tu ne voulais pas en parler, Clemmie. Mais notre relation est en train de changer. Cela me plaît beaucoup, mais ça engendre des règles différentes.

Il avait raison. Être avec Gil était merveilleux, mais elle n'avait pas tout raconté. Elle allait devoir choisir ses mots très soigneusement.

— C'est difficile.

Il acquiesça. Peut-être avait-il décidé que c'était trop difficile, justement. Il y avait des risques à lui en dire plus, mais la semaine passée avait appris à Clemmie à quel point la contrepartie en valait la peine.

— On a peut-être tous deux besoin d'un coup de pouce.

Elle le fixa avec espoir. Il ne l'avait pas encore laissée tomber, et elle n'imaginait pas une situation où il le fasse.

— Je suppose. Quelque chose m'a poussé aujourd'hui.

Soudain, il se leva et entra dans la maison. Il réapparut quelques instants plus tard avec un sachet en papier brun.

— Qu'est-ce que c'est ?

Il posa le sachet sur la table et elle lorgna à l'intérieur. Il était allé acheter ses truffes préférées chez le chocolatier.

— C'est pour moi ?

— Tu sais bien que oui. Mais pas tout de suite…

Elle retira sa main du sac avec un air coupable.

— Tu as raison. Après qu'on aura parlé…

Il lui lança un regard insondable et s'assit en face d'elle.

— Action ou Vérité, Clemmie. Tu veux jouer ?

— Avec du chocolat ?

Il hocha la tête.

— Gil, tu as déjà joué à Action ou Vérité ? On n'est pas censé récompenser quelqu'un avec du chocolat s'il décide de ne pas dire la vérité.

— J'y ai déjà joué. Penses-y de cette façon : si je ne te dis pas la vérité, alors je devrai manger une truffe, ce qui signifie une de moins pour toi. Ce que je ne suis pas prêt à envisager, parce que j'adore voir la tête que tu fais quand tu manges des truffes. Si, d'un autre côté, tu décides de ne pas dire la vérité, ton gage ne sera pas trop contraignant. C'est un concept qui marche plutôt bien à mon sens.

Il avait écouté tout ce qu'elle avait dit. Il savait qu'elle trouvait malaisé d'être celle qui se souvenait quand lui ne se rappelait rien, et il lui donnait une porte de sortie. Elle pourrait la prendre si elle en avait besoin, mais elle voulait cette chance de parler davantage.

Elle éloigna le sachet vers le centre de la table.

— Donc tu as l'intention de dire la vérité, sans attendre de moi que j'en fasse autant. Je pense que tu sous-estimes l'effet du chocolat sur moi, Gil. Il a bien plus de chances de me délier la langue que les shots de tequila.

— C'est peut-être une mauvaise idée, en ce cas.

Il saisit le sachet et elle posa ses doigts tremblants sur les siens. La seule chose dont elle était sûre, c'était qu'il ne lui ferait pas de mal. Seuls les secrets pouvaient le faire, et s'ils devaient aller de l'avant, peut-être certains de ces secrets devaient-ils être révélés.

— Ce n'est pas une mauvaise idée du tout. Je peux commencer en premier ?

— Bien sûr.

— Qu'est-ce qui s'est passé aujourd'hui, pour te pousser ?

Il répondit sans la moindre hésitation.

— Je parlais avec Edward et il a dit qu'il n'avait pas grand-chose à offrir à Caroline. Ça m'a fait réfléchir, parce que j'ai ressenti la même chose après mon hémorragie cérébrale. J'aurais pu t'appeler bien plus tôt que je ne l'ai fait, mais je regardais la photo et tu étais si belle et pleine de vie… J'ai repoussé le moment, et le temps que j'arrive à un stade où je sentais que j'avais quand même quelque chose à offrir, il était trop tard.

Elle prit une grande inspiration. C'était douloureux, mais connaître ses raisons l'aidait à comprendre.

— Je t'aurais pris, Gil. Tel que tu étais.

— Je sais. C'est ce que j'ai dit à Edward.

— Tant mieux. C'était au moins un bon conseil pour lui. J'ai droit à une question supplémentaire ?

— Vas-y, je t'en prie.

— Qu'est-ce que tu ressens à ce sujet, maintenant ?

Voilà qui s'avérait plus difficile, et il marqua une pause.

— De la culpabilité. Plein de regrets.

— Tu ne devrais pas, je comprends…

Il leva la main pour l'arrêter.

— Tu m'as demandé ce que je ressentais et je te le dis. Il ne s'agit pas de reproche ou de faute, simplement de la vérité.

C'était rassurant. Il pouvait avoir des questions délicates à lui poser et cette politique du « pas de reproche » jouerait certainement en sa faveur.

— D'accord. À ton tour.

Il réfléchit un instant.

— Lors de notre première fois l'autre soir, il y avait quelque chose que tu voulais me dire.

Une panique glacée serra le cœur de Clemmie.

— Tu as assuré que tu n'avais pas besoin de savoir.

— Oui. Et maintenant non plus. Ce ne sont pas mes affaires. Ça paraissait important pour toi à ce moment-là, et je me demande si c'est toujours le cas aujourd'hui.

Elle attrapa le sachet de truffes et Gil posa la main sur la sienne.

— C'est sans doute une question déloyale. Passe ton tour pour l'Action.

— Tu ne sais vraiment *pas* comment marche le chocolat, hein ? fit-elle, levant les yeux au ciel.

Elle déballa une truffe et la mit dans sa bouche.

— Je veux te le dire, ajouta-t-elle.

Il hocha la tête et lui prit le sachet des mains, un sourire tranquille sur les lèvres. D'accord, il voulait être sûr que ce n'était pas seulement le chocolat qui parlait. C'était probablement sage, elle aurait pu en manger un peu plus.

— J'ai été mariée, peu de temps, ça n'a duré que dix-huit mois et…

Elle lui jeta un regard suppliant. Il était grand temps qu'elle lui dise, mais cela ne rendait pas la chose plus aisée.

— Ça fait sept ans, Clemmie. Je serais choqué d'apprendre que tu n'as pas eu de vie.

Il semblait bien prendre la nouvelle. Cela l'encouragea.

— Harry et moi étions au lycée ensemble. Il avait un peu le béguin pour moi quand on était en première, mais je lui ai fait comprendre que je n'étais intéressée que par une amitié. Je pensais qu'il l'avait accepté, mais…

Elle haussa les épaules. Harry avait renouvelé son intérêt pour elle juste au moment où elle avait compris que Gil ne téléphonerait pas. Il avait peut-être perçu sa tristesse, sa vulnérabilité. Mais Gil ne devait jamais savoir cela.

Il hocha la tête. Attendant la suite.

— Plus tard, nous nous sommes mariés. Harry avait décidé que c'était ce qui nous convenait, mais j'aurais dû écouter mes doutes.

— Pourquoi ne l'as-tu pas fait ?

— J'avais besoin d'un ancrage, de quelque chose de stable. Harry était si attentif, si sûr de tout, je lui en étais reconnaissante. Je pensais que c'était de l'amour. Mais tout ce qu'il voulait vraiment, c'était quelqu'un qu'il puisse contrôler. Harry pouvait être très manipulateur pour arriver à ses fins, et j'ai découvert que c'était délibéré de sa part. On s'est séparés, et on a divorcé.

— Je suis navré qu'il t'ait rendue malheureuse. Tu mérites mieux, Clemmie.

Elle mit sa main dans la sienne, et il noua leurs doigts. C'était tellement chaleureux, rassurant. Elle pouvait peut-être oublier qu'elle n'avait pas révélé à Gil le seul secret qui le blesserait réellement. Qu'elle avait épousé Harry à cause de la manière dont lui, Gil, lui avait brisé le cœur.

— Merci de comprendre.

— Je ne comprends pas, pas vraiment. Je ne comprends pas comment quelqu'un peut essayer de te contrôler, alors que tu es parfaitement capable de diriger ta propre vie. Mais j'espère que tu le lui as bien expliqué.

Elle sourit. Le caractère protecteur de Gil n'était pas celui, rigide et abusif, de Harry.

— Oui, je l'ai fait. Quand j'ai enfin repris mes esprits.

Il serra sa main, semblant oublier Action ou Vérité. L'ardeur flamboyait dans ses yeux et il aurait été si facile de laisser cette conversation là où elle en était pour en entamer une autre, très différente. L'échange intime de leurs ébats amoureux. Mais elle avait commencé et elle voulait finir.

— Harry a rendu les choses très difficiles après que je l'ai quitté – comme si, pour tout contact, même un conflit était mieux que rien. Il a marchandé tout ce que je n'avais pas pu faire entrer dans ma valise, y compris mes vêtements. Il a vidé notre compte bancaire commun, je n'avais plus rien. Je suis allée voir mes parents et ils m'ont accueillie quelques mois chez eux. Mais ma mère n'arrêtait pas de me demander quand je serais prête à retourner chez Harry. Elle ne voyait pas que ce n'était pas chez moi et que ça ne l'avait jamais vraiment été.

— Elle ne voyait pas ce que tu ressentais vraiment. Elle ne te voyait pas, *toi*.

Il avait mis le doigt sur ce qu'elle essayait d'exprimer.

— C'est ça. Quelques-uns de mes amis se sont cotisés et m'ont prêté l'argent d'une caution pour un studio. Ce n'était pas grand-chose mais c'était chez moi. Quand j'ai eu de quoi les rembourser, ils n'ont pas voulu. Ils m'ont dit qu'ils étaient heureux de me voir loin de Harry, et que je devais mettre l'argent dans un emprunt.

— Je suis content que tu aies eu des gens pour t'aider. Tu as ton propre appartement maintenant ?

— Oui. Je n'ai pas beaucoup de meubles. C'est pour ça que je ne t'ai pas invité, fit-elle avec un sourire.

— J'aimerais venir le voir, si ça ne te dérange pas.

— Il y a encore beaucoup à faire. Je pourrais te mettre à contribution.

— J'en serais ravi. Question supplémentaire ?

Elle acquiesça.

— Comment tu te sens maintenant ? Sur le fait d'être vue

et entendue. Il me semble que tes parents t'ont vraiment laissée tomber, ça a dû être un coup dur.

— Pour être honnête, ils ont fait plus que ce que j'attendais d'eux. Mais j'ai fait des choix, et j'ai construit une nouvelle vie. C'est mon choix d'être avec toi maintenant, Gil, et l'une des raisons, c'est que tu me vois et m'entends.

Il se pencha par-dessus la table et l'embrassa.

— Toujours, Clemmie. Te voir et t'entendre est le meilleur moment de ma journée.

— On peut laisser tout ça derrière nous, Gil ? Tout ce qui s'est passé ? demanda-t-elle, car c'était la seule question essentielle.

— Je ne serais pas ici si je ne le pensais pas, répondit-il sans hésiter.

Elle vint s'asseoir sur ses genoux. Il enroula tendrement les bras autour d'elle. Quelque chose avait changé, et c'était pour le mieux. Les secrets et le temps perdu commençaient à être actés, cela apaisait leur relation. Il l'embrassa.

— Tu en as fini avec ce jeu ?

— Je suis contente qu'on ait parlé, dit-elle en l'embrassant en retour. Et oui, j'en ai fini avec ce jeu pour le moment.

— Bien. Parce que j'aimerais vraiment que tu m'expliques exactement comment le chocolat fonctionne pour toi…

Leurs ébats furent différents, cette fois. Ce n'était plus une façon d'oublier tout ce qui s'était passé entre eux, mais de célébrer leur lien et de le renforcer.

Gil avait préparé un en-cas, car ils avaient raté le dîner. Clemmie était assise sur une chaise du jardin, vêtue seulement d'une de ses chemises. Toutes les tenues lui allaient, mais c'était celle-là qu'il préférait.

— Je peux te poser une question ?

— Bien sûr.

— Et ta famille ? Je ne suis pas proche de mes parents, mais on a au moins eu une chance de réparer notre relation, même si ça n'a pas marché. Avec les tiens en Australie, ça ne doit pas être facile.

— C'est compliqué quand on dépend du téléphone. Mais ça va mieux. Je leur parle un peu plus, et eux aussi. Quand ma mère a râlé parce que je ne lui avais pas parlé plus tôt de mon traumatisme crânien, ça a été un déclic.

— C'est bien qu'elle ait râlé.

— Oui, c'est vrai.

Cela avait été le début d'un changement dans leur relation, qui lui avait permis d'admettre une certaine fragilité, même s'il avait toujours tendance à passer sous silence les difficultés qu'il rencontrait dans la vie.

— Ils se détendent un peu en vieillissant. Mon père a pris sa retraite l'année dernière, à la surprise générale. Il a remplacé le travail par des loisirs, avec le même acharnement, mais s'asseoir dans un bateau et lancer une ligne de pêche dans l'océan défie pas mal le stress. Outre la compétition pour savoir qui peut attraper le plus gros poisson, le fait d'attraper ce qu'on mange le pose, en quelque sorte. C'est un peu comme cultiver ce que l'on mange, sauf que les fraisiers n'ont pas l'habitude de se débattre autant.

— On dirait que tu as une meilleure relation avec eux maintenant.

Il haussa les épaules.

— Je n'ai jamais vraiment eu une *mauvaise* relation avec eux. Juste un peu dysfonctionnelle, peut-être.

Elle prit une profonde inspiration.

— Tu peux me faire une faveur ?

— Oui ? répondit-il, incapable de lui refuser quoi que ce soit.

— Tu iras les voir ? Ou tu pourrais au moins les appeler et entamer un dialogue. Leur faire savoir si tu as un souci.

Il réfléchit. Ses parents n'étaient pas si nuls, il les aimait vraiment. Parler avec Clemmie l'avait convaincu qu'il n'échangeait pas assez avec eux.

— Tu as une raison particulière pour cette requête ?

— Ma relation avec mes parents s'est irrémédiablement

dégradée. La vôtre n'a pas l'air de l'être, et… Tu devrais l'entretenir, Gil. Avant qu'il soit trop tard.

Il s'approcha, caressa doucement sa joue.

— C'est beau et généreux, Clemmie. Tu as raison.

Peut-être pourrait-il la convaincre de venir avec lui. Il adorerait lui faire visiter l'Australie et lui faire rencontrer sa famille. Renouveler quelques liens lui-même pendant qu'il y était. Mais cela attendrait. La semaine passée avait bouleversé son univers, il était encore un peu tôt pour lui demander de faire plus de dix mille kilomètres afin de connaître ses parents. Il avait hâte, cependant.

Il embrassa sa main, et elle s'assit sur ses genoux.

— C'est bon ?

Bien sûr que oui, mais il voulait juste l'entendre le dire.

Elle leva les yeux vers lui, son visage rayonnait dans l'obscurité.

— Oui, c'est bon. Bien qu'il commence à faire froid.

— Reviens te coucher, alors.

13.

Gil était arrivé à la conclusion qu'il n'y avait rien qu'il ne ferait pour Clemmie. Leur relation avait été un parcours chaotique, où les occasions manquées, la colère et la culpabilité avaient fait de leur mieux pour les séparer. Mais tant bien que mal, ils étaient restés ensemble. Grandissant et allant de l'avant, laissant le passé derrière eux.

Il sentait qu'il pouvait désormais enfin regarder vers l'avenir. Clemmie avait beau se souvenir de tellement plus de choses que lui, avoir trois longueurs d'avance dans cette relation, elle avait attendu qu'il la rattrape. Maintenant, il était prêt à prendre sa main et à cheminer vers le futur.

— Ça te dirait, une balade à vélo demain, pour explorer un peu Richmond Park ?

Il posa la question d'un ton désinvolte ; ils n'avaient pas l'habitude de planifier leurs week-ends, prenant tout comme ça venait, mais un peu d'organisation ne faisait pas de mal.

Souriante, elle leva les yeux de sa sacoche, qu'elle rangeait avant de quitter le service.

— Je vais devoir me percher sur ton guidon. Ou alors il faudra me louer un vélo. De toute façon, il faut que tu me promettes de ne pas aller trop vite.

— Je resterai derrière toi tout le long du chemin.

— Pas question, dit-elle en éclatant de rire. La moitié du plaisir, c'est un derrière bien dessiné dans mon collimateur.

— J'ai l'impression que tu ne me veux que pour mon corps, répondit-il, et elle lui tira la langue.

Il ferma la porte du bureau derrière eux, puis souhaita un bon week-end à Maggie en traversant la réception. Clemmie alla chercher ses affaires dans son casier et il l'attendit dehors. Qu'ils quittent souvent l'unité ensemble n'avait pas suscité de commentaire particulier car leur travail était étroitement lié, et le chemin du retour pour Gil était dans la même direction que la gare, mais autant rester discrets.

— On pourrait suivre cette piste cyclable, dit-il, désignant celle qui faisait le tour du parc. Puis couper à travers bois. Je garderai tout le temps mon joli derrière dans ta ligne de mire.

— J'ai hâte.

— Si ça te plaît, je t'achèterai un vélo pour Noël, dit-il délibérément, avec un frisson de plaisir anticipé.

— Pour Noël ?

Elle leva les yeux vers lui, les joues rosies.

— Sauf que tu devras probablement le laisser chez moi. À moins qu'il y ait des pistes cyclables dans ton coin.

— Non, aucune à proximité. Et j'habite sur une route assez fréquentée, je ne suis pas sûre de faire du vélo là-bas. Ce serait probablement mieux de le laisser chez toi.

Noël semblait encore loin. Mais ils venaient d'établir un projet, tenant pour acquis qu'ils seraient toujours ensemble à ce moment-là. *Et* ils passaient l'entrée principale de l'hôpital, bras dessus, bras dessous.

— On ne va pas trop vite ? demanda Clemmie, retirant soudain sa main du creux de son bras. Il vaut mieux éviter les marques d'affection devant l'hôpital. Jusqu'à mon départ la semaine prochaine.

— Alors hors de question de t'embrasser à pleine bouche ?

Il aimait la façon dont ses joues s'empourpraient quand il la taquinait.

— Absolument. Rien de tout ça jusqu'à ce qu'on ne travaille plus officiellement ensemble.

— D'accord. Mais à contrecœur, parce que j'ai très envie de t'embrasser, là.

Ils semblaient avoir franchi une nouvelle étape importante et il voulait marquer ce moment d'une manière ou d'une autre. C'était la première fois qu'ils parlaient d'avenir, sachant que le passé avait relâché son emprise sur eux. Quand ils seraient chez lui, il rattraperait le temps perdu.

Le lendemain matin, Gil alla chercher un vélo à la boutique de location et quand il revint, Clemmie, un brin inquiète, attendait devant la maison.

— Ah, fit-elle, soulagée. Il est bien. Pas trop sportif.

C'était un vélo robuste, sans être trop lourd, et s'il convenait à Clemmie, il lui en offrirait un comme celui-ci.

— Tiens, voilà le plus important.

— Un casque. Et assorti au vélo. Vert menthe.

Elle était très mignonne en vert menthe, ses cheveux foncés rehaussant la couleur. Gil vérifia que le casque était bien ajusté, serrant soigneusement la sangle sous son menton. Elle était parfaitement capable de le faire elle-même, mais il aimait faire les choses pour elle. Elle enfourcha le vélo.

— On y va, maintenant ? Je suis prête.

La forme physique de Clemmie provenait sans doute plus d'une activité constante que de la gym, mais elle avait de l'endurance et de la force. Gil le savait déjà, ayant éprouvé chaque partie de son corps, son équilibre et sa puissance contre le sien. Elle roula un moment devant lui, à un rythme très respectable. Puis ils montèrent à travers bois jusqu'au sommet de la colline, avant de faire demi-tour et de redescendre. Elle pédalait à ses côtés sur le large chemin, prenant soin de laisser de l'espace pour les piétons, et une voie de dépassement pour les autres cyclistes.

— J'aime vraiment ça. Ce n'est pas si dur que cela en a l'air. Oups !

Elle vacilla et manqua tomber lorsque trois vélos de sport la dépassèrent dans la descente, mais elle retrouva son équilibre. Toutefois, les autres cyclistes allaient trop vite, et lorsqu'ils franchirent une bosse un peu plus loin, l'un d'eux fit un vol plané.

Clemmie fit signe à Gil d'aller voir, et le suivit à une allure plus modérée. Le gars allait à une telle vitesse qu'il avait atterri trois mètres plus loin sur le côté du chemin. Gil atteignit l'homme avant que ses compagnons aient eu le temps de faire demi-tour et de remonter la pente. Mais le cycliste s'était déjà relevé.

— Hé. Ça va ?

Gil aurait préféré qu'il reste à terre un peu plus longtemps, pour l'ausculter avant qu'il bouge.

L'homme grimaça, puis se plia en deux de douleur.

— Je suis médecin. Venez vous asseoir et laissez-moi regarder.

— Euh…, merci.

Gil le conduisit lentement jusqu'à un banc voisin. Son premier réflexe fut de vérifier sa tête, mais le casque du type n'était pas endommagé, ce qui était bon signe. Il le déboucla tout de même avec précaution et l'ôta.

— Vous vous êtes cogné la tête ?

— Je ne pense pas. Je suis tombé sur mon épaule. C'était débile de ma part… J'allais trop vite.

Gil était d'accord avec lui, mais ce n'était pas son souci premier pour le moment. Il sentit quelqu'un le bousculer par-derrière, essaya de l'écarter, puis il entendit Clemmie.

— Laissez-lui de la place, s'il vous plaît, protesta-t-elle d'un ton véhément. Mon ami et moi sommes médecins.

Elle avait déjà récupéré la trousse de secours fixée au vélo de Gil, et elle les rejoignit sur le banc.

— Je m'appelle Clemmie, au fait. Et voici Gil.

— Nathan, dit le jeune homme.

Elle tendit à Gil la lampe stylo et il vérifia que les pupilles de Nathan réagissaient correctement à la lumière. Il ne sentait aucune bosse sur sa tête, et Nathan ne semblait pas souffrir d'autres symptômes de commotion.

— Ce n'est que son épaule, on dirait, lui souffla Clemmie.

Il acquiesça, heureux de sa vigilance. De par son expérience, il était toujours très attentif à la possibilité d'un traumatisme crânien, et Clemmie le guidait avec précaution dans la suite de son diagnostic. Ils enlevèrent le maillot de Nathan, et l'examen superficiel suffit à révéler qu'il s'était cassé la clavicule, et probablement l'un des petits os du poignet. Clemmie déplia deux écharpes triangulaires de la trousse et aida Gil à immobiliser le bras de Nathan.

— Merci. Ça va beaucoup mieux, maintenant.

Nathan fit mine de se lever, mais Clemmie l'arrêta.

— Il faut aller à l'hôpital passer une radio. Il semble que vous vous soyez cassé la clavicule, et sans doute le poignet aussi.

— Vraiment ? Je ne me sens pas trop mal.

Nathan essaya de se redresser et grogna de douleur.

— Vous avez peut-être raison…

Maintenant, il s'agissait de l'emmener là-bas. Appeler une ambulance paraissait le seul moyen, mais l'équipe devrait marcher pour arriver jusqu'à eux ; il était peu probable que l'ambulance puisse passer sur les parties les plus étroites de la piste. Clemmie donna un coup de coude à Gil, pointant du doigt le bas de la colline. Un véhicule tout-terrain du service des parcs s'était arrêté, deux hommes examinaient un arbre abattu.

— Ça va le faire, pas vrai ?

En effet. Gil envoya l'un des compagnons de Nathan parler aux hommes et, en moins de dix minutes, ils aidaient Nathan à monter dans le véhicule et leurs vélos étaient chargés à l'arrière. Le chauffeur descendit lentement et prudemment la colline jusqu'à l'entrée du parc qui se trouvait en face de l'hôpital, puis les conduisit devant les urgences. Les ambulanciers sur place levèrent un sourcil étonné, mais dès qu'ils virent Nathan, ils l'aidèrent à quitter le siège arrière et à s'asseoir dans un fauteuil roulant.

— Merci, les gars, lança Nathan avec un sourire piteux. Désolé de gâcher votre samedi.

— Pas de problème. Faites attention la prochaine fois.

Clemmie le salua de la main et alla récupérer leurs vélos, qui étaient restés contre le mur près de l'entrée.

Gil s'autorisa enfin une grimace de frustration.

— Je sors avec une fille et qu'est-ce qui se passe ? Quelqu'un tombe de son vélo et on se retrouve au boulot.

— Arrête. Tu n'allais pas passer devant lui et le laisser là ?

— Non, évidemment.

Mais il avait rêvé que cette journée soit parfaite. Le premier jour où leur avenir semblait dégagé.

— Alors ne sois pas si grincheux. Tu sais quoi, pourquoi on n'irait pas montrer ce vélo à Jahira ?

— Elle voudra essayer de monter dessus. Une chute à vélo me suffit pour la journée.

— On la laissera juste mettre le casque et s'asseoir sur la selle. Elle n'ira nulle part. Tu as bien demandé à sa mère si tu pouvais encourager Jahira à reprendre la bicyclette, non ?

— Oui. Jahira lui en a réclamé une nouvelle, et sa mère trouve que c'est une bonne idée, à condition qu'elle reste sur les pistes cyclables, à l'avenir.

— Eh bien, c'est parfait. On peut prendre des photos pour son album de souvenirs. Il y a encore plein de pages pour les nouveaux souvenirs qu'elle se crée.

Clemmie mit son casque.

— Et je veux aussi lui montrer ce casque. J'aime sa couleur.

Gil nota mentalement que le vélo qu'il achèterait à Clemmie – et le casque – seraient tous les deux vert menthe.

— D'accord. Et après on ira déjeuner ?

— Bonne idée.

D'un coup, la journée *était* parfaite. Parce que Clemmie souriait.

Gil avait fait des cachotteries à Clemmie. Lors de son dernier après-midi à Barney, ils travaillaient dans son bureau quand il avait reçu un appel. Il avait quitté la pièce à toute vitesse, et elle l'avait suivi, se demandant ce qui se passait. Lorsqu'il était arrivé dans le salon des patients, il y avait eu un grand concert de « Surprise ! », puis des canons à confettis, un gâteau et du punch sans alcool.

Tout le monde avait échangé des embrassades avec elle, sauf Gil. Son tour viendrait plus tard.

Clemmie entra chez lui à sa suite, déposant ses fleurs dans le vestibule.

— J'ai parlé à mon patron au téléphone ce matin. Il est très intéressé par certaines des choses qu'on a faites au cours des six dernières semaines, il veut que j'écrive un rapport complet. Pour comparer les deux unités.

Gil hocha la tête.

— C'est très bien. Ça m'intéressera aussi de le lire. J'en apprendrai sûrement quelque chose.

— Sans aucun doute.

Elle aimait sa manière de toujours regarder vers l'extérieur, sans s'enfermer dans son propre fonctionnement. C'était une bouffée d'air frais professionnelle et personnelle.

Il l'enlaça et l'embrassa.

— Je suppose que ça veut dire que je ne te verrai pas beaucoup la semaine prochaine…

Elle fit une moue de regret.

— Probablement. Il envisage une présentation la semaine suivante, je dois donc commencer à rédiger ça dès demain. Cela signifiera à coup sûr quelques soirées de travail tardives. Tu vas me manquer.

Gil posa un doigt sur ses lèvres.

— C'est important. Et puis, tu me manqueras plus que je pourrais te le dire, alors…

Il lui murmura à l'oreille de quelle manière il le lui montrerait, lorsque le week-end arriverait enfin.

— Ça promet d'être merveilleux.

C'était pourtant plus difficile que Clemmie l'avait imaginé. Elle avait confiance en Gil et savait que l'histoire n'allait pas se répéter. Cependant, elle avait du mal à chasser de ses pensées leurs adieux passionnés à la fin du congrès, et tout ce qui s'était passé par la suite.

— Et juste pour être sûr que tu saches où me trouver.

Il la conduisit dans le salon. Une enveloppe était posée sur la cheminée et il la lui tendit. Clemmie l'ouvrit et éclata de rire. Il y avait une petite carte à l'intérieur, avec le numéro de portable de Gil. Ainsi que son adresse e-mail, son numéro de téléphone fixe et sa ligne directe au travail. Gil savait ce qu'elle ressentait, et il faisait en sorte que cette séparation soit différente de la précédente. Il sourit.

— Afin de te donner plusieurs options.

— Merci. Je vais mettre ça en sécurité. Tu veux que je laisse mes numéros à la maison ?

— Oui, et ton e-mail. Je t'appellerai, et si tu ne réponds pas, je viendrai te chercher en personne.

— Avec une pantoufle de vair dans la main ?

— Ou un casque de vélo.

Il l'embrassa et elle noua les bras autour de son cou. Cette fois, les choses allaient être différentes.

14.

Gil appelait tous les soirs, à 9 heures pile. Ils parlaient de tout : des détails de son rapport et de leurs journées. La romance entre Edward et Caroline était sur les rails, et Jahira lui transmettait ses amitiés. Le meilleur moment était celui avant de raccrocher, quand il lui disait combien elle lui manquait et qu'il la rappellerait le lendemain. Sa voix était toujours tendre, et Clemmie savait pouvoir compter sur lui.

Le vendredi, elle arriva chez elle à 8 heures et décida qu'elle ne pouvait pas attendre pour lui parler.

— Comment a été ta journée ? demanda aussitôt Gil.

— Productive. J'ai fini mon rapport et mon patron a aussitôt dit : « Très bien joué, Clemmie. Bravo. » Ce qui est étonnant car c'est d'ordinaire un homme avare de mots.

Elle entendit Gil rire.

— Bien sûr. Je pense que c'est un travail exceptionnel.

— Merci. Je n'aurais pas pu le faire sans toi.

À bien des égards. Il lui avait non seulement offert l'expérience de la gestion d'une unité dont elle avait besoin, il avait aussi été très présent. Lui donnant la confiance nécessaire pour rédiger un rapport pour une présentation innovante plutôt que simplement rendre compte de ses conclusions.

— Tu as réalisé tout ça seule. Je n'ai fait qu'observer et m'émerveiller. Alors, du coup, tu es libre demain ?

— Oui. Tu veux que je vienne à Richmond, pour que tu sois disponible pour faire un saut à l'hôpital, en cas de besoin ? J'ai une livraison de meubles à l'aube, mais je peux être là pour le déjeuner.

— Ou je peux venir à toi. Le médecin de garde demain est

parfaitement capable de gérer la situation. Une des choses qu'on apprend quand on dirige son propre service : avoir confiance en son équipe et comprendre que l'établissement ne va pas s'effondrer si l'on prend un peu de repos.

— Une des choses que je vais apprendre ? Ou une des choses que tu as apprises ?

— Bon. Que *j'ai* apprises. Alors ? Tu préfères quoi ?

Elle voulait qu'il vienne chez elle, mais il valait sans doute mieux le prévenir de ce qui l'attendait.

— Je pourrai t'offrir un fabuleux déjeuner et quelque chose de glamour à faire l'après-midi, mais tu risques de devoir aussi assembler des meubles…

— Où est ton sens de l'aventure ? Assembler des meubles peut être glamour aussi.

— Eh bien, je suis assez excitée. Je dors depuis six mois sur un vieux futon qu'on m'a donné, maintenant que ma chambre est peinte et que je vais avoir de jolis meubles, ce sera beaucoup plus confortable.

— Dans ce cas, j'insiste pour venir. Tu pourrais avoir besoin d'aide avec le lit, chérie.

La camionnette arriva à 8 heures le lendemain matin, et Gil dans la foulée, pendant que les hommes empilaient les cartons dans l'entrée de Clemmie. Il les aida à transporter les derniers. Puis la porte claqua, et Clemmie se retrouva dans ses bras. Il la plaqua contre le matelas encore sous plastique appuyé contre le mur. Elle sourit.

— Sérieusement. Tu veux déjà l'essayer ?

— C'est probablement la dernière fois qu'il est dans cette position…

Tentant. *Très* tentant.

— Loin de moi l'idée d'être bassement pragmatique mais… Qu'est-ce qui se passe si les choses deviennent un peu trop passionnelles et qu'il nous tombe dessus ?

— Je te sauverai. Et toi, tu seras très reconnaissante ? fit-il avec ce sourire enjoué qui la faisait défaillir.

Elle se hissa sur la pointe des pieds et déposa un baiser sur ses lèvres. Alors qu'il se rapprochait, la pression de son corps contre le sien et le léger fléchissement du matelas dans son dos se révélèrent fort aguichants. Elle avait juste à laisser Gil porter son poids… Mais il s'écarta soudain.

— Tu as raison. Il ne va pas rester debout très longtemps.

— Hé ! L'idée commençait à me plaire.

À lui aussi, visiblement, à en juger son sourire coquin.

— On devrait peut-être le caler un peu plus solidement contre le mur de la chambre.

— C'est assez sensé. Hum, dépêchons-nous, alors.

Clemmie et Gil avaient déballé la commode et l'avaient placée dans la chambre, ainsi que les cartons contenant l'armoire. Ensuite était venu le lit, qu'il avait fallu une heure pour monter. Essayer le matelas, d'abord verticalement puis horizontalement, avait pris un peu plus de temps mais Clemmie avait trouvé cette expérience extrêmement satisfaisante et Gil était indéniablement d'accord avec elle.

C'était si bon, de l'avoir ici. Cuisiner ensemble, et se creuser la cervelle sur la notice pour assembler l'armoire. Puis Clemmie la remplit de ses vêtements et Gil démonta les portants en acier qu'elle utilisait jusqu'alors, les empilant dans le couloir avec les cartons aplatis.

Se réveiller avec lui était encore meilleur. Sentir son corps chaud contre le sien, dans un lit confortable, avec le soleil filtrant par la fenêtre, et toutes ses affaires bien rangées dans la commode et suspendues dans l'armoire.

Gil lui apporta le petit déjeuner au lit, puis insista pour qu'ils emportent le futon et tous les rebuts à la déchetterie.

— On va déjeuner quelque part ? demanda-t-il en souriant alors qu'ils repartaient. Ou tu préfères que je cuisine pendant que tu admires ta nouvelle chambre ?

— Je t'invite au resto. Merci beaucoup de ton aide, Gil.

— Tout le plaisir est pour moi. Merci de me faire participer à cette étape importante de ta vie.

Car ça en était une, oui. Elle s'était enfin remise sur pied, assez pour meubler et décorer une pièce de son appartement, au moins. Les autres suivraient. Tout le reste suivrait.

Elle le guida vers son pub préféré et, leur repas une fois commandé, elle fit tinter son verre contre le sien.

— J'ai l'impression d'avoir enfin repris ma vie en main. J'ai mon propre appartement et quelques meubles. Et je n'ai plus le sentiment d'être prise en otage pendant que Harry essaie de me mettre des bâtons dans les roues avec le divorce.

— Deux ans, ça a dû être long, dans ces circonstances.

— Cinq ans. Un divorce n'en prend que deux si les deux parties ont un accord écrit. Harry a refusé de le faire.

— Cinq ans ? Et vous avez été mariés dix-huit mois…

Clemmie perçut la crispation soudaine de son ton, et son cœur se figea. C'était stupide. Elle s'était délectée du plaisir du week-end et avait baissé la garde.

— Hum… Plus près d'un an, en réalité.

— Tu as dit dix-huit mois.

Pourquoi Gil devait-il se rappeler tout ce qu'elle disait ? Ou s'agissait-il juste des choses dont elle ne voulait pas qu'il se souvienne ?

— Oui. Dix-huit mois.

— Tu disais que tu avais besoin d'un ancrage quand tu l'as épousé. Tu veux bien m'expliquer pourquoi ?

Il tentait manifestement de rester décontracté, mais il y avait un soupçon de tension derrière ses questions.

— On ne peut pas parler d'autre chose ?

— Si, bien sûr. Bien sûr.

Facile à dire. Gil était de nouveau souriant et bavard, mais un nuage de doute obscurcissait ses yeux. Il paraissait si solide qu'on ignorait aisément sa vulnérabilité.

Et ses calculs n'étaient pas faux. Cinq ans plus dix-huit mois faisaient six ans et demi. Ce qui ne laissait que six mois pour un cœur brisé et des fiançailles précipitées.

Il resta silencieux sur le chemin du retour, et alors qu'ils quittaient sa voiture, il mit un bras autour de ses épaules, comme s'il voulait la protéger du mal. Il ne le pouvait pas, mais après tout ce qu'ils avaient été l'un pour l'autre – tout ce qu'ils *étaient* l'un pour l'autre – peut-être étaient-ils assez forts. Elle le fit entrer dans l'appartement et gagna le salon.

— D'accord. Je vais tout t'expliquer…

Gil ne voulait pas savoir. Son instinct le poussait maintenant à arrêter Clemmie, et à poursuivre leur week-end. Continuer leur vie. Mais elle lui avait caché ce secret pour une raison. Sa révélation risquait de les séparer, mais il ne serait plus jamais capable de la toucher s'il savait qu'il avait fait quelque chose qui l'avait blessée au point qu'elle ne pouvait en parler. Au moins, de cette façon, ils avaient une chance. Il devinait, craignait, ce qu'elle allait dire.

— Clemmie, cette fois, n'omets rien, promis ?

Elle acquiesça. Il serra sa main, dans l'espoir de lui communiquer un réconfort qu'il ne ressentait pas. Elle prit une grande inspiration.

— On vivait quelque chose de spécial, tu le sais. Tout s'est passé si vite, mais ça semblait si juste, depuis le début. Tu m'as dit que tu m'aimais, et on a échangé nos numéros car on allait…

Une larme coula sur sa joue et elle s'interrompit.

— Tu veux dire… qu'on a fait des projets.

— Oui. Tu as dit que tu aimais ton travail mais que tu avais l'impression qu'il te consumait parfois, et que je t'avais fait voir qu'il y avait d'autres choses dans la vie. Je croyais que ce serait un nouveau départ pour nous deux, et quand tu n'as pas répondu à mes appels, j'ai… pensé que tu me fuyais, Gil, murmura-t-elle. Et que c'était cruel de ta part.

— J'ai fait des promesses et… je ne les ai pas tenues. Tu avais raison de me trouver cruel.

— Non. Tu étais à l'hôpital avec un traumatisme crânien, comment diable pouvais-tu répondre au téléphone ?

Il enfonça la tête entre ses mains, désespéré, anéanti. Elle aussi devait savoir…

— Quand j'ai commencé à me rétablir, j'ai réussi à recharger mon téléphone et j'ai effacé tous les appels et les messages qu'il contenait. Je ne pouvais pas accepter ce qui m'arrivait et je me suis coupé du monde. Je ne voulais parler à personne.

Elle le fixa, les joues rouges. Peut-être qu'elle faisait le rapprochement et se rendait compte qu'il *était* responsable de toute la souffrance qu'elle avait endurée.

— Je ne te blâme pas. C'était une réaction parfaitement naturelle à ce qui t'était arrivé.

— Ce n'était pas mon traumatisme, mais moi. Tu as épousé Harry parce que je t'ai brisé le cœur, n'est-ce pas ?

— J'avais besoin de quelqu'un qui soit présent, et qui ne me quitte pas. C'était lié au stade où j'en étais dans ma vie à l'époque, cela n'avait rien à voir avec toi. J'ai renoncé à toi trop vite, parce que j'étais prête à croire que personne ne pouvait se soucier de moi comme tu semblais le faire.

Il sentit des larmes lui piquer les yeux.

— Ne crois jamais que c'était ta faute, parce que ça ne l'était pas.

Son hémorragie avait été le tournant qui l'avait forcé à ralentir et à trouver un meilleur équilibre entre vie professionnelle et vie privée, mais avant ça, au fond de lui, il avait su qu'il devait le faire. Et si Clemmie l'avait perçu aussi ? Et si elle avait renoncé à lui parce qu'elle avait deviné qu'il ne changerait jamais ? Tout ce dont elle était coupable, c'était de vouloir voir le meilleur en lui.

Mais le pire était toujours là. Malgré une vie plus équilibrée, plus saine, il était toujours le même homme. Toujours aussi acharné à réussir tout ce qu'il entreprenait. Il ne doutait pas d'avoir été sincère en affirmant qu'il aimait Clemmie. Il l'aimait vraiment. Peut-être que c'était justement la meilleure raison de la quitter.

— Dis quelque chose, Gil…, demanda-t-elle d'une voix implorante.

— Je suis désolé.

Comment pouvait-il lui dire que tout ce qu'il pouvait faire pour arranger la situation était de partir, alors que c'était la dernière chose au monde qu'il voulait ?

— Je sais que c'est dur, reprit-elle d'une voix tremblante. On aurait dû savoir tous les deux qu'un nouveau départ complet n'était pas possible. Et je comprendrais si tu avais l'impression de ne pas te souvenir de ce qui s'est passé entre nous parce que je t'ai stressé…

— Non. Je ne veux pas entendre ça, Clemmie. Tu n'as rien à voir avec ce qui m'est arrivé. Tu me rends heureux maintenant, et même si je ne m'en souviens pas, je sais que tu m'as rendu heureux à l'époque.

— Alors *sois* heureux, Gil !

— Ce n'est pas suffisant, Clemmie. Si je ne suis pas sûr de tenir mes promesses, comment notre relation peut-elle être sécurisante pour nous deux ?

— Mais elle l'est. Ne m'enlève pas ça. Je ne le mérite pas.

Ses joues rougirent sous l'effet de la colère, et soudain il sut. Cette fois, ce ne serait pas pareil, car Clemmie était assez forte pour aller chercher mieux.

— Je ne vois pas d'issue… Et je ne te ferai plus souffrir.

— Et si je dis que je reste et qu'on peut s'en sortir ?

Le défi dans les yeux de Clemmie faillit le faire fléchir.

— Tu serais aussi restée avec moi quand j'ai eu mon hémorragie cérébrale, n'est-ce pas ?

— Bien sûr que oui. Qu'est-ce qu'il y a de mal à ça ?

Rien. Et tout. Il venait de mesurer tout ce qu'elle lui avait pardonné. La femme sur la photo n'avait pas mérité de partager les mauvais jours après son hémorragie, et Clemmie ne méritait pas de risquer son avenir avec quelqu'un qui l'avait déjà tellement blessée.

— Tu m'as caché ça, Clemmie. Parce que tu savais que cela allait tout changer.

Elle hésita. Alors il sut qu'il avait raison.

— Je pensais que… que tu te sentirais responsable…

— Je le suis. Ce que j'ai fait à l'époque, les petites choses qui se sont ajoutées à tout ce rejet et à toute cette douleur, avaient plus à voir avec la personne que j'étais qu'avec mon traumatisme. Tu as changé, mais je suis toujours le même. Je ne peux pas promettre d'être l'homme qui te rendra heureuse et je ne me contenterai pas de moins.

Il l'avait dit, maintenant. Il n'y avait aucune raison de rester plus longtemps, alors qu'il ne changerait pas d'avis. Il se leva, conscient que Clemmie le regardait fixement. Mais quand il s'éloigna, elle ne l'arrêta pas.

Alors qu'il marchait dans la lumière du soleil, celle-ci semblait pénétrer dans son cerveau, et la vieille sensation d'être sur le point de perdre l'équilibre le coupa presque dans son élan. Il avait l'étrange sentiment que le monde ne lui était pas familier, comme si celui-ci avait changé d'une manière ou d'une autre alors qu'il regardait ailleurs.

Gil monta dans sa voiture. Il pouvait faire face, il savait exactement comment gérer la désorientation. Le chagrin de la perte était moins facile à mettre de côté, mais si cela permettait à Clemmie de reprendre sa vie en main et d'être heureuse, il l'encaisserait.

Il resta un moment assis, attentif à sa respiration. Le monde commençait à redevenir plus clair, mais il était soudain plus dur et plus froid. Gil mit le contact et démarra.

Clemmie entendit la porte d'entrée se refermer, elle se leva d'un bond et courut vers la fenêtre. Gil ne se retourna pas. Lorsqu'il monta dans sa voiture, il resta là un moment, apparemment plongé dans ses pensées, et un atroce dernier fil d'espoir la tint immobile. Puis ce fil se rompit lorsque Gil démarra le moteur et partit.

Cette fois, elle survivrait. Pas parce qu'elle aimait moins Gil, mais parce qu'elle savait qu'elle avait la force de continuer. Et parce qu'elle ne regrettait rien.

Elle avait pris le risque de l'aimer, en toute conscience. Sachant ce qu'elle savait maintenant, elle aurait quand même pris ce risque, parce que sa relation avec Gil lui avait permis de tourner la page. Elle l'avait aimé presque dès l'instant de leur rencontre et savait à présent qu'elle n'avait pas commis d'erreur, en l'aimant à l'époque ou en l'aimant aujourd'hui. Rien ne pouvait lui enlever cela.

Si seulement Gil pouvait se faire confiance. S'il pouvait croire en lui comme elle croyait en lui. Elle savait qu'il l'aimait et qu'il ne faisait que ce qu'il pensait être juste. C'était cela, le plus déchirant de tout.

15.

— Tu es prête, Jahira ? lança Gil sur le seuil de la chambre.

— Non. Et vous ?

Gil éclata de rire. Jahira était parfois plus sage que son âge le laissait supposer.

— Non plus. Mais je crois que je vais y arriver.

— Moi aussi, Doc.

Gil avait eu l'intention de donner une dernière série d'encouragements à Jahira avant qu'elle quitte l'unité, mais cet échange résumait finalement bien la situation. Personne ne savait ce que l'avenir réservait, mais Jahira était prête et c'était l'essentiel.

— Tu sais où me trouver, sinon ?

— Je reviendrai prendre de vos nouvelles, promis.

La veille, elle l'avait surpris en train de fixer le jardin en silence et lui avait demandé ce qui se passait. Deux semaines et il ne pouvait toujours pas penser à Clemmie sans que quelqu'un remarque son chagrin. La seule solution était de ne pas penser à elle du tout, mais c'était difficile quand tant de choses ici la lui rappelaient.

— N'hésite pas à me téléphoner au moindre problème, hein ? Sinon, je vais avoir l'impression que tu m'as oublié.

— Pas de danger, Doc. Au fait, je voulais vous montrer ça, dit-elle en lui tendant une enveloppe.

C'était l'écriture de Clemmie. Ces petits rappels d'elle lui apportaient toujours à la fois plaisir et douleur. Il ouvrit l'enveloppe et en sortit une carte.

— Des chiots. C'est mignon.

L'enveloppe contenait aussi un bon d'achat pour une chaîne de librairies, et un mot de la main de Clemmie.

Un petit quelque chose pour t'aider dans tes études. Le monde est là, dehors, attendant que tu le prennes d'assaut !

— Vous pensez que ça dérangerait Clemmie si je l'appelais ? Pour la remercier.

La question tira Gil de l'abîme de nostalgie qui menaçait de l'engloutir.

— Non, au contraire. Elle sera ravie d'avoir de tes nouvelles. Tu pourras lui expliquer comment tu comptes prendre le monde d'assaut. Tu as son numéro ?

— Oui, elle me l'a donné en partant.

Il décida de changer de sujet.

— À quelle heure tes parents viennent te chercher ?

— Ils seront là dans une demi-heure.

Jahira se leva et saisit son déambulateur, puis déclara :

— Je dois dire au revoir à tout le monde.

— Je fais ma tournée du matin. Tu m'accompagnes ?

L'indépendance de Jahira était une chose. Mais Gil savait que la journée serait chargée d'émotions pour elle, un peu de soutien ne serait pas superflu.

Jahira avait les larmes aux yeux lorsque ses parents arrivèrent, mais les embrassades de sa mère, de son père et de Sarah lui rendirent le sourire.

— J'ai entendu dire que quelqu'un rentrait à la maison…

Gil découvrit Sam, un bouquet de fleurs dans les bras. Elle les déposa sur les genoux de Jahira, qui sourit timidement à la neurochirurgienne qui l'avait opérée.

— Tu n'as pas oublié quelque chose ? demanda Gil, railleur.

— Non, je ne pense pas…, répondit Sam. Oh ! tu veux dire les jumelles. Elles sont avec Maggie. Elle gère la rotation des câlins. Yanis garde un œil sur elles pour s'assurer qu'on n'en perde aucune au passage.

— Ça va devenir plus difficile quand elles commenceront à marcher, dit Gil en souriant.

— Tais-toi, Gil. On se fixe un horizon d'environ cinq minutes pour le moment. Tout ce qui est au-delà, on le prendra comme ça vient.

Et les cinq minutes suivantes contenaient un monde de félicité pour Sam. Son visage rayonnait du bonheur de cet instant, si porteur. Rien que d'y penser aidait Gil à respirer, comme si cela déteignait en partie sur lui.

Jahira tira sur sa manche.

— Je le fais en marchant ? demanda-t-elle.

— Il y a intérêt, oui. Tu en es capable.

La pratique générale était de faire sortir en fauteuil roulant les patients avec des difficultés de locomotion. Mais Jahira était désormais assez stable sur ses pieds. Son père prit son sac et les fleurs, laissant Sarah et sa mère l'encadrer. Gil suivait, prêt à la soutenir au besoin.

— J'adore ces moments, chuchota Sam en lui emboîtant le pas.

Gil aussi. Il avait, sept ans plus tôt, lui-même insisté pour quitter l'unité à pied, il savait ce que cela faisait. Jahira quitta le bâtiment sous les applaudissements de tout le personnel, et d'une partie des autres patients, dont Edward.

Arrivée dehors, Jahira prit une grande inspiration. Gil connaissait ce sentiment. Bien qu'il ait passé la plupart de son temps de patient dans le jardin, la première bouffée d'air dont il avait rempli ses poumons en partant, ses papiers de sortie en poche, avait semblé bien plus fraîche.

Les deux filles s'assirent sur un banc pendant que le père de Jahira allait chercher la voiture. Sarah parlait à Jahira, un bras autour de ses épaules, et Jahira acquiesçait en souriant.

— Elles sont tellement adorables, dit Sam. Des adolescentes amoureuses, avec un avenir miroitant sous les yeux.

— Oui, fit Gil en gloussant. Ce sentiment de tout avoir devant moi me manque parfois.

— Hé. Pas de mélo avec moi, Gil. Ce « tout » qu'on avait

devant nous n'a pas toujours été une partie de plaisir, ni pour l'un ni pour l'autre. On s'en est quand même bien sortis.

Sam, en tout cas. Mais le néant qu'il contemplait désormais n'était pas très attrayant. Il avait encore des progrès à faire.

— Au fait, je vais bientôt prendre un congé prolongé. Je serai absent à partir de la semaine prochaine.

— C'est un peu soudain, non ? Tu vas où ?

Il tenait une promesse. Clemmie continuait de le guider.

— Je retourne en Australie, voir mes parents. Je serai absent six semaines.

— Six semaines ! Tu es sûr que tu vas survivre à ça ?

— Je vais tenter. Je ne resterai pas avec eux tout ce temps. Je pense en profiter pour retrouver ma terre natale.

— C'est une excellente idée. Mais tout va bien ? Personne de ta famille n'est malade, au moins ?

— Non. Il est juste temps que j'y aille, c'est tout.

Gil se cala dans son siège dans la véranda. La maison de ses parents était située dans les collines qui dominaient Brisbane, et au crépuscule la ville n'était plus que de minuscules points lumineux au loin. Les jacarandas étaient en fleur, répandant des tapis de fleurs violettes, et un énorme mûrier blanc dans le jardin de derrière croulait sous les fruits.

Sa mère vint s'asseoir près de lui en enfilant un cardigan.

— Tu n'as pas froid ?

— Non. Si on était à Londres, je ferais des tours de véranda pour me réchauffer à cette époque de l'année.

— Tu es devenu un dur à cuire, hein ?

Oui et non. Il se sentait plus vulnérable qu'il ne l'avait jamais été, comme s'il y avait une plaie ouverte tout autour de son cœur, que seule Clemmie pouvait guérir.

— Tu devrais venir voir par toi-même, un jour.

— La Tour de Londres sous la neige ? J'aimerais bien.

— Il faut choisir ton moment si tu veux de la neige. On en a beaucoup moins que ce que suggèrent les cartes de Noël.

Tu as plus de chances de trouver des vents froids et des pluies horizontales.

— Brrr, fit sa mère. Quelle horreur.

— C'est différent d'ici. Si jamais vous aviez six semaines libres, je pense que vous aimeriez explorer Londres.

L'idée que ses parents prennent six semaines pour faire quelque chose *par plaisir* lui semblait étrange. Bien que sa mère semble moins sur les dents que dans son souvenir.

— Tu serais surpris, Gil. Je pourrais convaincre ton père.

— Rien ne me ferait plus plaisir.

Gil ne l'avait peut-être pas assez dit. Il ne l'avait probablement pas dit du tout, persuadé que la proposition serait immédiatement jugée impossible.

Sa mère considéra l'horizon qui s'assombrissait.

— Je te prends au mot. Tu veux fixer une date ?

— Oui. Mais je te préviens, je veillerai à ce que tu tiennes ta promesse.

Le visage de sa mère parut soudain empreint de regret.

— Tu sais... J'aurais dû avoir plus de temps pour toi et tes sœurs. Quand vous étiez enfants.

— Je n'en ai jamais souffert. Tu construisais ta carrière. Tu faisais des choses qui comptaient.

— Quand as-tu cessé de dire ce que tu penses, Gil ? Je suis tout à fait consciente de mes erreurs.

— Aucun de nous n'est parfait. Tu m'as toujours aimé et je t'aime en retour.

Elle acquiesça, visiblement rassurée.

— J'ai réalisé quelques vérités gênantes ces dernières années, Gil. Quand le médecin m'a dit que mon foie n'était pas en bon état et que je devais arrêter de boire, ça a été un déclic.

— Quoi ? Tu ne m'as jamais parlé de ton foie, maman.

— L'arrêt de l'alcool a tout résolu. Je te montrerai les scanners si tu ne me crois pas. Tu comprendras bien mieux que moi ce qu'ils signifient. Et tu peux parler. Combien de temps il t'a fallu pour admettre que tu avais été fauché par une hémorragie cérébrale ?

Il s'étira les doigts, fixant les deux qui refusaient obstinément de se redresser autant que les autres.

— Je ne voulais pas vous inquiéter.

— Arrête, Gil. Tu sais aussi bien que moi que ce n'est qu'une excuse, n'est-ce pas ?

— Oui, je le sais. Et je vais changer, maman. La prochaine fois qu'il m'arrive quelque chose, je t'appelle.

— Tu as intérêt. Je te connais, Gil. Tu as toujours été celui qui me ressemblait le plus. Même quand tu étais tout petit, si je mettais quelque chose en travers de ton chemin, tu l'enjambais, quelle que soit sa hauteur. Je t'encourageais dans cette voie. À mes yeux, ça te rendait fort…

Elle haussa les épaules, regardant le coucher de soleil.

— Cesse de t'en vouloir, maman. Tu m'as donné une enfance formidable et la détermination dont j'avais besoin pour affronter les obstacles, et changer quand il le fallait. Il n'y a rien de mal à ça.

— Je suis contente que tu le voies ainsi. Et je suis heureuse que tu aies trouvé le moyen de changer plus tôt que moi. Je n'arrive toujours pas à t'imaginer faisant du jardinage, fit-elle d'un ton amusé. Avoir la patience de faire pousser des pommiers.

— La pluie de Londres aide. Mais je ne suis pas sûr d'avoir vraiment changé. Tu l'as dit toi-même, j'ai toujours eu un côté fonceur.

— C'est vrai. Mais c'est ce que tu en fais qui compte. Je savais que tu avais ralenti ton rythme. Je m'en suis souvenue quand on m'a dit que je devais arrêter de boire si je voulais faire de vieux os, parce que j'étais consciente que je devais trouver un autre moyen de me détendre et de dormir.

— Et le yoga, ça marche ?

— Comme le jardinage. J'ai appris à aimer.

Il aurait dû avoir cette conversation des années plus tôt.

— Je suis parti trop longtemps, hein ? Tout ça m'a manqué, et toi aussi, tu m'as manqué.

— Tu es là maintenant. J'aimerais savoir pourquoi… Allez. Je t'ai peut-être appris à nier tes faiblesses, mais je change officiellement d'avis. Voyons si tu es l'homme que je pense que tu es…

Il éclata de rire. Sa mère ne pouvait jamais s'empêcher de lui lancer un défi et il ne pouvait pas s'empêcher de le relever. Peut-être qu'elle avait raison, et que c'était ce qu'on faisait de cet instinct qui comptait.

— Il y avait quelqu'un… Elle s'appelle Clemmie.

— Joli prénom. Elle t'a rendu heureux ?

Plus qu'il ne l'avait jamais été. Plus qu'il ne le serait jamais à nouveau.

— Oui. Très heureux.

— Elle commence à me plaire. Est-ce que tu as retroussé tes manches pour la rendre heureuse, *elle* ?

Il réfléchit. Il était venu ici car il l'avait promis à Clemmie, et elle avait eu raison. S'il voulait savoir quel genre d'homme il était, autant commencer maintenant.

— Oui, mais c'est compliqué. J'ai rencontré Clemmie avant mon hémorragie cérébrale. Sans le vouloir, je l'ai blessée gravement. Elle m'a pourtant donné une seconde chance…

— C'est bien, non ?

— Clemmie est une bonne personne. Elle a la capacité de voir le meilleur en chacun.

— Tu penses ne pas être assez bien pour elle, c'est ça ?

— J'étais fier, et je voulais être le meilleur dans tout ce que je réalisais. Je refusais de reconnaître mes faiblesses. C'est ce qui lui a fait tant de mal à l'époque, et je ne suis pas sûr d'être si différent maintenant.

Sa mère lui prit la main et la serra. Il n'aurait pas imaginé, quelques mois auparavant, avoir cette discussion avec elle.

— Ni toi ni moi. Et pourtant, regarde-nous. Assis ici tous les deux devant un coucher de soleil, à en parler. Tu dois reconsidérer tes objectifs, choisir un peu plus soigneusement, cette fois. Ça a été facile pour toi de venir ici ?

Non. Ça avait été un pari sur l'avenir, un acte de foi envers Clemmie, le désir de se fier à son jugement. Et que sa relation avec ses parents change.

— Disons que ça faisait longtemps que j'aurais dû venir.

— Je suis contente, en tout cas. Et prête à parier que si tu veux être avec cette femme tu vas y arriver. Rien n'est facile, mais toi et moi, on fait en sorte que les choses marchent. Si elle était là, je lui dirais qu'elle peut te faire confiance.

Il ne répondit pas, et sa mère se leva, effleurant son épaule dans une inhabituelle manifestation de tendresse.

— Je vais chercher du jus de fruits. Tu veux une bière ?

— En fait, je voulais voir si je pouvais préparer une version sans alcool du cocktail au cappuccino. Qui n'ait pas juste le goût d'un café à la crème sucré.

— Vas-y, répondit sa mère en riant. Si tu réussis ça, tu réussiras n'importe quoi…

16.

Clemmie s'était juré que ce serait le dernier jour où elle devait enlever des éclaboussures de peinture de ses cheveux avant d'aller se coucher. Le plafond de la cuisine devait être terminé ce soir, quel que soit le nombre de personnes qui l'appelleraient. Mais maintenant qu'elle était descendue de l'échelle pour répondre à un des jeunes internes de l'unité, avec qui la conversation aurait vraiment pu attendre le lundi, autant se faire une tasse de thé.

Cela faisait quatre semaines. Gil lui manquait chaque jour, chaque nuit. Elle avait pleuré, et parfois son cœur lui semblait si lourd qu'elle pouvait à peine bouger. Mais elle avait tenu bon. Il lui avait montré comment faire.

Alors qu'elle sirotait son thé, son téléphone sonna à nouveau. Le nom qui s'affichait la fit s'étrangler avec sa gorgée. Elle appuya sur la touche réponse et laissa l'appareil retomber sur le comptoir. Elle s'étouffait pour de bon.

— Clemmie ! Clemmie !

La voix de Gil lui parvenait du téléphone, mais elle luttait pour respirer, incapable de répondre. Il criait son nom, de plus en plus alarmé. Puis l'Interphone retentit.

Au diable les visites, elle avait plus urgent à gérer pour le moment. Finalement, on frappa avec insistance à la porte et la voix de Gil lui parvint de dehors. Il était là, quelqu'un avait dû le faire entrer dans le hall. Clemmie ressentit un grand soulagement. Il ne lui restait plus qu'à aller jusqu'à la porte…

Ou pas. D'après le bruit, Gil venait de la défoncer d'un coup d'épaule. Clemmie mit son poing sur son sternum, le comprima de l'autre main, et se plia en avant. Une forte poussée et le liquide coincé dans sa trachée se délogea enfin.

Elle pouvait respirer à présent mais toujours avec difficulté, et elle s'effondra sur le sol quand Gil apparut dans l'embrasure de la cuisine. Il s'agenouilla à côté d'elle, lui frotta le dos tout en la soutenant contre son torse.

C'était exquis. Il était bronzé et sentait délicieusement bon. Cela aurait été plus agréable si elle n'avait pas été toute rouge et en tenue de travaux, mais elle s'en moquait dans l'immédiat. Elle était en sécurité dans les bras de Gil, c'était tout ce qui comptait.

— Tu vas bien ? demanda-t-il, la voix empreinte de tendresse et d'inquiétude.

— Oui, ça va, répondit-elle entre deux quintes de toux. Et ma porte ?

— Le loquet est cassé, mais elle est encore sur ses gonds. Ça ne devrait pas me prendre trop de temps pour la réparer. Continue de tousser…

Il restait donc assez longtemps pour réparer la porte. Pour l'instant, elle ne se souciait pas de ce qui l'avait amené, elle voulait seulement qu'il soit près d'elle. Elle toussa encore, puis réussit à prendre une grande inspiration qui ne soit pas sifflante.

Gil l'aida à se relever et la soutint jusqu'au salon. Il s'assit sur le canapé à côté d'elle et quand elle s'appuya contre lui, il entoura ses épaules d'un bras. Ce n'était pas vraiment nécessaire, mais ça faisait du bien.

— Qu'est-ce qui t'a fait t'étouffer comme ça ?

— Je… Hum… Tu te souviens quand tu as laissé tomber ce pichet d'eau et que tu t'es coupé la main ?

— Ah. Désolé de t'avoir prise de court. J'aurais peut-être dû envoyer un message plutôt que de téléphoner.

— Non, je crois que ça n'aurait rien changé. Qu'est-ce que tu fais ici ? Je croyais que tu étais en Australie.

— Comment tu le sais ?

— Sam me l'a dit quand je l'ai appelée pour lui rendre un livre.

— J'y suis allé parce que… je te l'avais promis, Clemmie.

— Je n'aurais pas dû te le faire promettre. Puisque tu reviens si vite, ça devait être une mauvaise idée.

— Au contraire. C'était la meilleure chose à faire. C'est

juste que ça n'a pas pris autant de temps que je le pensais. Je devais parler aux personnes qui m'ont connu toute ma vie pour me rappeler qui je suis. Ce que je peux et ne peux pas faire.

Il était venu pour lui dire ça ? La déception gonfla la poitrine de Clemmie et elle s'écarta. Puis elle vit la gravité dans son regard. Quelle que soit la raison de sa venue, cela signifiait autant pour lui que pour elle.

— On devrait parler de ça plus tard, dit-il. Quand tu te sentiras mieux.

— Je vais bien. Regarde, je respire sans peine, maintenant.

— Tu es sûre ?

Elle n'en pouvait plus. D'un coup, tout ce qu'elle voulait, c'était qu'il dise ce qu'il était venu dire et qu'il parte. Il n'avait même pas besoin de réparer la porte, cela ne ferait qu'ajouter de la douleur à un cœur déjà suffisamment meurtri.

— Oui, Gil. S'il te plaît, dis juste ce que tu es venu dire.

— Je suis revenu pour te demander une autre chance. Je suis toujours le même homme qui t'a fait du mal. Je le serai toujours. Je veux être le meilleur dans tout ce que j'entreprends, et je ferai tout ce qu'il faut pour réussir. Mais mes objectifs sont différents à présent, et je t'aime de toute mon âme. Je ne te quitterai pas et je ferai tout ce qu'il faudra pour que tu veuilles rester avec moi.

Elle reprit son souffle.

— Une fois que tu as jeté ton dévolu sur quelque chose, tu ne lâches pas, n'est-ce pas ?

— Non, jamais. Il faut que tu le saches.

C'était *tout* ce qu'elle avait besoin de savoir. Elle noua les bras derrière sa nuque et l'embrassa.

— Oui, Gil. On laisse le passé derrière nous…

Il posa un doigt sur ses lèvres en souriant.

— C'est dans le passé que tu puises toute ta force. Et moi toute ma détermination. Mais on est désormais un peu plus sages qu'on ne l'était, et on sait comment utiliser ce qu'on a pour que ça marche, cette fois.

— Tu m'as sauvé la vie aujourd'hui, Gil.

— Je n'en suis pas sûr. Ta porte d'entrée est assez solide et le temps que j'arrive près de toi, tu semblais t'en sortir…

— Je m'en sortais. Et tu m'as quand même sauvé la vie.

Trois mois plus tard

Gil avait emmené Clemmie rencontrer ses parents. Après seulement une semaine, ils donnaient l'impression d'être la famille impliquée et intéressée qu'elle n'avait jamais eue, et elle attendait déjà avec impatience leur visite à Londres.

Ils avaient vu l'océan et la plage. La forêt tropicale. Et puis il y avait eu le tour complet que Gil lui avait promis. Ils avaient traversé des kilomètres de campagne rouge-brun, vu des kangourous, et pris l'avion jusqu'à Sydney puis Melbourne. Quand Clemmie avait dit vouloir voir des pingouins, il l'avait emmenée sur l'île Phillip, et quand elle avait voulu des fruits de mer, ils étaient allés dans un restaurant de plage sans prétention qui servait les meilleurs qu'elle ait jamais goûtés.

Mais tout cela ne constituait pas les plus beaux spectacles. Le regarder dormir, ou ouvrir les yeux pour découvrir qu'il la regardait, était toujours fascinant. Son corps, mouillé après la douche, ou dur et lisse contre le sien, était un plaisir sans fin. Plonger dans ses yeux, et sentir la chaleur se répandre en elle.

— Plus que deux jours.

Clemmie se jeta sur le lit de leur chambre d'hôtel. Ils s'étaient rendus dans un des vignobles de la péninsule de Mornington. Dans le sud de l'Australie, il faisait plus frais qu'à Brisbane, la brise sentait la terre humide et les vignes. Gil la rejoignit en souriant.

— Tu veux faire quelque chose d'autre ? Il reste encore beaucoup à voir.

— On pourrait peut-être se reposer un peu ces deux prochains jours. On a un tas de trucs à faire à notre retour.

Il acquiesça.

— Mon nouveau projet de recherche à l'unité de réadaptation. Et bien sûr, la cuisine...

Elle rit. Ils avaient décidé de vivre à Richmond, pas seulement parce que c'était plus grand chez Gil, mais parce qu'ils aimaient tous les deux le quartier. Cela signifiait un trajet légèrement plus long pour elle, mais le train direct la menait en moins d'une demi-heure au centre de Londres. Et Gil avait promis qu'un repas l'attendrait sur la table tous les soirs quand elle arriverait à la maison.

— Tu n'as pas à cuisiner tous les jours.

— Maintenant que ta promotion est officielle, ton travail va t'occuper pendant un moment. Et si le repas est prêt, ça nous laissera du temps pour d'autres activités...

— Comme quoi ? demanda-t-elle, taquine, en l'embrassant.

— Je suis prêt à te le montrer. Mais il y a quelque chose que je dois faire avant. Ne bouge pas, j'arrive tout de suite.

Il se dirigea vers le coin salon de la suite. Pourrait-elle être plus heureuse ? Elle en doutait. Leur engagement mutuel avait permis de parler de tous les éléments qui les avaient déchirés, ce qui lui avait apporté une paix qu'elle n'avait jamais eue auparavant, et elle savait Gil heureux aussi. Ces vacances avaient été une succession de jours étincelants, parce qu'ils s'aimaient et qu'ils étaient ensemble. C'était tout ce dont elle avait besoin, et tout ce dont elle aurait jamais besoin.

Il revint, la prit par la main et ouvrit les portes coulissantes qui donnaient sur le grand balcon.

— Oh ! quel sublime coucher de soleil !

En l'espace de peu de temps, le ciel s'était strié de rouge, soulignant les formes sombres des énormes eucalyptus.

— Et du champagne...

— Clemmie.

La note impérieuse dans la voix de Gil la fit se retourner. Il était à genoux. Sa main vola à sa bouche.

— Clemmie. Donne-moi ta main.

Elle tremblait à présent, et lui aussi.

— Clemmie, j'ai eu la chance de te rencontrer et de tomber

amoureux de toi deux fois. Et je veux continuer à tomber amoureux de toi chaque jour du reste de ma vie. Veux-tu être ma femme ?

— Oui ! s'écria-t-elle en le relevant, incapable d'attendre plus longtemps pour l'embrasser. Quand est-ce qu'on pourra se marier, Gil ?

Il rit, d'un rire joyeux et insouciant qui disait que tout allait bien dans son monde. *Leur* monde.

— Dès que tu le souhaites. Mais je ferais mieux de te donner la bague d'abord, juste pour régler tous les détails.

Il sortit une bague de sa poche et la glissa à son doigt.

Elle reprit son souffle. Deux diamants flanquaient une opale qui scintillait de toutes les couleurs du coucher de soleil.

— C'est magnifique, Gil. Merci.

Il afficha ce sourire qu'elle aimait tant, et passa les bras autour de son cou pour l'embrasser.

Alors que le soleil se couchait, il fit sauter le bouchon de champagne et lui tendit une flûte.

— J'aimerais porter un toast à toutes nos nouvelles aventures.

Elle fit tinter son verre contre le sien.

— Et aux nouveaux aventuriers.

Elle savait que Gil voulait des enfants autant qu'elle.

Il sourit.

— J'ai hâte de ça aussi.

— Dès que tu veux, Gil…

Son baiser lui dit qu'ils n'auraient pas à attendre longtemps.

BLANCHE

HARLEQUIN

Retrouvez prochainement,
dans votre collection

BLANCHE

Séduite par le Dr Langley, de Kate Hardy - N°1586

SÉRIE : MÉDECINS & JUMEAUX - 1/2

Pour sauver son frère jumeau, le Dr Oliver Langley n'a pas hésité à lui donner un rein. Une opération délicate qui lui impose aujourd'hui de reprendre le travail en douceur, loin de sa vie trépidante à Londres. Alors qu'il effectue un remplacement dans le petit cabinet d'Ashermouth Bay, une ville de pêcheurs, Oliver tombe immédiatement sous le charme de Gemma, l'infirmière chargée de le seconder. Une beauté qu'il n'a pas le droit de séduire, car bientôt il sera reparti…

Un bébé entre confrères, de Kate Hardy

SÉRIE : MÉDECINS & JUMEAUX - 2/2

Après avoir reçu un rein de la part de son jumeau, le Dr Robert Langley franchit avec soulagement les portes de l'hôpital d'Asherwick. Quel bonheur d'être à nouveau médecin, et non plus patient ! Quel plaisir aussi de découvrir sa nouvelle collègue, l'irrésistible Dr Florence Jacobs ! Sitôt qu'il pose les yeux sur elle, Robert s'interroge : a-t-il une chance de la conquérir ?

Amie ou amoureuse ?, de Sue MacKay - N°1587

Autrefois, Maisie et Zac étaient les meilleurs amis du monde. Séparés par la vie, les voilà tous deux de retour à Queenstown, où ils effectuent ensemble des missions de sauvetage, elle comme infirmière, lui en tant que policier. Si leur complicité est restée forte, Maisie éprouve pour Zac des sentiments inouïs… Mais peut-elle lui révéler qu'elle l'aime en secret depuis toujours, sans mettre en péril leur précieuse amitié ?

Adversaires à l'hôpital, d'Amy Ruttan

Pour sauver son hôpital, le Dr Kiera Brown est prête à tout. Et même à affronter le Dr Henry Baker, fraîchement débarqué de Los Angeles pour transformer l'Aspen Grace Memorial en établissement médical privé de haut standing. Seul problème : alors qu'elle voudrait haïr son adversaire, elle est forcée d'admettre que c'est un excellent médecin qui, sous des dehors austères, pourrait même cacher un grand cœur…

Leur mission : sauver des vies.
Leur destin : trouver l'amour.

HARLEQUIN
www.harlequin.fr

BLANCHE

HARLEQUIN

Leur inoubliable baiser, de Tina Beckett - N°1588

Quinze ans. Voilà quinze ans que le Dr Mysti North n'avait pas remis les pieds à Forgotten Point, le village de son enfance. Quinze ans qu'elle n'avait pas revu Jesse Grove, son amour secret. Le retrouver est un choc pour elle. S'il est devenu papa d'une petite fille, il n'a guère changé, et les sentiments qu'elle éprouve pour lui sont toujours aussi forts que ce soir d'orage où ils ont échangé un inoubliable baiser…

Le médecin du pôle Sud, de Juliette Hyland

Lorsque Helena débarque au pôle Sud, elle ignore encore quelle surprise de taille l'attend. À la clinique de la base où elle officiera comme infirmière, elle est accueillie par le Dr Carter Simpson, son amour d'adolescence ! Or le jeune homme joyeux qui faisait battre son cœur s'est métamorphosé en un homme sombre, avide de solitude. Saura-t-elle gagner sa confiance et surtout lui redonner le sourire ?

Une nouvelle chance de s'aimer, d'Annie Claydon - N°1589

SÉRIE : PROFESSION : SECOURISTES - 1/2

Quel choc pour Miriam de retrouver Rafe Chapman ! Rafe, le grand amour de sa vie, mais aussi l'homme qui lui a brisé le cœur, cinq ans plus tôt, en la quittant sans explication. Alors, quand il lui annonce qu'il s'est porté volontaire pour être médecin dans l'unité d'urgence au sein de laquelle elle est ambulancière, dans le seul but de la reconquérir, elle est déterminée à lui résister…

Rencontre à haut risque, d'Annie Claydon

SÉRIE : PROFESSION : SECOURISTES - 2/2

Bloquée dans un village cerné par les eaux, avec sa sœur sur le point d'accoucher ? Cassandra sent la panique la gagner. Et la présence à ses côtés de Jack Halliday, un sauveteur ayant réussi à les rejoindre malgré la terrible tempête qui se déchaîne au-dehors, ne l'aide pas vraiment. Certes, sa force tranquille lui réchauffe le cœur en ces instants difficiles, mais le fait aussi battre beaucoup trop vite…

Leur mission : sauver des vies.
Leur destin : trouver l'amour.

HARLEQUIN
www.harlequin.fr

BLANCHE

Le trouble d'une infirmière, de Janice Lynn - N°1590

Lucas vient-il vraiment de dépenser une fortune pour obtenir le droit de passer une soirée en sa compagnie ? Face au sourire éclatant de son ex-mari, Emily panique. Elle n'a aucune envie de fréquenter de nouveau celui qui n'a jamais su lui consacrer de temps lorsqu'ils étaient mariés. Pourtant aucun homme, depuis leur divorce, ne lui a fait vivre d'émotions aussi intenses…

La valse du destin, de Leah Martyn

Une simple valse accordée au Dr Daniel Rossi, chef des urgences dans l'hôpital où elle est infirmière, et voilà soudain Lindsey mariée, puis en route pour un idyllique week-end de noces. Que pourrait-elle demander de plus ? Que son nouvel époux parvienne à faire le deuil de son douloureux passé, peut-être. Hélas, au moment où elle doute que ce soit possible, Lindsey se découvre enceinte…

HARLEQUIN

Leur mission : sauver des vies.
Leur destin : trouver l'amour.

HARLEQUIN
www.harlequin.fr